Heinz G. Konsalik

Agenten lieben gefährlich

Heinz G. Konsalik

Agenten lieben gefährlich

Roman

Umwelthinweis:
Dieses Buch und sein Schutzumschlag wurden
auf chlorfrei gebleichtem Papier gedruckt.
Die vor Verschmutzung schützende
Einschrumpffolie ist aus umweltschonender
und recyclingfähiger PE-Folie.

Made in Germany

Primo ist ein Unternehmen des Goldmann Verlags, München
Umschlagentwurf: S/L-Kommunikation
Umschlagfoto: Tony Stone, John & Eliza Forder
Verlagsnummer: 55134

ISBN 3-442-55134-X

ERSTES KAPITEL

Alexander Jesus Guapa war schwarz wie die Sünde und Mädchen für alles. Es gab nichts, was er nicht besorgen konnte, das Unmöglichste war bei ihm selbstverständlich, und wenn es sein mußte, stahl er alles zusammen, was sein Herr brauchte, und präsentierte es dann mit breitem, glücklichem Lächeln. Aber heute, an diesem feuchtheißen Tag, wo der Urwald dampfte und die Sonne wie ein Ei in fader Milchsuppe schwamm, war selbst er verzweifelt.

»Es ist wie verhext, Senhorita!« rief er und rang die Hände. »Das Gepäck ist verladen, das Boot kann fahren, aber wie ich gerade kontrolliere und die Kisten durchzähle, fehlt wieder eine. Die dritte, Senhorita! Jetzt ist es die mit dem Küchenzelt. Hier muß jemand sein, der stiehlt wie ein Affe!« Er rollte wild mit den Augen, ballte die Fäuste und stieß einen Laut aus, der wie das Nachgrollen einer Baumtrommel klang.

Dr. Ellen Donhoven lächelte nachsichtig. »Zähl noch einmal nach, Alexander Jesus«, sagte sie. »Am besten bis zehn – dann fängst du wieder von vorne an!«

Guapa wackelte mit der Nase und lief beleidigt zurück zum Landesteg.

Der große tägliche Regen war über Tefé herniedergerauscht, und nun brannte die Sonne wieder über dem wassersatten Land mit seinen riesigen Flüssen und unermeßlichen Wäldern. Tefé ist eine Urwaldstadt am Amazonas, direkt am großen Strom gelegen, neben einem See, aus dem der Rio Tefé in die unbekannte Weite nach Süden fließt. Hier gibt es keine Straßen oder Pfade mehr, keine Siedlungen am Fluß, nicht einmal die elenden Hütten der Orchideenjäger oder Diamantensucher oder die Zelte der Glücksritter, die hinein in den Amazonas-Urwald ziehen und hoffen, auf irgend etwas zu stoßen, das ihr Leben verändert und sie reich werden läßt. Meistens enden sie unter den Giftpfeilen der Indianer, werden von Menschen erschlagen, deren Namen keiner kennt, die noch kein Weißer gesehen hat, zu denen noch kein Missionar gezogen ist und über die man nur durch andere Eingeborene erfährt, daß ihre Sitten grausam sind, ihr Pfeilgift unbedingt tödlich und ihr Haß gegen alle Eindringlinge so grenzenlos ist wie die Wälder und Flüsse.

Das ist das Land südlich des Sees Tefé, das riesige, auf allen Landkarten kahle Stückchen Erde, eine grüne, glühende, dampfende, fieberschwangere, feindliche, verfilzte, faulende, blühende Hölle. Ein Meer wogender Baumgipfel. Flüsse mit Alligatoren und dem Mörderfisch Piranha, lianenüberwucherte Ufer mit Schlangen, Seen und Tümpeln, an denen der Tod in Gestalt riesiger giftiger Spinnen lauert. Eine wirkliche Hölle auf Erden – und doch ein Land, das den Menschen immer wieder anzieht, das ihn hineinlockt in diese grüne Grenzenlosigkeit, erfüllt von dem Drang, seinen Geheimnissen nachzuspüren.

Dr. Ellen Donhoven war ein sportliches, schlankes Mädchen, mit kurzgeschnittenen blonden Haaren und einem schmalen, hübschen, aber energischen Gesicht. Ihre blauen Augen konnten verträumt blicken, aber ebenso plötzlich und unerwartet ganz gefährlich blitzen. Sie saß auf der Veranda des einzigen ›Hotels‹ von Tefé, einem elenden Holzbau mit fünf Zimmern, Eisenbetten und schadhaften Moskitonetzen darüber, hatte die Beine, die in hohen Schnürstiefeln steckten, auf die unterste Latte des Geländers gelegt und die Bluse ihres gelbgrünen Urwaldanzuges am Hals geöffnet.

Neben ihr saß Dr. Rudolf Forster und trank lauwarmes, englisches Büchsenbier.

Dr. Forster hatte eine ausgesprochen männliche Ausstrahlung. Groß, breitschultrig, mit schmalen Hüften, einem markanten, scharfgeschnittenen Gesicht und grauen Augen, war er zehn Tage lang zum Mittelpunkt für alle Frauen und Mädchen von Manaus geworden, seit er vor drei Wochen aus Deutschland herübergekommen war. Ellen hatte ihn auf dem Flugplatz der großen Urwaldstadt empfangen und gleich zur Begrüßung geseufzt: »Rudolf, Sie sind ein schrecklicher Mensch. Nun kommen Sie mir auch noch in den Urwald nach! Was wollen Sie hier?«

»Das wissen Sie, Ellen«, hatte Dr. Forster geantwortet. »Vielleicht bin ich ein unheilbarer Idiot – aber welcher verliebte Mann ist das nicht? Nein, nein, ich will nicht schon wieder anfangen! Keine Angst, Ellen. Kein Wort von Liebe, aber Sie glauben doch wohl nicht, daß ich Sie allein in die Grüne Hölle ziehen lasse? Wenn dieser Irrsinn schon geschehen soll, dann doppelt!«

»Und wer finanziert Ihr Unternehmen?«

»Ihr Vater.« Dr. Forster lächelte. »Ihm ist ein ganzes Gebirge vom Herzen gefallen, als er in mir den Verrückten gefunden hatte, der Sie begleiten will. Ich brauche Ihnen ja nicht zu sagen, wie Ihr Vater über ihre Pläne denkt.«

»Nein, das weiß ich. Aber ich bin alt genug, und das Leben als reiche Tochter eines noch reicheren Vaters kotzt mich an. Ich bin nicht Ärztin und Bakteriologin geworden, um im Labor der väterlichen Fabrik Glaskolben und Reagenzgläser zu schwingen und Viren unter dem Mikroskop wimmeln zu sehen. Ich habe andere Pläne.«

»Ich weiß.« Dr. Forster hatte dann Ellen untergefaßt, und sie waren zu dem Jeep gegangen, der auf dem Flugfeld wartete. Dort saß Alexander Jesus Guapa am Steuer und grinste breit.

»Wer ist denn das?«

»Meine erste Neuerwerbung. Treu wie ein Hund und geschickt wie ein Fuchs!« Sie war stehengeblieben und hatte die Hände in die Seiten gestemmt: »Ich habe Sie also auf dem Hals?«

»Ja. Der Finanzier will es so. Väterchen ist glücklich, daß ich aufpasse.«

»Das wird eine Mordsarbeit werden, Rudolf.«

»Darüber bin ich mir im klaren. Einen schwarzen Panther zu dressieren ist wahrscheinlich wesentlich leichter. Aber Sie müssen doch einsehen, daß es für ein Mädchen einfach zu schwer ist, in den unbekannten Urwald zu ziehen, bis zu unerforschten Indianern vorzudringen und deren Pfeilgifte zu analysieren!«

»Warum? Sind Frauen etwa weniger mutig als Männer? Genau das Gegenteil will ich beweisen. Ihr Männer regt mich auf mit eurer antiquierten Fürsorge für das ›schwache Geschlecht‹! Wir sind nicht schwach – wir sind genauso zäh und widerstandsfähig wie ihr. Außerdem lassen sich aus diesen noch unbekannten Pfeilgiften bestimmt neue Medikamente destillieren, die vielleicht zu einer Revolution auf dem Gebiet der Arzneimittel führen könnten. Denken Sie nur an das Kurare – auch das war und ist schließlich ein indianisches Pfeilgift. Was aber wäre die heutige Anästhesie ohne dieses Kurare!«

Dr. Forster hatte es damals aufgegeben, Ellen zu widersprechen. Er dachte an die monatelangen Diskussionen in Stuttgart in der Villa des Millionärs Dr. Donhoven, dessen Arzneimittelwerke ›Don-Medical‹ zu den führenden Herstellern von Heilmitteln in Deutschland zählten, an die langen Abende in Ellens Zimmer und schließlich den Ausbruch des alten Donhoven: »Gut, dann fahr zu deinen Indianern! Laß aus dir einen Schrumpfkopf machen! Sie werden ihre Mühe haben bei solch einem Dickschädel! Du bist alt genug . . . und ich bin ja nur ein verkalkter Greis!« Es waren schreckliche Stunden gewesen, aber Ellen hatte sich durchgesetzt. Das war ihre stärkste Charaktereigenschaft: Was sie wollte, das boxte sie durch.

Nun saßen sie also auf der Veranda der Bruchbude am Ufer des Tefé-Sees, das Expeditionsboot, ein flaches, breites Motorboot, das auch im seichten und versumpften Urwaldwasser fahren konnte, war beladen, die Mannschaft war vollzählig, und nur Alexander Jesus rannte jammernd umher und klagte dem sonnenheißen, dampfenden Himmel sein Leid über die Schlechtigkeit der Menschen.

Die Kiste fehlte wirklich. Er hatte viermal gezählt – das Küchenzelt war gestohlen worden – samt den Töpfen und Pfannen.

Am Bootssteg und auf dem Boot war die gesamte Expeditionsmannschaft versammelt.

Da kontrollierte Fernando Paz, ein Brasilianer spanischer Abstammung, noch einmal seine Kisten. Er reiste als Laborant mit, war verantwortlich für die Mikroskope und den ganzen chemischen Betrieb, der mit hinaus in den Urwald schwamm. Ellen hatte Fernando Paz in Rio de Janeiro angeworben aus einem Labor für Arzneimittelforschung. Er war ein kleiner, wieselflinker Mensch mit tiefbraunen Kinderaugen, ein wenig dick, immer lustig und ein gewaltiger Raucher. Man sah ihn nie ohne Zigarette, und es wurde behauptet, daß er sich nachts den Wecker stelle und viermal für eine Zigarettenlänge Pause vom Schlaf mache.

Am Ufer saß auf einem Seesack Pietro Campofolio. Auch er war in Rio geboren, aber seine Urgroßeltern waren Italiener gewesen, die Großeltern hatten einen Schuß Indianerblut mitbekommen, seine Eltern wiederum waren italienisch-spanischer Mischung, er selbst dagegen fühlte sich ganz als Italiener, las italienische Zeitungen, schimpfte über die Politik seines Heimatlandes und sang Arien aus Opern von Puccini und Verdi. Er besaß eine gute Stimme, einen Heldentenor, aber er war Anthropologe geworden. Die Geschichte des Menschengeschlechtes hatte ihn von jeher fasziniert – kein Wunder, war er doch in einem Land geboren, das sich zu einem Schmelztiegel der Rassen entwickelt hatte. So wurde Campofolio Wissenschaftler und erst im Zweitberuf Sänger. Der Expedition Ellens hatte er sich schon in Manaus angeschlossen, weil auch ihn die unbekannten Wilden am Rio Tefé und Rio Juma reizten. Durch Schädelmessungen wollte er das Alter dieser Menschenrasse bestimmen und darüber ein kluges Buch schreiben.

Der dritte auf dem Boot war Rafael Palma, ein Mulatte. Ihn hatte Ellen als Koch mitgenommen. Palma war ein Genie am Kochtopf. Aus alten Hammeln machte er die weichsten Braten, die Lenden wilder Schweine würzte er wie kein Koch im *Riz* in Paris, und seine Salate – nur Palma wußte, woraus sie gemacht waren – schmeckten wie konzentrierter Frühling in Essig und Öl. Für ihn war das Verschwinden des Küchenzeltes ein halber Weltuntergang. Er war, gleich nachdem Alexander Jesus den Diebstahl entdeckt hatte, in dem Drecknest Tefé herumgerannt und hatte neue Töpfe und Pfannen gekauft, Krüge und Schüsseln, Teller, Tassen und Bestecke, aber ein Zelt war nicht mehr aufzutreiben gewesen. Wer schläft schon in Tefé unter Leinwand!

»Es wird auch so gehen, Senhorita!« rief Palma, als Ellen am Bootssteg erschien. »Bauen wir eben eine Blätterhütte, ganz nach Landessitte. Ist auch besser für das Kochen. Rauch zieht schneller ab. Der Satan hole den Dieb!«

Etwas abseits, auf einem Holzstamm am Ufer des Sees, saß der vierte Mann der Expedition, Gaio Moco.

Moco war ein merkwürdiger Fall. Er war ein reinrassiger Indio aus dem Gebiet von Juma und Itanhaua, also aus der Gegend, in die Ellens Vorstoß führen sollte. Eines Tages war er aus dem unbekannten Urwald aufgetaucht, den Körper voll Spuren der Kämpfe mit wilden Tieren. Er hatte nur einen Speer bei sich gehabt und um die Hüften einen Schurz aus großen Blättern. Als er aus dem dunstigen Halbdunkel des Waldes getreten war, hatte er seinen Speer auf den Boden gelegt, beide Hände zum Himmel erhoben und so die Zivilisation betreten. Das war drei Jahre her.

Der einzige Missionar in diesem Gebiet – er lebte auf der Insel Pananim, mitten im breiten Amazonas – hatte ihn aufgenommen, ihn in der portugiesischen Sprache unterrichtet, nach einem Jahr getauft und war dabei zu dem Resultat gekommen, nie einen besseren Menschen gesehen zu haben als Gaio Moco. Das war sein Name, wie er ihn selber angegeben hatte. Mehr wußte niemand von ihm.

Warum er aus den unergründlichen Tiefen seines Waldes hervorgekommen war, erzählte er nie. Er war still, immer höflich, aber er lebte gern allein, abseits von den anderen. Ein junger Mensch, der manchmal träumend hinüber zur Wand des Urwaldes blickte, als habe er Heimweh.

Gaio Moco war sofort bereit gewesen, als Dolmetscher mitzuziehen, als man in Tefé von der Expedition hörte. Der Missionar segnete ihn und gab ihm ein kleines silbernes Kreuz mit. Er ahnte, daß er Moco nicht wiedersehen würde. Gaio aber hängte sich das Kruzifix um den braunroten Hals.

»Wo ist José?« fragte Ellen und sah sich um. Moco zeigte irgendwohin in das Urwalddorf.

»Bei der Post, hat er gesagt, Senhorita.« Er hatte eine tiefe, klangvolle Stimme. Sein Blick glitt über das Boot, und die schwarzen Augen glänzten dabei. »Fahren wir morgen?«

»Ja. Bei Sonnenaufgang, Moco. Ich glaube, du bist außer mir der einzige, der sich freut.«

»Ich werde Ynama wiedersehen«, sagte Moco sinnend.

»Wer ist Ynama?«

»Ein Mädchen.« Der Indio erhob sich und ging langsam am Ufer des Sees entlang. Ellen sah ihm nach und fuhr sich mit beiden Händen durch die kurzgeschnittenen Haare. Ein Mädchen. Er träumt von einem Mädchen. Seit drei Jahren. Irgendwo dort in der grünen Weite lebt es . . . klein, braunhäutig, mit langen, schwarzen Haaren, nackt wie im Paradies. Warum war Moco aus dem Wald geflüchtet?

Sie ging zum Boot zurück, wo Alexander Jesus einen lauten Streit mit Rafael Palma hatte. Palma hatte einen Berg von Töpfen am Ufer liegen und verlangte Platz für seine Kücheneinrichtung. Das war unmöglich, denn das flache, breite Boot war bereits jetzt voll mit Kisten und Säcken. Wo die acht Menschen noch sitzen sollten, war für Ellen ein Rätsel. Der einzige, der sich keine Sorgen darüber machte, war Alexander Jesus.

Unterdessen stand José Cascal in dem kleinen Raum der Poststation und telefonierte mit jemandem in Manaus. Der Posthalter lag erschöpft in der Ecke, trank Eiswasser und rauchte eine dicke grüne Zigarre. Seit vierzehn Jahren lebte er am Amazonas, aber die Schwüle nach dem täglichen Regen warf ihn jedesmal wieder um. Der Schweiß lief ihm aus den Poren wie Wasser aus einem Sieb. Mit trüben Augen blickte er José an, ohne auf das zu achten, was dieser ins Telefon schrie.

Von allen Expeditionsteilnehmern war José Cascal die merkwürdigste und geheimnisvollste Gestalt. Er war ein mittelgroßer, schlanker, drahtiger Mann mit jener gelblich-braunen Gesichtsfarbe, die man in Brasilien oft bei Mischlingen findet. Es ist eine Hautfarbe, gemischt aus vielen Völkern, ein Erbe, so bunt wie die Sumpfblumen im Dschungel. Auf der Oberlippe trug José Cascal ein kleines schwarzes Bärtchen, das er sehr pflegte. Die Haare lagen glatt, pomadisiert um den schmalen Raubvogelkopf. In den braunen Augen lag ein ständiges Lauern und aufsaugendes Beobachten.

Ellen hatte ihn nicht angeheuert. Er war von allein gekommen; in amtlicher Eigenschaft. Der Gouverneur in Manaus hatte ihn geschickt. Ausweis, Befehl und ein Schreiben an Dr. Donhoven hatte Cascal mit unbewegter Miene vorgelegt. »Ich weiß, Senhorita«, hatte er mit der Höflichkeit eines spanischen Granden gesagt, »daß meine Gegenwart nicht erwünscht ist, und ich bliebe auch lieber in Manaus bei den hübschen Mädchen – aber Befehl ist Befehl! Eine Expedition in den unbekannten Urwald muß von einem Regierungsbeamten begleitet werden.«

»Wozu? Das war bisher nicht üblich. Oh, ich ahne es – dahinter steckt mein Vater!« Sie stampfte mit dem Fuß auf, und Cascal, ein Kenner der Frauenschönheit, bewunderte die temperamentvolle deutsche Ärztin. Dann aber schüttelte er den Kopf:

»Ihr Vater hat gar nichts damit zu tun. Die Regierung kommandiert mich ab zu Ihrem Schutz.«

»Ein Mann soll mich vor den Wilden schützen? Das ist doch lächerlich! Glauben Sie, wenn Sie die Regierungsfahne wehen lassen, stehen alle Indianer stramm?«

»Bestimmt nicht, Senhorita. Aber die Regierung ist dazu eingesetzt, überall, wo es möglich ist, ein Auge zu haben.«

»Aha, ich verstehe.« Ellen lächelte böse. »Ich könnte zum Beispiel den Häuptling der Jumas verführen und damit die Rasse zerstören. Oder ich könnte Goldadern finden und sie selbst ausbeuten. Oder man könnte mich zur weißen Göttin im Urwald machen, fruchtbar wie eine Bienenkönigin!« Sie lachte hart, und Cascal bewunderte wieder ihren herben Charme. »Keine Angst. Ich räume mir die Hindernisse allein weg!«

Aber die Diskussion war umsonst gewesen. José Cascal blieb als Regierungsbeobachter in Tefé, besorgte – und das war ein Vorteil – neben Jagdgewehren auch zwei Maschinenpistolen aus Militärbeständen und eine Kiste mit in Rollen verpacktem Sprengstoff.

»Eine solche Krachzigarre wirkt Wunder«, war sein Kommentar gewesen, als Ellen den Sprengstoff abweisend gemustert hatte. »Sie können unser Lebensretter sein. Für die Indios ist dieser Feuerball gleichbedeutend mit einem Herunterfallen der Sonne – das macht uns immer den Weg frei, wenn's nötig ist.«

José Cascal schielte zu dem schwitzenden Posthalter hinüber und beugte sich tiefer über die Sprechmuschel: »Es steht jetzt fest«, sagte er und betonte jedes Wort. Die Verständigung mit Manaus war saumäßig. Die Telefonleitungen hingen frei in den Bäumen entlang des Amazonasstromes; nur vor den einzelnen Poststationen gab es Maste. »Die Deutsche will in das Gebiet zwischen Rio Repartimento – Rio Juma und

Rio Itanhaua. Es ist *das* Dreieck. Genau das! Ich habe versucht, die Expedition umzulenken zum Rio Coari. Ich habe ihr von den Indios erzählt, die dort wie im Paradies leben, von ihren Pfeilgiften, der Teufel hole sie... sie gibt ihren Plan nicht auf, diese Deutsche!«

Der Gesprächspartner in Manaus schien zu überlegen. Dann sagte er mit dunkler, harter Stimme: »José, Sie sind mir dafür verantwortlich, daß Dr. Donhoven nicht in das Flußdreieck kommt. Himmel noch mal – es gibt tausend Zuflüsse zum Amazonas, Millionen Quadratmeter unerforschten Urwaldes – warum muß es gerade dieses Eck sein?«

»Sie hat es sich in den Kopf gesetzt, General.«

»Dann treiben Sie es ihr wieder aus!«

»Das geht nicht. Sie kennen die Deutsche nicht, General.«

»Ein Weib!«

»Ich würde das nicht so abfällig sagen.« Cascal ärgerte sich. Aus der Ferne, vom weichen Sessel aus, sieht alles anders und leichter aus. Komm hierher, General, dachte er. Beiß dir an Ellen die Zähne aus. Am Telefon brüllen kann jeder. »Ellen Donhoven ist ein Roboter voll Energie.«

»Dann brechen Sie einige Drähte heraus, und schon läuft Ihr Roboter anders!«

»Ich will es versuchen, General. Auf jeden Fall müssen wir erst eine Strecke den Rio Tefé hinunter, bevor sie etwas merkt.«

»Natürlich.« Der General in Manaus schien die Karte zu studieren. »Bleiben Sie immer am Fluß. Spätestens an der Mündung des Repartimento muß die Expedition zu Ende sein.«

»Das verspreche ich Ihnen, General.« Cascal legte auf, gab dem seufzenden Posthalter einen Klaps auf die Wange und verließ die Station.

Er hatte ein Versprechen abgegeben, das neben der Grünen Hölle noch das Tor in eine andere Hölle aufriß.

Im Morgengrauen legte das Boot vom Steg ab und tuckerte langsam über die noch nachtdunkle, glatte Fläche des Sees.

Was keiner für möglich gehalten hatte, Alexander Jesus machte es möglich: Für alle war Platz auf dem Boot, selbst die Töpfe und Kessel Rafael Palmas waren noch untergebracht worden. Allerdings lag das Boot bis zur Gefahrenmarkierung im Wasser, und die Alligatoren, die wie verfaulte, verkrustete Baumstämme herumschwammen, ragten mit ihren widerlichen flachen Schädeln über die Bordwand empor, wenn sie den Kopf hoben und neugierig auf das ratternde Gefährt starrten.

Ellen war bester Laune. Alles verlief planmäßig. In der Nacht war nichts mehr gestohlen worden, weil Palma und Guapa abwechselnd Wache gehalten hatten. Hinten, auf einem Platz zwischen den Kisten, saß Campofolio, der Anthropologe, und übte seinen zweiten Beruf aus. Er sang mit bestechend schöner Stimme italienische Seemannslieder. José Cascal und Dr. Forster hockten auf zwei Säcken mit Zeltplanen hinter Ellen und beobachteten das Aufziehen des Morgens über dem Urwald, dem sie entgegenfuhren. Am Steuer des Motorbootes stand Gaio Moco, der Indianer. Seine Augen leuchteten, als habe die Sonne sie schon getroffen.

In die Heimat, dachte er. Zurück zu Ynama. Zurück zu den runden Hütten im blühenden Tal. In drei Jahren wird man vergessen haben, was Gaio einmal getan hat. Denn Gaio wird das Wissen der Weißen mitbringen, und das wird wertvoller sein als alle Köpfe der Feinde.

Die Fahrt über den See verlief planmäßig schnell, aber als sie in die Mündung des Rio Tefé einfuhren, wurde die Reise langsamer. Der Urwald, Riesenbäume, verfilzt mit Lianen und meterhohen Farnen, drängte bis in das träge, grüne Wasser. Verfaulte Stämme trieben ihnen entgegen, Sandbänke mußten umfahren werden, manchmal knirschte der Boden des Bootes über den Flußgrund, so flach war er hier, um dann plötzlich wieder so tief zu werden, daß Alexander Jesus, der mit einer langen Stange die Tiefe maß, keinen Grund mehr fand.

Sie fuhren fünf Stunden fast immer in der Mitte des Rio Tefé, als Rafael Palma, der Küchenzauberer, Schokoladenpudding mit Paranüssen verteilte. Er hatte sich am Bootsende, von Kisten umgeben, eine Notküche eingerichtet und kochte auf zwei Gaskochern. »Am Abend gibt es Schweinelenden«, verkündete er und schnalzte mit der Zunge. »Dazu ein Gemüse aus Bambussprossen.«

»Eine ausgesprochene Luxusfahrt«, sagte Dr. Forster sarkastisch und löffelte seinen Pudding. »Man sollte sie einem deutschen Reisebüro empfehlen: Drei Monate unberührter Urwald mit voller Verpflegung, Lustfahrt auf dem Strom und die Möglichkeit, ein Schrumpfkopf zu werden. Zu empfehlen für lästige Ehefrauen und Schwiegermütter.«

José Cascal hatte es übernommen, Ellen die Landschaft zu erklären. Das war einfach, denn außer einer grünen Vegetationswand, einem trüben Fluß und einem blauen Himmel, der sich urplötzlich in ein graues, drückendes Dach verwandeln konnte, aus dem der Regen dann in Sturzbächen niederprasselte, war nichts zu sehen.

Nach sieben Stunden begann der große Regen. Moco, der Indianer, steuerte das Boot ans Ufer. Die anderen spannten die Zeltplanen auf und suchten eiligst Deckung. Wie aus Eimern prasselte es auf sie herunter, der sonst so träge Rio Tefé schäumte.

Moco war der einzige, der nicht in den Zelten Schutz suchte. Er blieb im vollen Regen hinter seinem Steuer stehen und beobachtete das nahe Ufer. Er sah mehr als die anderen. Viel mehr!

Da war eine verrostete Blechbüchse, sie hatte sich in den Luftwurzeln eines Baumes verfangen, die in den Fluß ragten. Da schaukelte ein Kistenbrett im seichten Wasser. Für Moco waren das alarmierende Zeichen: Kein Gegenstand schwimmt flußaufwärts. Wenn also Büchsen und Bretter hier am Ufer lagen, mußte weiter oben mindestens ein Weißer sein, vielleicht waren es sogar mehrere. Wo aber kamen sie her? In Tefé war nichts davon bekannt gewesen, daß etwa ein Boot den Fluß hinaufgefahren war. Die Expedition Ellens war absolut die erste, die in den Urwald hinter dem See eindrang.

Moco schwieg, als der Regenguß vorüber war und Palma Flaschen mit Tee anbot, die er im Wasser gekühlt hatte. Aber als sie weiterfuhren, sah er sich genau das Ufer an.

Nach acht Stunden Flußfahrt schlug José Cascal vor, für heute Schluß zu machen. Die feuchtheiße Hitze laugte sie alle aus, legte sich auf die Lungen, ließ das Herz flattern, umklammerte die Schläfen wie Eisen. Sie saßen zwischen den Kisten herum, schweißnaß, schlaff wie Fieberkranke. Und sie waren doch erst acht Stunden gefahren.

»Jetzt ein kühles Bad«, meinte Dr. Forster und sah verlangend in den Rio Tefé. »Ein Kopfsprung ...«

»Dann würde das Wasser kurz kochen, und Sie wären in zehn Minuten ein Skelett«, lachte Cascal. »Piranhas – die fragen nicht danach, ob Sie Deutscher sind. Ihr Hunger ist international.«

Gaio Moco steuerte eine Sandbank im Fluß an und ließ das Boot langsam und vorsichtig mit dem Kiel auf den Sand gleiten. Vier Alligatoren kamen sofort herangeschwommen – es war offensichtlich, daß das ihre Sandbank war. Cascal löste die Auseinandersetzung auf Urwaldart. Er legte sein Gewehr an und traf zwei der häßlichen Echsen ins Auge. Sie drehten sich, peitschten mit den langen, hornigen Schwänzen das Wasser, Blut färbte den Fluß ... und dann begann der Rio Tefé wirklich zu kochen, eine Flut von kleinen, blitzenden Leibern fiel über die sterbenden Alligatoren her, zerrissen sie, zerrten mit Mäulern, die nur aus spitzen Zahnreihen bestanden, ganze Fleischbrocken aus den zuckenden Körpern und verwandelten die Echsen in Sekundenschnelle in abgenagte Knochen und wegtreibende Hornschalen.

Mit aufgerissenen Augen starrte Ellen auf dieses grausame Schauspiel vom Sterben und Überleben in der Natur.

»So grausam ist *alles* um uns herum«, sagte Cascal finster. »Senhorita – noch können wir umdrehen...«

»Warum?« Ellen sprang auf die Sandbank. Der Schock war bereits überwunden. »Weil zwei Krokodile gefressen wurden? Meine Herren...« Sie blickte die Männer an, die einzeln aus dem Boot auf die Sandbank kletterten. »Ich will von Ihnen nichts mehr darüber hören, wie gefährlich diese Reise ist. Wer Angst hat, kann umkehren. Ich jedenfalls fahre weiter, das steht fest.«

»Eine solche Frau zu heiraten, bedeutet Heldenmut«, sagte Fernando Paz, der Laborant, zu Campofolio und schleppte seinen Seesack an Land. »Und dabei sieht sie aus wie ein Engel auf dem Altarbild der Kirche von Santa Barbara.«

Auf der Sandbank bauten sie ihr erstes Lager auf. Da der Boden zu weich war, um den Zeltpflöcken Halt zu geben, verzichtete man auf die Zelte, baute aus Kisten kleine Zimmerchen, spannte die Zeltleinwand darüber und verkroch sich in sein Häuschen. Campofolio und Paz schliefen sofort ein, als die Abenddämmerung über Fluß und Urwald fiel, Palma kochte noch Tee für den nächsten Morgen und legte seine Flaschen wie Reusen in den Fluß, um sie zu kühlen. Alexander Jesus Guapa rannte von Kistenstapel zu Kistenstapel und fragte, ob alles in Ordnung sei – dann verdrückte er sich auf das Boot und rollte sich zwischen zwei Säcken zum Schlafen zusammen. Auch Cascal zog sich zurück. Beim Schein einer kleinen Taschenlampe maß er die Strecke auf der Karte nach, die sie heute gefahren waren. Die Geschwindigkeit, die das Boot gemacht hatte, ließ ihn leicht die Kilometer errechnen.

Die Müdigkeit, die alle überfallen hatte, war bleiern. Palmas saftige Schweinelendchen waren köstlich, wurden aber nicht gelobt – man war einfach zu müde dazu.

Dann war die Nacht da – eine zauberhafte Tropennacht mit einem Sternenhimmel wie im Märchen. Der Urwald roch jetzt nach Verführung, selbst das Wasser des Rio Tefé duftete stark nach Gewürzen. In der hohen schwarzgrünen Wand raschelte und wisperte es, schossen Vögel mit langen Federschwänzen aus dem Dunkel und jagten über den Fluß. Irgendwo sang ein unbekannter Nachtvogel, schöner als die Nachtigall, langgezogen, süß, mit einer schwebenden Melodie.

Am nächsten Morgen, nach einem Frühstück, für das Palma wieder gelobt wurde, denn einen Koch muß man bei Laune halten, sonst hat der Magen darunter zu leiden, setzten sie die Flußfahrt fort. Cascal errechnete ungefähr siebzig Kilometer Entfernung vom Tefé-See, als Moco den Motor abstellte und zu den anderen herüberrief: »Der Tank ist leer! Ich muß wieder nachfüllen.«

Er legte eine Saugleitung zu den zehn großen Benzinfässern, die in der Mitte des Bootes standen, zapfte das erste Faß an und stellte die Saugpumpe an. Sie machte plopp, plopp und pumpte Luft in den Motortank.

Moco stellte die Pumpe ab und klopfte an das Faß. Dann wurde sein Gesicht zu einer starren Maske. Er riß die Leitung heraus, warf das Faß um und rollte es mit einem Fußtritt über Deck.

»Leer!« rief er dabei. »Leer!«

Er klopfte die anderen Fässer ab. Überall der hohle Klang.

»Alle leer!« schrie er und ballte die Fäuste. »Wir haben kein Benzin mehr!«

»Aber das ist doch unmöglich ...«, stotterte Campofolio. »Das ist doch unmöglich. Was sollen wir ohne Benzin auf einem Boot?«

Alexander Jesus tanzte wie ein Irrer über das Deck. »Diebe!« kreischte er. »Überall Diebe! Die Fässer waren voll. Ich habe sie selbst mit an Bord gerollt! Jemand hat sie ausgepumpt, bevor wir abfuhren! Ich habe keine Schuld, ich habe keine Schuld ...«

Ellen kam zu Moco. Er lehnte an dem stummen Motor, seine Augen waren schwarz und gefährlich. Die Wildheit seiner Urwaldheimat war in ihn zurückgekehrt.

»Weiße Männer nennen so etwas Sabotage«, sagte er dunkel. »Wir sollen nicht weiterkommen... Nur ein Faß war noch voll, und das habe ich verbraucht.«

José Cascal bahnte sich einen Weg durch das Gepäck. Er war wie die anderen aufgeregt und warf beide Arme hoch, als er vor Ellen stand.

»Das ist das Ende!« rief er. »Wir kommen nicht weiter. Ohne Benzin ist alles aus! Ich schlage vor, wir drehen um und lassen uns den Fluß hinabtreiben. In zwei Tagen werden wir wieder im See sein und können dann Leuchtzeichen geben.«

»Sie können umkehren, José!« sagte Ellen und schob den verblüfften Cascal zur Seite. »Wenn die Technik versagt, muß eben der Ur-Mensch wieder ran. Ich ziehe zu Fuß weiter.«

»Zu Fuß?« schrie Cascal. »Das ist Wahnsinn!«

»Überlassen Sie das mir, José.« Ellen blickte die Männer an, die vor ihr standen. »Wenn Sie alle umkehren wollen... bitte. Das Boot gehört Ihnen. Ich ziehe durch den Wald. Einer, das weiß ich, wird mich begleiten, Moco.«

»In alle vier Winde!« sagte der Indianer mit fester Stimme.

»Ich erlaube es nicht!« schrie Cascal.

»Hier im Urwald gibt es keine Regierungsgewalt mehr. Wollen Sie mir befehlen? Wollen Sie mich mit Gewalt zurückhalten?«

»Wenn nötig – ja!« Cascal zauberte plötzlich eine Pistole aus seiner Tropenjacke. »Dr. Donhoven, seien Sie vernünftig. Zu Fuß durch den Wald! Durch verfaulte Jahrhunderte... mit Schlangen und wilden Tieren, Indios, die nur das Töten kennen, Milliarden giftiger Mücken – ich lasse das nicht zu.«

»Moco«, sagte Ellen und drehte den Kopf zu ihm. »Er will uns zwingen.«

»Denken Sie an die Piranhas, Senhor!« sagte Moco dunkel. Es war eine Drohung, die jeder verstand. Cascal ließ die Pistole sinken.

»Wir müssen in aller Leidenschaftslosigkeit darüber sprechen und nachdenken«, meinte er. »Mut ist etwas Herrliches, aber allzuschnell ist die Grenze zum Blödsinn überschritten.

Überlegen Sie eins: Wie wollen Sie im Urwald die Richtung einhalten? Mit dem Kompaß? Senhorita – das hier ist keine Wanderung durch die Heide.«

»Moco wird uns führen.«

Cascal warf dem Indianer einen Blick zu, als wolle er ihn in die Hölle wünschen.

»Und das ist Ihnen sicher genug?«

»Ganz sicher. Ein Mann, der zu seinem Mädchen will, findet immer den Weg – auch durch den Urwald.«

»Die Frau«, Dr. Forster lächelte Ellen an. »Sehen Sie, jetzt hat die Frau aus Ihnen gesprochen. Cascal –« Er legte dem Brasilianer die Hand auf die Schulter. »Noch eine Veränderung der Lage: Ich ziehe auch mit! Ich bleibe bei Ellen, und wenn unser Weg durch drachenverseuchte Sümpfe führt.«

Cascal fuhr herum. Er suchte nach Worten und sagte schließlich nur mit Mühe: »Sind ... sind noch mehr Idioten an Bord?«

»Alles Idioten, Senhor.« Fernando Paz rieb sich die dicke Nase. »Wir lassen unsere Doktorin nicht allein! Soll ich mich später in jedem Spiegel anspucken?«

»Gut! Gut!« Cascal sank erschöpft auf eine Kiste. »Lauter Ehrenmänner! Lauter Selbstmörder! Senhores ... von uns kommt keiner mehr zurück, das sage ich Ihnen!«

»Doch. Sie!« Ellen machte eine alles umfassende Handbewegung. »Nehmen Sie das Boot und lassen Sie sich abtreiben. Moco, reicht das Benzin noch bis zum Ufer?«

»Ja, Senhorita.«

Er ließ den Motor an und fuhr das Boot an das schlammige, stinkende Ufer. Alexander Jesus, der zuerst an Land sprang, sank bis zu den Knien in den fauligen Sumpf ein, aber nach wenigen Schritten hatte er festen Boden unter den Füßen und schüttelte den Schlamm von seinen Beinen. Er fing das Tau auf, das Moco ihm zuwarf, schlang es um einen Baumstamm und zog damit das Boot so nahe heran, daß man mit einem Sprung das feste Land erreichen konnte.

»Packen wir um«, sagte Dr. Forster, als alle ausgestiegen waren. »Nur das Nötigste, nur so viel, wie jeder leicht tragen kann. Keine Belastungen. Das Wichtigste sind Waffen, Munition, Medikamente, Streichhölzer, die Laboreinrichtung, die Fotokiste und Palmas Töpfe. Und natürlich die Moskitonetze.« Er stieß Cascal an, der mißmutig am Ufer stand und über den Fluß starrte. »Wenn Sie mit der anderen Ladung wieder in Tefé sind, lassen Sie sie im Schuppen hinter dem Hotel. Die Sachen waren teuer genug und sollen nicht umkommen.«

»Wieso ich?« Cascal fuhr herum. Sein Gesicht war aschgrau. Er hatte seinen Befehl, und er hatte sein Versprechen gegeben – für ihn gab es keine andere Wahl mehr: »Ich komme doch mit!«

»Sie? Auf einmal?«

»Ich bin kein Feigling! Aber ich hasse Idiotie.«

»Und trotzdem?«

»Ja. Aber nur, weil eine Frau dabei ist.«

Er wandte sich ab und packte die Kisten mit an, die Palma, Moco und Alexander Jesus vom Boot an Land hoben.

Und dann kam die Nacht . . . die erste Nacht unter dem turmhohen Blätterdach des Urwaldes, die Nacht vor der Wanderung in das Ungewisse.

Eine Nacht voller Warnungen . . .

ZWEITES KAPITEL

Die Zelte waren aufgeschlagen, zwei Feuer brannten und lockten eine Wolke von Moskitos herbei, Rafael Palma spülte seinen Kochkessel und die Eßgeschirre im Fluß und scheuerte sie mit Sand aus, Ellen schrieb im Licht eines Batteriescheinwerfers die letzten Sätze in ihr Expeditionstagebuch, und José Cascal stand zwischen dem Gepäck und starrte mißmutig über den Fluß.

Sein Problem begann ihm jetzt langsam über den Kopf zu wachsen. Der General hatte gut reden: Verhindern Sie das Betreten des Quellgebietes des Rio Juma.

Cascal drehte sich um und überblickte das Treiben in dem kleinen Lager. Er sah, wie Alexander Jesus sich einen großen Baum aussuchte, wie ein Affe, sich an den Lianen festhaltend, den Stamm hochkletterte und sich, zehn Meter über dem Boden, in der Gabelung zweier armdicker Äste niederließ. Dort hockte er wie ein schwarzer Panther und grinste zu Palma hinunter, der mit seinen gescheuerten Töpfen unter dem Baum stand.

»Besser als jedes Zelt!« schrie Alexander Jesus aus seiner luftigen Höhe. »Komm herauf, Rafael.«

Der Koch tippte an seine Stirn und kroch in das Küchenzelt. Traurig hockte er zwischen allen seinen Schätzen, von denen er nur einen Bruchteil mitnehmen konnte. Da jeder seine eigene Ausrüstung tragen mußte – nur Gaio Moco übernahm einen Teil von Ellens Gepäck –, war sich Palma nicht einig, was er morgen früh auf seinen Rücken schnallen sollte. Ein großer Zwiespalt machte ihm zu schaffen: Er kochte und aß zwar gern, aber er haßte jede körperliche Belastung. Seufzend kroch er unter sein Moskitonetz und dachte vor dem Einschlafen mit Schaudern daran, daß es in Zukunft nur noch Fische aus dem Fluß und Fleisch von geschossenen Urwaldtieren geben würde. Vorwiegend Affen! Rafael Palma kannte 34 verschiedene Rezepte, wie man sie zubereiten konnte, aber das tröstete ihn wenig.

Obgleich man es eigentlich nicht für nötig hielt, beschloß man doch, Wachen aufzustellen. »Zur eigenen Beruhigung«, sagte Dr. Forster und blickte hinauf zu Alexander Jesus, der bequem in seiner Astgabel lag und Kaugummi kaute. Dann wandte er sich zu Ellen, die auf einer Kiste vor ihrem kleinen Zelt saß und stumm eine Zigarette rauchte. »Auch Sie schlafen ruhiger, Ellen.«

»Ich kenne keine Angst, das wissen Sie, Rudolf. Warum sollte uns jemand angreifen? Wir kommen in friedlicher Absicht.«

»Es wäre schön, wenn man das auch den wilden Tieren erzählen könnte.« José Cascal kam von seinem Schmollwinkel am Fluß zurück. Er wußte noch immer nicht, wie er sich in den weiteren Tagen und Wochen verhalten sollte. Er wußte nur eins: Das Quellgebiet des Rio Juma erreichen wir nie! *Dürfen* wir nicht erreichen.

»Deshalb wird immer ein Feuer brennen.« Forster trank in kleinen Zügen den Rest seiner Bierdose leer und warf sie dann weit in das verfilzte Gebüsch. Zum Abendessen hatte Palma jedem zwei Dosen Bier spendiert; es waren die letzten, denn die zwei Kisten mit den amerikanischen Bierdosen mußten hier zurückbleiben. »Bei der geringsten Unklarheit soll die Wache Alarm schlagen.«

»Das wird eine heitere Nacht!« Cascal lachte sarkastisch. »Wenn Alexander Jesus einen Affen im Schlaf murmeln hört, schießt er um sich. Der Urwald ist voll von unbekannten Geräuschen.«

Ellen Donhoven lächelte müde und winkte ab. »José, Sie

sind ein hartnäckiger Mensch. So viele Teufel, um mir Angst zu machen, können in diesem Wald gar nicht wohnen.«

»Die Unvernunft ist das größte Leiden dieser Welt.« Cascal hob resignierend die Schultern: »Boa noite!«

»Gute Nacht, José.«

Cascal schob gerade den Eingang seines Zeltes zur Seite, als er zusammenzuckte und mit eingezogenem Kopf stehenblieb. Über ihnen, irgendwo in dem schwarzen Nachthimmel jenseits des Flusses, klang Motorenlärm auf. Er näherte sich schnell wie ein rasendes Gewitter, das Dröhnen schwoll an und verschwand ebenso schnell in der Dunkelheit. Der Nachhall legte sich über die Stille des Waldes wie ein Zittern.

Gaio Moco, der vom Fluß trockenes Holz zum Feuer getragen hatte, starrte hinauf in die Schwärze der Nacht. Aus ihrem Zelt fuhren die Köpfe von Campofolio und Fernando Paz.

»Verdammt, das waren doch Flugzeuge!« rief Palma und zeigte in den Himmel.

»Das muß ein ganzes Geschwader gewesen sein.« Dr. Forster sah Ellen Donhoven verblüfft an. »Schwere Transportmaschinen, dem Klang nach. Und das mitten in der Nacht über dem Urwald?«

»Blödsinn!« Cascal hatte sich gefaßt. Mit beiden Armen winkte er ab und schüttelte den Kopf. »Das war eine Gewitterzone.«

»Mit der Geschwindigkeit? Da müßten sich hier die Bäume biegen ... und wir haben fast Windstille.«

»Flugzeuge! Senhores, das wäre doch ganz gegen jede Vernunft.« Cascal lachte rauh, ihm war nicht wohl dabei. »Wo sollen sie denn hinfliegen? Vor uns ist einige tausend Kilometer das Nichts.«

»Es waren Flugmotoren!« sagte Campofolio hartnäckig. »Ich bin in meinem Leben so viel geflogen, daß ich den Klang genau kenne. Was ist denn auch so wichtig daran? Militär vielleicht. Gute Nacht ...«

Die erste Wache hatte Dr. Forster übernommen. Er wartete

neben Ellens Zelt, bis innen das schwache Licht erlosch, dann stapfte er zum Feuer und setzte sich dort auf eine der leeren Benzintonnen. Gaio Moco, ein Mensch, der anscheinend nie müde war, lag auf der anderen Seite der niedrigen Flammen auf dem Boden. Forster warf ihm seine Packung Zigaretten über das Feuer. Dankbar nickte ihm Moco zu. Er steckte sich eine Zigarette an und rauchte sie wie ein ungeübtes Mädchen, zwischen Daumen und Zeigefinger geklemmt. Nach jedem Zug blies er den Rauch durch die gespitzten Lippen wieder von sich.

»Gaio, sei einmal ganz ehrlich«, sagte Dr. Forster.

»Moco kennt keine Lüge.« Der Indio starrte auf seine Zigarette.

»Hat es einen Sinn, was Senhorita Ellen macht? Kommen wir jemals durch diesen riesigen Wald bis zu den Jumas?«

»Solange ich bei Ihnen bin, ja. Allein nie.«

»Du kennst das Land genau?«

»Ich weiß, wo mein Stamm lebt. Es ist neben den Jumas.«

»Angenommen, dir passiert etwas. Ein Schlangenbiß, Fieber, irgendein Unglück ... wie stehen dann unsere Chancen?«

»Sehr schlecht, Senhor.« Moco warf den Zigarettenrest ins Feuer. »Der Wald wird euch verschlingen wie eine Schlange die Maus.«

»Danke, Gaio.« Dr. Forster stützte den Kopf in beide Hände.

Zwei Stunden später löste ihn Fernando Paz ab. Dann übernahm Campofolio die Wache, nach ihm setzte sich Palma ans Feuer. Abseits von allen lag Moco auf dem Boden und schlief. Zusammengerollt, kaum atmend, unbelästigt von den Moskitos. Er hatte sich vor dem Schlafen mit dem Saft einer Pflanze eingerieben ... man roch nichts, aber für die Moskitos mußte er widerlich stinken. Sie schwirrten in einem Bogen um ihn herum.

Rafael Palma schlief ein. Man konnte ihm das nicht übelnehmen. Mit großer Wehmut im Herzen hatte er bis kurz vor

Antritt der Wache inmitten seiner Vorräte gesessen und hatte ausgewählt, einen Sack gepackt, über die Schulter geworfen, ihn für zu schwer befunden und wieder umgepackt. Was schließlich übrigblieb, waren dreißig Pfund Konserven, dazu kamen noch die Töpfe und die große Pfanne, die er zu einem Bündel zusammenschnürte und sich als Gegengewicht zu dem Sack um den Hals hängte. Die Tränen standen ihm in den Augen, als er dieses Marschgepäck als endgültig bezeichnete. Es wird von Tag zu Tag leichter, tröstete er sich. Aber das Leben wird auch trostloser. Nur immer Bratfisch oder Affenlende mit Rosinensoße, das ist eine Quälerei für einen so begnadeten Koch wie Rafael Palma.

Nun schlief er, saß mit hängendem Kopf am Feuer und schnarchte laut. Seitlich von ihm, in der Höhe, grunzte Alexander Jesus auf seinem Baum. Und nichts geschah. Kein wildes Tier schlich sich ins Lager und holte sich Palma vom Feuer, keine Riesenschlange erwürgte Guapa auf seinem Baum, kein blutdürstiger Indio schnitt Moco den Kopf ab.

Die Nacht verging, und da Palma schlief und seinen Nachfolger nicht weckte, schliefen sie alle bis in den hellen Morgen hinein. Dann aber fuhren sie hoch, stürzten aus ihren Zelten und hielten die Gewehre schußbereit.

Ein gellender Schrei hatte sie aufgejagt. Er wiederholte sich jetzt, und es war Alexander Jesus, der ihn ausstieß. Er schwang sich an den Lianen von seinem Baum und zitterte am ganzen Körper. Wenn Neger wirklich bleich werden können – Guapa war es. Das Schwarz seiner Haut schimmerte graublau. Als er den festen Boden erreichte, begann er herumzutanzen, als hätten ihn tausend Ameisen gebissen. Sein Mund war weit aufgerissen, die weißen Zähne bleckten, und er gab Laute von sich, die wie das Quieken junger Schweine klangen. Um seinen Hals baumelte etwas, mit dem er am Abend bestimmt nicht auf den Baum geklettert war. Dr. Forster und José Cascal erkannten es sofort, und auch Mocos Augen glitzerten gefährlich.

»Ist er verrückt geworden?« fragte Ellen betroffen.

»Man könnte es ihm nicht übelnehmen.« Dr. Forster zeigte auf den Gegenstand, der um den Hals des schreienden Alexander Jesus hing: »Ein Schrumpfkopf...«

»Mein Gott!« Ellen preßte die Finger in Forsters Arm.

Palma und Moco überwältigten Guapa, der brüllend um sich schlug, als man ihm zu nahe kam. Schaum stand ihm vor dem Mund, vor Angst verdrehte er die Augen. Auf der flachen Hand, so wie man ein Geschenk auf einem silbernen Tablett überreicht, brachte Moco die schreckliche Warnung zu Ellen.

»Er war einmal ein Weißer«, sagte Moco ruhig. »Wir müssen vorsichtig sein.«

»Umkehren!« schrie Cascal. Ehrliche Angst stand in seinen Augen. Das hier war nicht geplant, war keine Inszenierung zur Abschreckung... das war echte Wildnis, eine Todesdrohung, die auch ihm galt. »Sofort umkehren! Wir lassen uns mit dem Boot flußabwärts treiben bis in den See. Zelte abbrechen! Alles zurück!«

»Moment, José!« Ellen sah Dr. Forster an. Auch in seinem Blick lag Entsetzen. »Ist das Ihre Expedition oder meine?«

»Das spielt jetzt keine Rolle mehr!« rief Cascal. »Als Beauftragter der Regierung befehle ich die Umkehr!«

»Sie wiederholen sich, José. Ich habe Ihnen schon gestern gesagt, daß hier im Urwald Ihre dumme Staatsgewalt aufhört.«

»Ist dieser Schrumpfkopf eines Weißen nicht genug? Sollen wir in ein paar Tagen alle so aussehen?« schrie Cascal. »Feuer brannte, eine Wache paßte auf und ein Indio« – er zeigte auf Moco, der noch immer den ekligen Schrumpfkopf auf seinem Handteller hatte – »war bei uns, ein Indio, der sonst die Würmer kriechen hört... und trotzdem ist es einem Wilden gelungen, zu Guapa auf den Baum zu klettern und ihm das fürchterliche Ding um den Hals zu hängen.

Wenn das nicht genug ist, weiß ich nicht, was Sie noch abhalten kann, diesen Wahnsinn fortzusetzen! Sollen wir alle wirklich draufgehen?«

»Ich ziehe weiter!« sagte Ellen ruhig. »Moco? Was meinst du?«

»Lassen Sie mich allein gehen, Senhorita...«

»Du auch?« Enttäuschung spiegelte sich in Ellens Gesicht. Sie beugte sich über den Kopf und dachte an die Erzählungen, die sich um diese Jagdtrophäen der Kopfjäger rankten. So groß wie eine Kinderfaust, aller Knochen entledigt, ausgetrocknet und gegerbt, aber deutlich als Kopf eines weißen Mannes erkennbar, grinste sie dieser Schädel an. Das Geheimnis und das fürchterliche Schicksal dieses Menschen wehten sie kalt an.

Wer mochte das gewesen sein? Ein Abenteurer? Ein Orchideensammler? Ein Forscher? Ein Missionar? Ein Jäger? Jedes Jahr verschluckt der Urwald eine Anzahl Weißer, und keiner sieht sie jemals wieder. Niemand sucht sie. Wozu auch? Man findet sie doch nie, und wo soll man mit dem Suchen beginnen? Durch Zufall finden Expeditionen dann Hinweise auf getötete Weiße, oder Indios bringen Erzählungen von den großen Flüssen mit, in denen vom Tode weißer Feinde die Rede ist.

»Was... was machst du jetzt mit ihm?« fragte Ellen und hatte Mühe, ihrer Stimme einen festen Klang zu geben. Gaio Moco schloß die Hand um den kleinen weißgelben Kopf.

»Ich hänge ihn mir an den Gürtel.«

»Wir sollten ihn begraben, wie es einem Christen zusteht«, sagte Campofolio, der sich seiner religiösen Erziehung in Sizilien erinnerte.

Am Ufer begann ein neuer Lärm. Alexander Jesus schleppte Kisten zurück auf das Boot und fing dabei an, mit singender Stimme Gebete zur Madonna und den Heiligen zu schreien. Er war völlig aus der Fassung geraten, die Urangst seiner Rasse vor Dämonen raubte ihm den Verstand.

»Brechen wir die Zelte ab«, sagte Ellen und steckte die Hände in die Taschen ihres Tropenanzuges. Niemand sollte sehen, wie sie zitterten. »Die Herren können zurückfahren nach Tefé. Gute Reise! Moco – such unsere Sachen zusammen. In einer Stunde ziehen wir weiter...«

Sie drehte sich um und ging mit festen Schritten hinunter zum Fluß.

»Man sollte ihr den Schädel einschlagen«, zischte Cascal.

»Womit?« Dr. Forster lächelte verzerrt. »Der Gegenstand, der das schafft, muß noch erfunden werden.« Er blickte die anderen Männer an und wischte sich den Schweiß von der Stirn. Mit der Morgensonne kam auch die bleierne Hitze. Der Wald dampfte. »Wie haben Sie sich entschieden?«

»Das frage ich Sie zuerst«, brummte Fernando Paz.

»Ich bleibe bei ihr«, sagte Dr. Forster.

»Noch ein Verrückter!« schrie Cascal.

»Ich liebe sie.« Dr. Forster atmete tief durch. »Damit habe ich das Recht, das Irrsinnigste als normal anzusehen.«

Eine Stunde später begann der Vormarsch durch den unbekannten Urwald.

Keiner fehlte – alle zogen sie mit. Sogar Alexander Jesus. Vier Stunden betete er laut vor sich hin, bis er heiser war, aber er blieb nicht zurück. Allein mit dem Boot zurückzukehren schien ihm unsicherer, als mit den anderen vorwärts in die Grüne Hölle zu marschieren.

An der Spitze gingen Moco und Rafael Palma. Mit scharfen Macheten schlugen sie den Pfad in das verfilzte Unterholz. Meter um Meter, Stunde um Stunde... vor sich die grüne, wogende Unendlichkeit. Es war, als ob eine Schnecke auf dem Wege war, Amerika zu erobern...

Vier Tage kämpften sie sich durch den Wald. Es war eine Quälerei, die sie auslaugte. Jeden Abend verfolgte Ellen auf der Karte, wie weit sie gekommen waren, doch die Strecken schienen im Verhältnis zu den Entfernungen, die noch vor ihnen lagen, lächerlich. José Cascal errechnete, daß die Expedition bei diesem Tempo ein halbes Jahr bis zu den Quellflüssen des Rio Juma und Rio Itanhaua brauchen würde, wenn man überhaupt bis dahin kam.

»Und wenn es ein Jahr dauert«, sagte Ellen starrköpfig. »Ich habe Zeit.«

Am vierten Abend fanden Paz und Campofolio etwas Seltsames: Am Ufer des Tefé lagen zwei Patronenhülsen angeschwemmt, im Netz der Wasserranken verfangen.

»Gewehrpatronen!« stellte Dr. Forster fest. »Das ist merkwürdig. Lange liegen sie noch nicht im Fluß. Eine Expedition muß vor uns durch den Wald ziehen.«

»Unmöglich. Jede Expedition ist gemeldet und wird in Manaus genehmigt.« Cascal betrachtete die Hülsen mit finsterer Miene.

»Ein Einzelgänger. Gibt es das noch?«

»Hier in diesem Land gibt es alles, Senhor«, sagte Cascal und steckte die Patronenhülsen ein. Im Zelt betrachtete er sie unter einem Vergrößerungsglas ... es waren Hülsen amerikanischer Herkunft. »Verdammt!« murmelte er und wickelte die Patronen ein, als seien sie aus Gold. »Die Kerle in Tefé haben geschlafen. Man sollte sie zu Tode prügeln ...«

An diesem Abend hatte Alexander Jesus ein neues Erlebnis. Daß es immer ihn traf, den braven, schwarzen Mann, der jeden Abend gehorsam sein Gebet sprach, wie es ihn die Mama gelehrt hatte, betrachtete er als blindes Schicksal. Er war mit Palma zu einer seichten Bucht an den Fluß gegangen, wo man dicke Fische im Wasser stehen sah, von denen Palma allerdings noch nicht wußte, ob man sie essen konnte, als es plötzlich hinter ihm raschelte. Alexander Jesus machte einen Satz zur Seite, aber genau das war falsch. Er trat auf etwas Weiches, Rundes, stolperte, fiel auf die Knie und war in der nächsten Sekunde von einem glatten, gefleckten, gleitenden Leib umschlungen. Ungeheure Muskeln preßten sich um ihn, schnürten ihm die Hüften ab und ließen seine Gelenke knirschen.

Alexander Jesus brüllte wie am Spieß. Palma, der am Flußufer stand und überlegte, wie man den dicken Fisch fangen könnte – ob mit einer Angel oder nach Eingeborenenart mit einer Lanze –, fuhr herum. Er sah seinen Freund im Kampf mit einer riesigen Anakonda, einer ungiftigen, aber ungemein starken Schlange, von der man weiß, daß sie kleine Schweine und andere mittelgroße Tiere in einem Stück verschlingt und hinunterwürgt. Zischend riß sie jetzt ihr breites Maul auf und streckte den Kopf hocherhoben Palma entgegen, während sie mit ihrem Leib den armen Alexander Jesus zu erwürgen drohte.

»Hilfe!« brüllte Palma. »Hilfe!« Er rannte zum Lager, wo man die schrecklichen Schreie Guapas schon gehört hatte und mit Gewehren und scharfen Macheten zum Fluß lief. »Eine Anakonda! Ein Riesenbiest! Sie erdrückt ihn... schnell, schnell!«

José Cascal war der erste, der die Bucht erreichte. Vergeblich versuchte er, den Kopf der Schlange so ins Visier zu bekommen, daß sein Schuß nicht auch Alexander Jesus traf. Immer war der schreiende Neger im Weg... er hieb sinnlos auf den glatten Leib und versuchte, mit seinen Händen den Kopf der Schlange zu greifen.

Mit drei langen, pantherhaften Sätzen war Moco bei ihm. Die Machete blitzte durch die Luft, es gab einen knirschenden Laut, und der Kopf der Riesenschlange fiel zur Seite. Aber die Muskeln des Leibes erschlafften noch nicht, sie hielten ihr Opfer umklammert. Erst, als Moco und Cascal gemeinsam an dem zuckenden Leib zogen, konnte sich Guapa aus der tödlichen Umklammerung befreien, rollte ein paar Meter über den Boden und blieb dann auf dem Rücken liegen wie ein an Land geworfener Fisch.

»Madonna«, wimmerte er. »Por amor de Deus! Bete ich nicht immer zu dir?« Dann weinte er wie ein kleines Kind, und Palma gab ihm von der vorletzten Büchse Bier zu trinken.

Dr. Forster maß später die Schlange nach – sie war sechs

Meter vierzig lang und so dick wie ein männlicher Oberschenkel. Der einzige, der sich über die Anakonda freute, war Rafael Palma. Bereits am Abend gab es Schlangensteak, mit Paprika bestäubt. Aber wenn es auch noch so köstlich schmeckte: Dr. Forster, Ellen und Campofolio kostete es große Überwindung, die Bissen hinunterzuwürgen. Palma strahlte. Er kannte elf Rezepte für Schlangenfleisch. Wo in aller Welt gab es noch solch einen Koch wie ihn?

Nach diesem neuen Erlebnis Alexander Jesus' sah Ellen ein, daß der Fußmarsch durch den Urwald, und wenn er ein Jahr dauern würde, nicht von der Zeit abhängig war, sondern von den Nerven der Menschen. Bei allem männlichen Mut gab jetzt auch Fernando Paz dem verschlossenen Cascal recht: »Es wäre besser, umzukehren und sich in Tefé neu auszurüsten«, sagte er. »Noch ist das möglich. Mit dem Boot, zugegeben, das hatte einen Sinn... aber was wir jetzt unternehmen, ist mittelalterlich. Zurück, neues Benzin einladen und noch einmal vorwärts... dann klappt es. Was meinen Sie, Pietro?«

Campofolio als Italiener immer Kavalier, schielte zu Ellen Donhoven. Er sah ihre abweisende Miene und befand sich in einem großen seelischen Konflikt. Innerlich gab er zu, Angst zu haben, aber welcher Mann zeigt das in Gegenwart einer schönen Frau?

»Wenn man allein die Klugheit walten ließe...«, wich er aus.

»Klugheit ist jetzt das einzige, was uns retten kann!« Dr. Forster legte den Arm um Ellens Schulter. Er spürte ihre Abwehr... sie machte sich steif. »Seit Tagen wissen wir, daß wir ins Unendliche laufen ohne einen Funken Hoffnung. Seit Tagen reden wir darüber, aber wie die Hammel ziehen wir weiter. Ellen – Sie Dickkopf, wollen Sie Ihr Leben aufs Spiel setzen?«

»Ja.«

Das war eine klare, einfache Antwort. Gegen sie gab es keine weiteren Fragen mehr.

Dr. Forster stand auf und ging unruhig vor dem niedrigen Feuer hin und her. Gaio Moco beobachtete ihn von seinem Lager aus. Für ihn war die Welt einfacher. Er kehrte zu seinem Stamm zurück, würde Moco den Zauberer töten, weil er die Leute belog, und dann Ynama, das Mädchen mit den langen Haaren, heiraten.

Wie arm sind die Weißen, dachte er. Sie machen aus ihrem Leben eine Hölle . . .

Am Morgen machte Moco einen guten Vorschlag. Er erklärte Ellen Donhoven, daß man Einbäume bauen sollte.

»Es wird eine Zeit dauern«, sagte er. »Aber wir haben alle Instrumente zum Bauen hier. Ich werde drei Stämme aushöhlen und breite Paddel schnitzen. Wenn wir mit diesen Booten am Flußufer, dort wo die Strömung nicht stark ist, rudern, kommen wir schneller voran als auf dem Land. Man kann sogar an den seichten Stellen mit langen Stangen stoßen.«

»Gondolieri im Urwald«, grinste Campofolio. »O mia bella Venezia! Aber der Vorschlag ist gut. Sehr gut.«

Auch Fernando Paz war begeistert. Palma und Alexander Jesus waren sich immer einig und nickten mit leuchtenden Gesichtern.

»Einbaum . . . gut!« sagte Guapa. »Nur weg von diesem gottverfluchten Land!«

Der einzige, der widersprach, war José Cascal. Der Vorschlag Mocos durchkreuzte erneut seine Pläne. Giftig sah er den Indio an.

»Und die Stromschnellen?« fragte er. »Wir wissen aus Luftaufnahmen, daß oben am Fluß eine Kette von Stromschnellen kommt mit bizarren Wasserfällen. Da hält sich kein Einbaum mehr. Wir werden weggetrieben wie trockenes Holz.«

»Die Stromschnellen umgehen wir«, sagte Dr. Forster. Er sah, daß Ellen den Vorschlag Mocos wie den rettenden Schluck Wasser vor dem Verdursten aufnahm. »Wir tragen die Boote über Land an den Fällen vorbei und setzen hinter ihnen die Fahrt fort. Unter Garantie geht das schneller als zu Fuß durch den Urwald.«

»Haben Sie schon einmal einen Baumstamm geschleppt!« schrie Cascal. »Dazu in dieser Wildnis? Auch ausgehöhlt würde er Sie glatt in die Erde stampfen.«

»Ich werde leichtes Holz nehmen«, entgegnete Moco ruhig. »Holz vom Muahua. Es schwimmt wie Kork...«

José Cascal ballte hinter dem Rücken die Fäuste. Es hat keinen Sinn, dachte er, weiterhin human zu sein. Es hat keinen Sinn, dem Notwendigsten auszuweichen.

Der Indio muß verschwinden. Er ist die Seele dieser Bande. Töte ich die Seele, ist der Körper hilflos. Ohne Moco ist selbst eine Ellen Donhoven keine Heldin mehr.

Er zuckte mit den Schultern, brummte: »Man wird mir später recht geben« und ging in sein Zelt.

Der Tod Mocos war an diesem Morgen beschlossen.

Zunächst aber gingen alle daran, die Einbäume zu bauen. Moco und Palma streiften durch den Wald und suchten die richtigen Stämme aus, fällten sie, schlugen die Äste ab und kamen dann mit den langen Stammstücken ins Lager. Ohne Anstrengung trugen sie allein die dicken, runden Stämme, die aussahen, als könnten sie von vier starken Pferden nicht über die Erde geschleift werden. Dr. Forster und Campofolio staunten. Sie hoben die Bäume ebenfalls hoch und hatten wenig Mühe, sie zu tragen. Ausgehöhlt mußten sie wirklich leicht wie Kork sein, ähnlich dem unsinkbaren Balsaholz. Für Cascal war das kein Naturwunder mehr, er kannte das Muahua-Holz, aus dem die Indios ihre pfeilschnellen Kanus schnitzten. Mit der Strömung, mitten auf dem Fluß, schwammen sie in ihren Einbäumen jedem Motorboot davon.

»Wie lange wird es dauern, bis wir weiterkönnen?« fragte Ellen, als Moco die Stämme, aus denen einmal Boote werden sollten, auf niedrige Böcke gelegt hatte und mit einem Beil die Umrisse der Höhlung einritzte.

»Einen Monat, vielleicht auch zwei, Senhorita.« Moco sah

über den nahen Fluß. Die anderen hatten aus dem Gestrüpp einen freien Lagerplatz gehauen und begannen, sich für längere Zeit einzurichten. Palma und Alexander Jesus bauten einen Herd aus Flußsteinen. Wer gut ißt, hat auch immer Mut, war die Ansicht Palmas.

»Zwei Monate!« Cascal raufte sich theatralisch die Haare. »Bis dahin sind wir hier verschimmelt!«

»Wir haben Zeit, viel Zeit.« Ellen Donhoven lächelte Moco dankbar zu. »Bau uns schöne Boote, Gaio –«

Es war klar, daß diese langen Tage nicht ohne Zwischenfälle vorübergingen. Während Moco, Palma, Guapa und Paz an den Einbäumen arbeiteten, mit bloßen, schweißnassen Oberkörpern, die Moco mit seinem unbekannten Pflanzensaft einrieb, der alle Mücken fernhielt, saß José Cascal herum und hinderte, wo er nur konnte. In kürzester Zeit haßte ihn jeder, und Dr. Forster sagte einmal zu ihm:

»Senhor Cascal, Sie mögen anderer Ansicht sein als wir, Sie mögen sogar als Beamter ausnahmsweise ein eigenes Denken besitzen, das alles respektieren wir. Aber es ist unmöglich, daß Sie immer wie ein Bremsklotz die Arbeit hemmen.«

»Sie werden sehen, wohin das alles führt«, sagte Cascal bitter. »Keiner von uns wird den Blödsinn überleben. Wir alle sind begeisterte Selbstmörder, Irre.«

Der Bau der Einbäume ging gut voran. Ein Stamm war schon so weit ausgehöhlt, daß Moco ihn zu Wasser lassen konnte, um eine Probefahrt durch die Bucht zu unternehmen. Er schwamm vorzüglich, war nur etwas kippempfindlich. Cascal grinste breit.

»Wenn Sie in den Rhein oder die Elbe kippen, ist das weiter nicht gefährlich«, sagte er hämisch. »Da schwimmt man einfach nebenher. Aber wenn Sie in den Rio Tefé kippen, dann könnten Sie Weltmeister im Schwimmen sein, die Piranhas hätten Sie in zehn Sekunden skelettiert! Ins Wasser fallen ist bei uns die Garantie für ein anständiges Begräbnis.«

»Er ist noch nicht fertig«, sagte Moco und sah Cascal aus seinen dunkelbraunen Augen brennend an. »Das Gleichgewicht ist die größte Kunst beim Einbaumbau. Ich habe es gelernt, ich habe die besten Kanus meines Stammes gebaut.«

Am neunzehnten Tag geschah wieder etwas. Dieses Mal war nicht Alexander Jesus das Opfer, sondern Rafael Palma, der Koch. Beim Suchen nach Brennholz trat er auf etwas Glattes und wurde gebissen. Er schrie nicht wie Guapa, sondern hüpfte auf dem gesunden Bein zurück ins Lager, warf sich auf den Rücken und zog die Schuhe aus. Oberhalb des Knöchels war deutlich die Wunde zu sehen, die der Schlangenzahn gerissen hatte. Wenig Blut tropfte heraus, aber der Knöchel schwoll bereits bläulich an.

»Ich friere, Senhor«, sagte Palma, als Dr. Forster sofort mit der Operation begann. »Ich friere wie im Winter. Mir klappern die Zähne...«

»Muß ich sterben?« stammelte Rafael. »Doktor... ich friere... ich friere...«

»Sie werden überleben.« Dr. Forster schnitt nach einer Betäubung des ganzen Beines den Knöchel Palmas auf. Ellen assistierte ihm, und es war wie damals in Stuttgart, im Krankenhaus, als sie als junge Medizinerin dem Assistenzarzt Dr. Forster die Klammern hielt und die Gefäße abband, die er ihr zeigte. Weit im Gesunden schnitt er das vom Gift bereits durchzogene Muskelfleisch heraus, streute Penicillin in die Wunde, legte einen Drain an und verband dann das Bein.

Palma lag mit schreckgeweiteten Augen auf der Decke und starrte in den blauen Himmel. Er hatte sich bereits aufgegeben.

»Bevor Palma nicht ausgeheilt ist, können wir auf gar keinen Fall weiter«, sagte Ellen am Abend. »Richten wir uns also danach ein.«

Es dämmerte bereits, als Alexander Jesus, der am Fluß nach seinen Rattenfallen sah, in die Höhe sprang und beide Arme zum Himmel empor warf. Schon dachte man, daß ihm wieder etwas passiert sei, als man seinen Schrei hörte.

»Ein Boot! Ein Boot! Ein Boot mit einem weißen Mann!«

Cascal sprang wie angeschossen hoch. Er riß sein Gewehr vom Boden und rannte zum Ufer. Die anderen konnten ihm kaum folgen, nur Moco holte ihn ein, mit langen, geschmeidigen Sätzen, katzenhaft lautlos, wie ein Tier.

»Das ist doch unmöglich!« rief Paz im Laufen. »Wo soll hier ein Weißer herkommen?«

»Denken Sie an die Patronenhülsen!« rief Dr. Forster. »Da – hören Sie...«

Nun war es deutlich zu hören: das schwache, helle Tuckern eines kleinen Außenbordmotors. Welch ein Klang in dieser grünen Wildnis, welche Musik aus der fernen Zivilisation. Ein Motor! Ein Boot mit Motor!

»Es knattert!« brüllte Campofolio und tanzte herum wie Guapa. »Ein Motor! Wir haben wieder einen Motor!« Und dann sang er ›O sole mio‹ und rannte singend zum Fluß. Er war eben ein Italiener.

Am Ufer winkte Alexander Jesus mit seinem Hemd und brüllte: »Hierher! Hierher!« José Cascal schoß zweimal in die Luft, und Moco entzündete schnell ein Feuer und warf nasses Gras darüber. Der weiße, dichte Qualm zog fett über den Fluß.

»Er kommt!« schrie Campofolio, der durch ein Fernglas blickte. »Er winkt uns. Mein Gott, hat der Schwarze gute Augen. Es ist tatsächlich ein Weißer.«

Langsam näherte sich das kleine Boot der Bucht. Der Mann, der hinten an dem Außenbordmotor saß und nun das Gas wegnahm, trug einen grünen Anzug, gleich einem Tarnanzug der Armee, und einen geflochtenen Hut. Er war groß und breit, sauber rasiert und strahlte eine Kraft aus, die anscheinend kein fieberverseuchter Urwald brechen konnte.

Als er den Hut abnahm, weil er am Ufer eine Frau stehen sah, leuchtete sein dichtes Haar golden in der Abendsonne.

Ein unsympathischer Mensch, dachte Dr. Forster.

Vom ersten Augenblick an spürte er die Gefahr, die von diesem Manne ausging.

Das Boot knirschte auf dem Ufersand, der Motor verstummte. Mit einem großen Satz sprang der Mann an Land und verbeugte sich leicht vor Ellen Donhofen, als habe man sich eben auf einem Tanzparkett miteinander bekannt gemacht und nicht durch einen vielleicht lebensrettenden Zufall an einem Urwaldfluß.

Aber er kam nicht dazu, ein Wort zu sagen. José Cascal warf sich ihm in den Weg und zwang ihn mit dem Gewehr, stehenzubleiben. Auch Dr. Forster und die anderen Männer umringten ihn. Nur Alexander Jesus hüpfte am Ufer vor dem Bug des Bootes herum und schrie! »Madonna, ich danke dir! Du hast mich erhört. Du hast mich erhört.«

»Wer sind Sie?« fragte Cascal scharf. »Woher kommen Sie? Was tun Sie allein in dieser Gegend? Wie kommen Sie an das Boot? Seit wann leben Sie hier?«

Der Mann blickte sich verwundert um. Er überragte die anderen Männer um Haupteslänge und blinzelte über deren Köpfe hinweg hinüber zu Ellen. Sein Benehmen, seine Augen, sein breites Lachen hatten etwas entwaffnend Jungenhaftes an sich.

»Fragt der immer soviel?« lachte er. »Zunächst die einfachste Frage! Das Boot stammt von McHarper & Co. aus Miami und kostete ohne Motor 450 Dollar. Ein unsinkbares Kunststoffboot, gerade das richtige für diese Mistflüsse hier.«

Ellen Donhoven lachte laut. Cascal wurde violett vor Ärger... Dr. Forster empfand dieses Lächeln wie eine Fanfare, und der Ton schnitt in sein Herz. So hatte sie noch nie gelacht, durchfuhr es ihn. Seit ich sie kenne, hat es diesen Ton bei ihr noch nicht gegeben. Oder beeinflußt mich meine sofortige Abneigung gegen diesen Mann?

»Wer sind Sie?« schrie Cascal.

Der Mann winkte über die Köpfe Ellen zu. »Ist Ihre ganze Crew so unhöflich?« fragte er. Dann drückte er plötzlich das Gewehr Cascals hinunter und sah ihn aus grauen, stahlharten Augen an. »Wenn ich mich vorstelle, dann einer Dame zuerst. Senhor, in Ihrem Lande habe ich bisher nur Gentlemen getroffen . . . zwingen Sie mich nicht, auch aus Ihnen einen zu machen.«

Ehe Cascal etwas erwidern konnte, hatte der Fremde ihn gepackt und wie ein Stück Holz zur Seite geworfen. Dr. Forster und Campofolio fingen den Wankenden auf, dadurch entstand eine Gasse, und der Mann war mit zwei großen Schritten bei Ellen.

»Cliff«, sagte der Mann. »Cliff Haller ist mein Name. Siebenunddreißig Jahre alt, mehrmals gegen alles Viehzeug geimpft, unverheiratet, Whiskytrinker, Vollwaise und ein Idiot, der den Urwald herrlich findet.«

»Dann bin ich auch ein Idiot«, sagte Ellen lachend. »Ich bin Ellen Donhoven, Deutsche, auch unverheiratet und habe den Tick, indianisches Pfeilgift für die deutsche Arzneimittelproduktion zu erforschen.«

»Wie herrlich!« Cliff Haller schlug sich klatschend auf den Schenkel. »Dann können wir jetzt eine schöne kleine Irrenanstalt gründen.« Er drehte sich um und sah sich einer Wand finster blickender Männer gegenüber. Sein Auftreten schien hier nicht der richtige Stil zu sein. Haller fuhr sich mit beiden Händen durch das weizenblonde Haar. »Gentlemen–«, sagte er. »Verzeihen Sie, daß ich lebe. Hätte Ihr Negerbaby nicht wie ein Skalpierter geschrien, wäre ich an Ihnen vorbeigefahren, und wir wären uns nie begegnet. Aber nun bin ich hier.«

»Und das ist gut so, Mr. Haller.« Dr. Forster sagte es gegen seine innere Überzeugung, aber in ihrer Lage waren persönliche Gefühle ein zu großer Luxus. »Wir haben einen Kranken hier. Schlangenbiß. Ich habe ihn operiert, aber er fiebert. Ihr Motorboot könnte uns unter Umständen sehr helfen. Wenn es schlimmer wird, kann man den Kranken nach Tefé zurückbringen.«

»Lauter Ärzte, was?« Cliff Haller blickte sich um. Er starrte Moco an und ließ seinen Blick dann über die fast fertigen Einbäume gleiten. »Und ein Indio! Ich nehme an, Sie werden mir gleich erzählen, warum Sie hier mitten in der Hölle Camping machen wie in Florida. Doch erst einmal Klarheit: Nach Tefé fahre ich nicht.«

»Aber der Kranke...«

»Entweder wir bekommen ihn wieder auf die Beine, oder er erhält ein schönes Kreuz aus Mahagoni.«

»Ihr Benehmen ist unerhört!« rief Fernando Paz. José Cascal hob sein Gewehr.

»Sie sind der Typ eines Mörders«, knirschte er. »Wir werden Sie zwingen, nach Tefé zu fahren.«

Cliff Haller drehte sich zu Ellen um. Seine grauen Augen hatten einen kindlich-erstaunten Ausdruck. Es war der Blick eines Bären, der sich das Fell kraulen läßt, um dann plötzlich zuzuschlagen.

»Ihre Männer haben einen Koller, was?« fragte er. »Wissen Sie, wann man Cliff zum letzten Mal gezwungen hat, etwas zu tun? Da war er zwei Jahre alt und wurde zwangsweise aufs Töpfchen gesetzt. Ellen, ich helfe Ihnen. Ich bringe Sie zu meiner Hütte, und dort sehen wir weiter. Das ist eine Einladung –«

»Ich nehme sie gern an, Mr. Haller.«

»Nennen Sie mich Cliff.« Haller grinste breit. »Wenn jemand ruft ›Mr. Haller‹, sehe ich mich immer nach anderen um, so ungewohnt ist das.«

»Sie haben hier am Fluß eine Hütte?« fragte Cascal schwer atmend.

»Ja.«

»Davon weiß aber keiner etwas.«

»Es gibt so viel Unbekanntes auf der Welt, da ist eine Hütte am Rio Tefé bestimmt äußerst unwichtig.«

»Seit wann leben Sie hier?«

»Ist der vom Einwohnermeldeamt?« Cliff faßte Ellen Donhofen um die Taille. Er tat es so selbstsicher, daß Dr. Forster voll Schadenfreude die Augen zusammenkniff. Jetzt wird er Ellen kennenlernen, dachte er. Jetzt wird sie ihm eine runterhauen.

Aber Ellen tat nichts dergleichen. Sie ließ den Arm um ihren Körper, nur ihr Kopf zuckte etwas zurück. Dr. Forster ballte die Fäuste. Die erschreckende Wahrheit, die er Cascal nicht glauben wollte, wurde jetzt demonstriert: Jede Frau unterwirft sich der vollkommenen Männlichkeit. Auch Ellen bildete darin keine Ausnahme.

»Sehen wir uns den Kranken einmal an«, sagte Cliff Haller.

»Sind Sie Arzt?« fragte Dr. Forster spitz.

»Nein. Muß man, um einen Kranken anzusehen, Arzt sein?«

Ohne sich um die anderen zu kümmern, zog er Ellen zu den Zelten, und sie folgte ihm willig. Campofolio trat wütend ein Stück Holz zur Seite.

»Da haben wir ja ein Prachtexemplar aufgegabelt!« sagte er. »Das kann noch lustig werden.«

»Aber er hat einen Motor.« Alexander Jesus verdrehte die Augen. »Wir brauchen nicht mehr zu laufen ...«

»Auf jeden Fall ist er eine dunkle Existenz.« Cascal nahm sein Gewehr unter den Arm. »Den Behörden ist nicht bekannt, daß hier oben am Fluß eine Ansiedlung besteht. Ich werde ihn mir genau unter die Lupe nehmen, diesen Mr. Cliff. Wer sich im Urwald verkriecht, muß Grund dazu haben.«

Cliff Haller übernahm von dieser Stunde an das Kommando. Widerstandslos ließ es Ellen Donhoven zu. Ihr Wesen schien wie durch einen Schock verändert. Was Cliff befahl – sie war die erste, die es ausführte.

Rafael Palma wurde auf das Boot Hallers getragen. Sein Bein brannte, als läge es im Feuer, aber die Schwellung ging zurück. Dr. Forster gab ihm starke Schmerzmittel, aber sie wirkten nur kurz – das Gift schien alle Nerven zu entzünden, und Palma knirschte mit den Zähnen vor Schmerz, die Tränen liefen ihm über die Wangen. Alexander Jesus benutzte jede freie Minute, wieder für ihn zu beten.

Trotz der Dunkelheit, die inzwischen hereingebrochen war, fuhr Cliff Haller ab. Er nahm die zwei am weitesten vollendeten Einbäume ins Schlepp – in ihnen hockten Moco, Cascal, Paz, Guapa, Campofolio und Dr. Forster, während Ellen zu Cliff ins Boot stieg und sich neben den weinenden Palma setzte. Ganz langsam fuhren sie den nachtschwarzen Fluß hinauf.

»Er ist verrückt!« keuchte Cascal. Er war bleich vor Angst. Mit beiden Händen klammerte er sich an dem Rand seines Einbaumes fest. »Nachts auf dem Fluß! Hier wimmelt es von Sandbänken, ganz knapp unter der Oberfläche. Die kann er gar nicht alle kennen. Wenn wir mit unseren Booten da anstoßen und umkippen . . .«

Er schluckte. Auch die anderen starrten in das schwarze Wasser. Zehn Sekunden dauert der Tod, dachten sie. Dann sind wir nur noch Skelette in einer vor Mordgier kochenden Masse von Piranhas.

Nach drei langen Stunden blinkte Licht über das Wasser. Ein schwacher Schimmer nur – ein schmaler, tastender Leuchtfinger.

Cascal und Dr. Forster sahen es zuerst. »Licht!« Cascal stieß Dr. Forster an. »Das muß die Hütte sein. Licht. Wissen Sie, was das bedeutet?«

»Daß die Fahrt endlich zu Ende ist.«

»Daß er nicht allein ist!« Cascal zog das Gewehr an sich. »In der Hütte wartet jemand auf ihn . . .«

Das Haus lag in einer schönen, flachen Bucht des Rio Tefé. Im Umkreis von dreißig Metern war der Urwald gerodet, und das Holz hatte anscheinend das Material für den Bau geliefert. So romantisch der erste Eindruck war, bei näherem Hinsehen erwies sich die Behausung als eine elende Hütte, mit geflochtenem Reisig bedeckt, das man durch abgeschälte Rinden regenfest gemacht hatte. Um so erstaunlicher war das Material, das unter Schutzdächern neben dem Haus lagerte: Benzinfässer, Motorersatzteile, Werkzeuge aller Art, gute, neue Fischnetze, Reusen. Drei große Petroleumlampen brannten am Eingang und neben den Schuppen und warfen einen schwachen Schein bis zu dem Anlegesteg am Ufer. Cliff Haller zeigte mit ausgestrecktem Arm auf dieses winzige Fleckchen Zivilisation in einer unbekannten Wildnis.

»Es ist keine große Hazienda, die ich bieten kann«, rief er Ellen durch das Motorgeknatter zu. »Aber ich habe etwas, was Sie seit Wochen nicht mehr kennen: ein richtiges Bett.«

Als die Boote anlegten, ging die Tür der Hütte auf. Ein Mädchen trat in den Lichtschein und sprang sofort seitlich in den Schatten, als sie die beiden Einbäume bemerkte. So kurz ihr Auftauchen war, alle hatten gesehen, daß sie ein Schnellfeuergewehr in den Händen hielt. Cliff Haller stellte den Motor ab.

»Keine Sorge, favorita!« rief er zur Hütte hin. »Ich habe eine ganze Expedition aufgesammelt!« Dann beugte er sich zu Ellen vor, und sein jungenhaftes Lachen verzauberte sie völlig. »Das ist Rita. Ein nettes Mädchen.«

»Ihre Braut?«

»Ich möchte sagen, das wäre etwas zu familiär. Wir sahen uns in Rio auf der Straße, gefielen uns und blieben zusammen. So einfach ist das.«

Er half Ellen aus dem Boot, während die anderen vorsichtig aus den schwankenden Einbäumen auf den Steg kletterten. Alexander Jesus und Fernando Paz hoben den stöhnenden Palma hoch und trugen ihn zur Hütte. Dort stand Rita, das Gewehr schußbereit, und sah ihnen mit finsterer Miene entgegen.

Dr. Forster war der erste, der sie genau betrachten konnte. Sie war eine jener südamerikanischen Frauen, in deren Blut verschiedene Rassen vermischt waren. Spanier, Portugiesen, Indios – eine Mischung von atemberaubender Schönheit. Was dieses Land an Wildheit und Exotik, an Größe und Grausamkeit, an Verzauberung und Haß besaß, war in diesem Typ von Frauen konzentriert zu einem Wesen, das Himmel und Hölle gleichzeitig verschenken konnte.

»Boa tarde!« sagte Dr. Forster. Das Mädchen beachtete ihn gar nicht. Es starrte auf Ellen Donhoven, die neben Cliff Haller stand. Er schien ihr etwas zu erklären. Dann legte er den Arm um ihre Schulter und kam zur Hütte. In den Augen Ritas sprang ein Funken.

O Gott, dachte Dr. Forster, der neben ihr stand. Lieber ein halbes Jahr durch ein schlangenverseuchtes Gebiet wandern als neben zwei eifersüchtigen Frauen leben. Das ist die Hölle in Konzentration.

»Darf ich bekannt machen –«, sagte Cliff in seiner unbekümmerten Art. »Das ist Miß Ellen Donhoven, eine Ärztin aus Germany. Sie will zu den Jumas, um deren Pfeilgifte zu klauen. Haben Pech auf der ganzen Linie gehabt. Benzig weg, eine Reihe Unfälle, wir werden sie aufpäppeln für den großen Treck.«

Rita blickte Ellen wortlos an. Dann drehte sie sich um und ging in die Hütte.

»Sie mag mich nicht«, sagte Ellen zögernd. »Es wäre gut, wenn Sie ihr sagten, daß ich mir aus Ihnen, Cliff, nichts mache und nur Palmas wegen mitgekommen bin.«

»Ich bin keine Erklärungen schuldig.« Cliff Haller ging dem kleinen Trupp voran und hielt die Tür auf, als man Palma in die Hütte trug.

Das Innere des nach Blockhausmanier gebauten Hauses war größer, als man es von außen vermutete. Es gab einen Wohnraum und drei andere Zimmer. Am verblüffendsten war, daß die Möbel aus stabilen amerikanischen Gartenstühlen und Tischen bestanden und zwei Eisenbetten mit richtigen Matratzen in dem Raum standen, der als Schlafzimmer diente. Ein großer Propangasherd stand in der Küchenecke. José Cascal übersah das alles mit einem schnellen Blick und wischte sich erschrocken über das Gesicht.

Komfort im Urwald! Wo kamen alle diese Gegenstände her? Mit dem kleinen Boot konnten sie unmöglich antransportiert worden sein. Und was suchte Cliff Haller hier am Oberlauf des Rio Tefé? Warum bauten sich ein weißer Mann und ein schönes Mädchen eine Hütte mitten zwischen Indios und einem immer feindlichen Urwald?

»Sie leben hier wie ein König«, sagte Cascal lauernd.

Cliff Haller lachte. »Vielleicht bin ich einer?«

»Wie haben Sie denn das ganze Material hierher bekommen?«

»Das wäre eine Frage für ein Kreuzworträtsel. Begnügen Sie sich mit der Feststellung, daß es vorhanden ist. Rita, mein Süßes, unsere Gäste haben Hunger. Koch eine Suppe!« Er schob Ellen einen Stuhl zurecht und machte zu den anderen eine einladende Handbewegung. »Für vier ist Platz. Die anderen müssen mit einer leeren Kiste vorliebnehmen. Gentlemen, ich bin gleich wieder da.«

Er rannte aus dem Haus, und Rita folgte ihm sofort. Dr. Forster blickte auf Ellen, die ihre müden Beine ausstreckte. »Unser Erscheinen löst eine Familientragödie aus«, meinte er sarkastisch. »Wir werden hier kaum Ruhe finden.«

»Erst muß Palma gesund sein. Wie lange schätzen Sie, Rudolf, daß er noch liegen muß?«

»Bei diesen Giften kann man keine Prognosen stellen. Es kann schnell gehen, aber es kann auch zwei, drei Wochen dauern.«

»So lange müssen wir bleiben.« Ellen schien erleichtert. Dr. Forster bemerkte es mit Schrecken. Er spürte, wie ihm Ellen entglitt, und er konnte nichts dagegen tun.

Draußen am Schuppen gab es eine kurze, heftige Auseinandersetzung. Cliff, der eine breite, leere Kiste aussuchte und sie auf die Schulter wuchtete, blieb verblüfft stehen, als ihm Rita in den Weg trat.

»Wie lange bleiben sie?« fragte sie hart. Ihre schwarzen Augen glühten.

»Das weiß ich nicht.«

»Dich interessiert die Ärztin aus Alemanha.«

»Geh aus dem Weg, Schätzchen.« Cliff drückte das Kinn an. »Rede keinen Unsinn, du weißt, wie ich dich liebe.«

»Aber sie ist schön, klug und reizt dich. Ich habe gesehen, wie du den Arm um sie gelegt hast.«

»Sie ist eine verdammt mutige Frau.«

»Bin ich nicht auch mutig? Bin ich nicht mit dir in diese Hölle gezogen? Verrate ich nicht mein Land?«

»Verdammt! Halt den Mund!« Cliff Hallers graue Augen wurden hart. »Mach keine Dummheiten, Schätzchen!«

»Wenn nur du sie nicht machst... du weißt, daß ich nur dich allein liebe...«

Sie wandte sich ab und lief zum Haus zurück. Cliff folgte ihr mit der leeren Kiste auf der Schulter. Das war eine Drohung, und er verstand sie. »Weiber...«, murmelte er. »Man sollte einen großen Bogen um sie machen... aber, verflucht, man braucht sie!«

Rita Sabaneta, so hieß sie mit ihrem vollen Namen, wie Cascal schnell erfragte, kochte eine Bohnensuppe, und sie schmeckte köstlich. Hinterher besah sich Cliff Haller die Wunde Palmas, und verblüfft sah Dr. Forster zu, wie er einen grünen, schmierigen Brei auf den Fuß pappte, den er in einem indianischen Tongefäß verwahrte. Moco, der neben Palma saß, nickte mehrmals, als Dr. Forster ihn stumm fragend ansah.

»Es ist eine Salbe aus Wurzeln und Blättern, wie sie unsere Medizinmänner verwenden«, sagte er, als Cliff zurück ins Wohnzimmer gegangen war. »Sie heilt besser als die Mittel der Weißen.«

»Hoffen wir es.« Dr. Forster beugte sich über den eingeschmierten Fuß. Die Salbe roch faulig, nach verwesten Blättern, aber sie schien angenehm zu kühlen, denn Palmas Stöhnen hörte auf, und er lag ruhig und schlief schnell ein. Man sollte diesen Brei analysieren, dachte Dr. Forster. Warum sollen wir von indianischen Medizinmännern nichts Neues lernen können? Auch das Kurare kam aus dem Amazonas-Urwald.

Eine Stunde später richtete man sich zum Schlafen ein. Ellen bekam das eine Bett – in das andere legten sich Rita und Cliff gemeinsam. Sie taten es mit einer entwaffnenden Selbstverständlichkeit. José Cascal, der seit seinem Eintritt in die Hütte um Rita Sabaneta herumschlich wie ein Kater um die Milch und sie aushorchen wollte, wer Cliff Haller war und warum er hier hauste, rollte sich auf die Seite zu Dr. Forster.

»Was haben Sie für einen Eindruck, Senhor?« flüsterte er.

»Keinen guten. Dieser Cliff ist ein Abenteurer.«

»Dagegen ist seine Geliebte ein Wunder der Natur.«

»Mag sein. Ich sehe Komplikationen.«

»Haben Sie die Benzinfässer gesehen? Und diese Einrichtung hier? Wie hat der Kerl das den Fluß heraufgekriegt?«

»Warten wir ab. Hoffentlich erholt sich Palma schnell – dann geht es weiter.«

Cascal schwieg und rollte sich auf den Rücken. Das eine wie das andere ist unerwünscht, dachte er. Noch dreihundert Kilometer, und wir kommen genau in die Zone, die niemand betreten darf.

In den nächsten Tagen muß es geschehen. Die Expedition muß zusammenbrechen.

Zwei Tage lebten Ellen und ihre Begleiter in der Hütte Cliff Hallers und waren vollauf beschäftigt. Die Männer bauten weiter an den Einbäumen, und Haller konnte die Aushöhlung beschleunigen, indem er mit einem kleinen Schweißbrenner das Holz herausbrannte. Die Indios machen es mit offenem Feuer, lassen das Holz verkohlen und schaben es hinterher heraus.

Cascal lief herum wie ein schnüffelnder Hund. Er hat alles, dachte er. Schweißbrenner, Sauerstoffflaschen, Benzin, eine vollkommene Werkstatt, Kisten mit amerikanischen Fleisch-

und Gemüsekonserven, sogar Büchsen mit Coca-Cola hat er herumstehen ... zwei Wagenladungen sind das, schätzte Cascal. Er kann sie unmöglich mit dem kleinen Außenbordmotor und dem flachen Kunststoffboot herangeschafft haben. Wie aber kommen alle diese Schätze der Zivilisation in den unerforschten Urwald?

Rita Sabaneta lachte in diesen Tagen viel, aber es war ein lautes, hartes, fast hysterisches Lachen. Fernando Paz und vor allem Campofolio, den sein italienisches Blut in Wallung brachte, umschwirrten Rita, erzählten Witze, halfen ihr, wo es ging, lobten ihr Essen und wurden aufeinander eifersüchtig.

Am Abend des dritten Tages saß Ellen allein am Bootssteg und blickte über den dunklen Fluß. Dr. Forster hatte sie gerade verlassen, wütend, enttäuscht und betroffen. Er hatte sie beobachtet, wie sie zum Fluß hinunterging, und war ihr gefolgt. Dort hatte er noch einmal versucht, Ellen aus ihrer Reserve zu locken.

»Wir wollten nicht mehr darüber sprechen«, hatte er gesagt, »aber es geht nicht, Ellen. Ich liebe Sie.«

»Ich weiß es, Rudolf. Es ist Ihre große Tragik.« Sie hatte dabei über den Fluß geblickt und das Kinn auf die angezogenen Knie gestützt. »Sie kennen meine Pläne.«

»Das eine schließt das andere nicht aus. Oder wollen Sie erobert werden?« Er dachte an die selbstsichere Art Cliffs und an das Leuchten in Ellens Augen, wenn sie ihn ansah. »Es ist einfach, den starken Mann zu spielen.«

Er hatte sie plötzlich umfaßt und an sich gezogen. Als er sie küssen wollte, stieß sie ihn mit beiden Fäusten gegen die Brust und duckte sich unter seinen Armen weg.

»Lassen Sie das, Rudolf!« sagte sie mit einer Kälte, die ihn körperlich wie ein Eishauch ansprang. »Verwischen Sie nicht das gute Bild, das ich von Ihnen habe.«

Empört, sich wie ein abgekanzelter Schüler fühlend, lief Dr. Forster zum Haus zurück. Er sah nicht, wie sich eine hohe

Gestalt aus dem Dunkel des Lagerschuppens löste und am Waldrand hinunter zum Fluß ging. Ihr folgte katzengleich ein schmaler Schatten, lautlos und mit der schwarzen Wand des Waldes verschmelzend.

»Sie, Cliff?« Ellen wandte den Kopf zurück, als Haller seine starken Hände um ihre Schläfen legte. »Warum schlafen Sie nicht?«

»Das frage ich Sie, Ellen.« Er blieb hinter ihr stehen und ließ seine Hände über ihre Schultern gleiten. Ellen spürte, wie sie innerlich zu beben begann. Ich bin verrückt, dachte sie. Rudolf, diesen prächtigen Kameraden, schicke ich weg, und unter dem Griff dieses unbekannten Abenteurers erzittere ich. Reiß dich zusammen, Ellen.

Aber ihr innerer Widerstand war schwächer als ihr heimliches Drängen nach Zärtlichkeit. Wie Rauschgift saugte sie seine Stimme ein, als Cliff sagte:

»Es ist nicht ungefährlich, allein an einem Urwaldfluß zu sitzen. Ich weiß, daß wir Tag und Nacht von Indios beobachtet werden. Wir sehen sie nicht, aber sie uns um so besser.«

»Ich habe Moco. Er paßt auf mich auf.«

Cliff sah sich um. »Wo steckt er?«

»Irgendwo.« Sie schloß die Augen bis zu einem kleinen Schlitz. »Rita wird Sie vermissen.«

»Sie schläft. Und wenn sie nicht schläft – ich bin ein freier Mann. So, wie Sie eine freie Frau sind, Ellen. Wir gleichen uns ungemein. Wir pfeifen beide auf die Umwelt, wir tun, was uns gefällt, wir setzen unseren Kopf durch, wir haben Mut und jene Stärke, die Welten verändern kann. Ellen ...« Seine Hände glitten von ihren Schultern hinunter und tasteten sich zu ihren Brüsten. Durch das dünne Tropenhemd waren sie deutlich fühlbar: zwei spitze, feste Kegel, um die sich seine Finger schlossen. In Ellens Schläfen pochte das Blut. Aufspringen, befahl sie sich. Ausholen und ihm eine herunterhauen. Ihn gegen das Schienbein treten, damit er für alle Zeiten eine Warnung hat. Aber sie tat gar nichts – mit geschlossenen Augen ließ sie seine Finger um ihr Brüste kreisen. »Ich habe das Gefühl, wir gehören zusammen«, sagte Cliff leise.

»Dann müßten wir Wahnsinnige sein«, flüsterte Ellen.

»Wäre das ein Fehler? Es lebt sich leichter, wenn alles erlaubt ist...«

Er drehte sie mit einem Ruck herum, preßte sie an sich und küßte sie. Ihre Lippen war kalt und feucht, aber sie blühten auf, öffneten sich leicht und glühten unter seinem Kuß. Dann erst riß sie sich los und schüttelte den Kopf.

»Wir sind wirklich verrückt!« keuchte sie. »Wir sollten den Kopf unter kaltes Wasser stecken! In wenigen Tagen trennen sich unsere Wege... und wir sehen uns im Leben nie wieder!«

»Wer sagt das?« Cliff Haller zog sie wieder an sich. Seine grauen Augen flimmerten. »Wir bleiben zusammen.«

»Was heißt das?«

»Wir dringen gemeinsam zu den Jumas vor. Die Quellgebiete von Juma und Itanhaua waren schon immer mein Ziel. Diese Hütte hier ist nur eine Zwischenstation.«

»Wir... wir werden gemeinsam...« Ellen stockte das Herz. Dann warf sie die Arme um Hallers Hals und war wie ein kleines, glückliches Mädchen. Cliff... oh, Cliff... du begleitest mich...«

»Auch wenn mich das Gebiet nicht interessierte – jetzt wäre es eine Schuftigkeit, dich allein ziehen zu lassen. Ellen, Mädchen – ich bin ein Saukerl, ich weiß es – aber ich bin auch manchmal ehrlich bis aufs Knochenmark. Ich liebe dich, verdammt noch mal!«

»Cliff!«

Sie fielen sich in die Arme und küßten sich mit all der Leidenschaft, die in ihnen tobte. Dann hob Haller Ellen mit einem Schwung auf seine Arme und trug sie fort durch die Dunkelheit, hinüber zu dem Lagerschuppen.

Der kleine, schmale Schatten unter den Bäumen wartete. Als er sich bewegte und Cliff Haller nachschleichen wollte, hielt ihn jemand fest. Mit einem leisen Schrei fuhr Rita herum. Sie hatte nichts gehört, noch weniger gesehen.

»Bleib!« sagte Moco leise. Er umklammerte Ritas rechten Arm, tastete an ihm herunter und ergriff den Dolch, den sie festhielt.

»Ich töte ihn!« knirschte Rita. »Ich töte sie beide!«

»Warum? Ist er es wert?«

»Ich liebe ihn! Was weißt du davon?«

»Laß sie zusammen.« Moco entwand ihr den Dolch und steckte ihn in seinen Gürtel. Schluchzend lehnte sich Rita gegen einen Baum und zerwühlte ihre langen schwarzen Haare. Es sah aus, als wollte sie sich jede Strähne ausreißen. »Die beiden brauchen sich.«

»Und ich? Ich brauche Cliff auch! Ich habe alles verlassen, um mit ihm zu gehen! Jetzt wirft er mich weg wie einen alten Schuh! Oh, ich muß ihn töten! Ich muß!« Sie wollte an Moco vorbeispringen, aber der Indio war schneller als sie. Er drückte sie an den Baumstamm zurück.

»Du mußt warten können«, sagte er dunkel. »Ich habe auf Ynama drei Jahre gewartet, habe viel gelernt und die andere Welt gesehen. Ohne Warten wäre das Leben so billig. Cliff wird sie nie mitnehmen, nachdem sie bei den Jumas waren. Ihre Wege werden wieder auseinandergehen. Aber dann wirst du da sein. Lerne warten ...«

Er ließ sie los, und sie nickte, gab ihm die Hand und ging langsam zur Hütte zurück. Nur als sie an dem Schuppen vorbeikam, zögerte sie und zog dann den Kopf ein. Leise, stammelnde Laute schwebten undeutlich durch die Nacht. Sie zerrissen ihr das Herz wie mit eisernen Haken.

Neben der kleinen Veranda der Hütte saß José Cascal und rauchte eine Zigarette. Damit man die Glut nicht sehen konnte, hielt er sie in der hohlen Hand verborgen. Rita Sabaneta blieb ruckartig stehen. Hatte er alles mit angesehen, oder war er gerade erst aus dem Haus gekommen? Sie wartete. Der erste Satz mußte Aufschluß geben.

Cascal hatte nichts gesehen. Er hatte sich vor zwei Minuten aus der Hütte gestohlen, um die Umgebung, vor allem aber den Lagerschuppen, genau zu inspizieren. Eine Entdeckung hatte ihn in größte Erregung versetzt: Unter dem Bett, in dem Palma schlief, lag zusammengefaltet ein Fallschirm. Das Rätsel, woher Cliff Haller seine perfekte Ausrüstung hatte, schien gelöst. Er wurde aus der Luft versorgt. An Fallschirmen war die ganze Herrlichkeit heruntergeschwebt.

Wer aber warf diese Dinge ab? Woher kamen die Flugzeuge? In Manaus wußte niemand etwas davon.

Die Rätsel wurden immer größer... aber immer größer wurde auch der Verdacht Cascals.

»Eine schöne Nacht«, sagte José zu Rita, als sitze er hier draußen, um die Urwaldnacht zu bewundern. »Sie können auch nicht schlafen?«

»Es schleicht zuviel wildes Getier herum«, antwortete Rita dumpf. »Katzen...«

Cascal hob den Kopf. »Ich höre nichts. Sie meinen Panther?«

»Auch.« Rita lehnte sich an die Holzbrüstung und blickte Cascal forschend an. »Sie kommen aus Manaus?«

»Ja.«

»Sind Sie ein Patriot?«

Cascal wußte nicht, was diese Frage sollte. Natürlich war er ein Patriot – er war Beamter und wurde dafür bezahlt, sein Vaterland zu lieben. »Natürlich«, sagte er. »Welcher Brasilianer liebt nicht sein Vaterland? Gibt es ein schöneres Land?«

»Wären Sie bereit, dafür zu sterben?«

Cascal wurde vorsichtig. Er war kein Held, aber er spürte, daß man jetzt so etwas wie Heldentum verlangte. Er war sich nur nicht klar darüber, wie das stattfinden sollte.

»Jeder Brasilianer würde sein Leben für die Heimat opfern«, sagte er pathetisch. »Tausende haben es bewiesen.«

»Dann kommen Sie mit, Senhor...«

Sie ging voran, und Cascal stolperte ihr nach. Hinter der Hütte war ein kleiner Anbau, Cascal hatte ihn bisher immer als Werkstatt angesehen. Der Schuppen war auch gefüllt mit Kisten und Geräten. Rita schloß die Tür und leuchtete mit einem Feuerzeug. Im Schein der kleinen, flackernden Flamme bahnte sie sich einen Weg bis zu einem Tisch, auf dem ein großer eiserner Kasten stand. Sie leuchtete ihn an, und Cascal zuckte mit den Schultern.

»Versteckt Cliff hier sein Geld?« fragte er sarkastisch. »Rita, ich bin kein Geldschrankknacker.«

»Das hier ist mehr als Geld.« Sie öffnete den Kasten und schlug den Deckel zurück. Gleichzeitig zog sie zwei lange Antennen heraus. Cascal schluckte und wurde bleich. Eine komplette Sendeanlage stand vor ihm.

»Das... ist ja unerhört...«, stotterte er. Er beugte sich vor, betastete die Knöpfe und Stecker und drehte an dem Schalter STROM. Leise summte die Batterie auf, Zeiger pendelten über Frequenzzahlen und Skalen. »Wohin sendet er?«

»Das weiß ich nicht.« Mit verzerrtem Gesicht stand Rita neben dem Sender. Das schwache Licht zuckte über sie und entstellte sie noch mehr. »Er sendet englisch und empfängt englisch.«

»Und warum verraten Sie mir das, Rita?«

»Nehmen Sie an, ich sei eine Patriotin.«

»Oder nehmen wir an, Sie glühen vor Haß gegen Ellen Donhoven und Cliff, der Ihnen untreu wird.«

»Spielt es eine Rolle?« Rita schob die Antennen zurück und warf den Deckel zur Sendeanlage zu. »Glauben Sie jetzt, daß es lebensgefährlich ist, was Sie gesehen haben?«

»Wenn Cliff es erfährt – auf jeden Fall.« Cascal spürte das Prickeln der Gefahr unter seiner Haut. »Was wissen Sie von seinen Plänen, Rita?«

»Er will zum Quellgebiet wie die deutsche Ärztin.«

»Und warum?«

»Das sagt er nicht. Wenn ich ihn frage, lacht er. ›Dort ist der Nabel der Welt‹, sagt er immer. ›Und dieser Nabel eitert.‹ Ich werde nicht klug daraus.«

Cascal nickte. Er verstand, was Haller mit dem Nabel der Welt meinte. Ein paar hundert Kilometer nur noch... und die Welt würde weniger ruhig schlafen als bisher.

»Wie bekommt er seine Ausrüstung?«

»Dreimal wurden die Kisten an Fallschirmen abgeworfen. Kleine Sportmaschinen. Ich weiß nicht, woher sie kamen.«

Sie verließen den kleinen Schuppen und schlichen sich um das Haus herum wieder zur Veranda. Cascal steckte sich mit bebenden Fingern eine neue Zigarette an. Wortlos nahm Rita sie ihm aus dem Mund und rauchte ein paar hastige Züge.

»Was werden Sie tun?« fragte sie dann. Cascal starrte in die Nacht. Ihm war durch die Entdeckung des Geheimsenders ein Auftrag erwachsen, der wirklich Mut von ihm forderte.

»Ich werde Cliff nicht von den Fersen gehen.«

»Das ist alles?«

»Was erwarten Sie, Rita?«

»Ein Patriot tötet den Feind.«

»Später.« Cascal warf die Zigarette weg... sie schmeckte ihm plötzlich nicht mehr. »Noch brauche ich Cliff. Ich will wissen, wie weit er in dieses Spiel eingespannt ist.«

»Sie sind ein Feigling!« Rita sagte es mit aller Verachtung und rannte in die Hütte. Cascal folgte ihr, die Hände auf dem Rücken.

Ihn schauderte vor seiner neuen Aufgabe.

Im Schuppen verstummten die Seufzer und geflüsterten Worte. Auch hier glommen die winzigen Lichter zweier Zigaretten in der Dunkelheit auf.

»In drei Tagen können wir fahren«, sagte Cliff und legte seinen Kopf zwischen die Brüste Ellens. Es war ein warmer, duftender Platz. »Palma wird dann reisefähig sein. Wer ist eigentlich dieser Cascal?«

»Ein Beamter irgendeiner Behörde aus Manaus.«

»Ach...«

»Er hat sich mir angeschlossen, weil er den Befehl hat, mich zu beschützen. Ein idiotischer Befehl.«

»Vielleicht...« Cliff rauchte nachdenklich seine Zigarette. Die Aufgabe José Cascals war für ihn durchaus kein verrückter Befehl. Seine Anwesenheit war ein Beweis mehr für das Geheimnis, dem er auf den Fersen war. »Wir müssen ihn so schnell wie möglich loswerden.«

»Gut gesagt. Aber wie?« Sie streichelte Cliffs blonde, verschwitzte Haare und kam sich so glücklich vor wie noch nie in ihrem Leben. Selbst damals nicht, als sie ihre erste Liebe genoß – ein junger Student der Medizin. Sie liebten sich beide zum ersten Mal, eigentlich nur aus Neugier. Eine tiefe Empfindung hatte sie nie... bis heute, wo in Cliffs Armen der Himmel zu glitzernden Kristallen zerbarst.

»Er kann über Bord stürzen...«

»Das wäre Mord, Cliff!« Sie drückte seinen Kopf zur Seite. »Daß du so etwas denken kannst...«

»Verzeih, Mädchen.« Cliff Haller kehrte an seinen Platz zwischen den Brüsten Ellens zurück. Verzichten wir auf Erklärungen, dachte er. Sie wird es nie verstehen. Für sie gibt es bei den Jumas nur das Pfeilgift... was ich suche, ist tödlicher als tausend Tonnen Gift. Und da gibt es auch keine Moral mehr, kein Gewissen, keine Gesetze. Da ist Töten nur ein kleiner Teil der Notwendigkeit. Ellen, mein Liebling, die Welt hat mehr Geheimnisse als die Tropfen an den Pfeilen der Indios...

Er drehte sich um und schob die Hände wieder unter ihren nackten Körper. Sie bäumte sich ihm entgegen und seufzte laut.

In den Ästen rings um den Schuppen schwirrten und zirpten die Paradiesvögel...

Rafael Palma erholte sich schnell. Der Kräuterbrei wirkte Wunder. Nach fünf Tagen humpelte er herum und kochte, zum Lobe seiner Errettung vom Tode, einen Eintopf mit viel Affenfleisch und einer Baumfrucht, die Moco Chiquaquoa nannte. Sie schmeckte wie Tomaten, hatte aber ein weißes Fleisch und war mehlig.

Zweimal beobachtete Cascal, daß Cliff in der Nacht im Anbau verschwand und funkte. Anscheinend gab er durch, daß die Expedition in Kürze aufbrechen würde. Cascal nutzte diese Sendezeiten aus... er wartete, bis Cliff den Schuppen verlassen hatte, setzte sich dann an das noch warme Gerät und stellte es auf die Frequenz des Militärsenders Manaus ein.

»Sie sind ein Glückskind«, funkte der General zurück, als Cascal kurz seine Entdeckung meldete. »Lassen Sie Haller ziehen. Er zeigt uns das Loch, durch das man einsickern kann. Ist er durch, machen wir es zu. José, ich bin mit Ihnen sehr zufrieden.«

Der Aufbruch war ein reiner Zirkus. Drei Einbäume wurden von Cliff ins Schlepp genommen – zurück ließ er alles, was er angesammelt hatte – mit Ausnahme des Funkgerätes, wie Cascal schnell feststellte, als er noch einmal an Land rannte, um seine angeblich vergessene Pistole zu suchen.

»Die Indios werden nicht stehlen«, sagte Cliff, als Ellen meinte, es sei eine Schande, alles zurückzulassen. »Sie haben eine höllische Angst vor den unbekannten Dingen. Stellen Sie sich vor, sie geraten an die Sauerstoffflasche, drehen an dem Rädchen, und es zischt plötzlich. Das wäre für sie der Teufel, und sie würden nie wieder dieses Stück Land betreten.«

Unendlich langsam glitten die Boote hintereinander über den Fluß. Der Außenbordmotor gab sein Äußerstes her, ein Kanu war mit Benzinkanistern beladen, und Cascal sah ohnmächtig auf diese für ihn unerreichbare Kraft, die sie den Strom aufwärts trug zu den Quellen.

Rita Sabaneta hatte ihren Widerstand Ellen gegenüber aufgegeben. Cascal hatte es ihr geraten. Sie tat so, als wüßte sie nichts von dem nächtlichen Liebeszauber, den Cliff und Ellen zwischen sich entfachten. Sie hoffte auf Cascal. Cliff war für sie verloren, das ahnte sie ... aber sie blieb bei ihm, jetzt nicht mehr aus Liebe, sondern aus tödlichem Haß. Sie wollte seine Vernichtung miterleben. Sie wollte sich an seinem Untergang weiden. Das Mischblut kochte in ihr.

Drei Tage und drei Nächte lang ging alles gut ... sie fuhren am Rande des Ufers gegen den Strom und legten mehr zurück an Meilen, als es sich Cliff ausgerechnet hatte.

In der Nacht blieben sie auf dem Fluß, ließen sich eine Strecke zurücktreiben, um in die Mitte zu kommen. Dort ankerten sie, schliefen und stellten Wachen auf.

Moco, der alles hörte und sah, hatte Alarm gegeben, schon am ersten Tag ihrer Weiterfahrt.

»Sie verfolgen uns«, rief er von seinem Kanu hinüber zu Cliffs Boot. »Indios ... sie ziehen neben uns her ... sie beobachten uns ...«

Man suchte die Flußufer ab, Campofolio sogar mit seinem Fernglas – man sah nichts. Nur die dichte, turmhohe, grüne Wand. Aber dann hörte man es bei Einbruch der Dämmerung. Dumpfes, rhythmisches Grollen. Cliff Haller nickte und preßte die Lippen zusammen.

»Das sind sie. Sie verständigen sich mit ausgehöhlten Bäumen. Der ganze Urwald ist in Aufruhr. Wir müssen jetzt nachts in der Mitte des Flusses bleiben.«

In der vierten Nacht verschwand Moco.

Am Morgen fehlte er in seinem Kanu, und keiner wußte, wo er geblieben war. Er hatte die letzte Wache gehabt, und dabei mußte etwas geschehen sein. Cliff Haller wußte keine Erklärung.

»Er kann nicht durch den Fluß geschwommen sein«, sagte er. »Das tut nicht einmal ein Irrer!«

»Aber er ist weg!« rief Cascal. »Verschwunden mitten auf dem Fluß.«

»Dafür gibt es nur zwei Möglichkeiten: Entweder jemand

hat ihn in den Fluß geworfen ... dann werden wir uns alle einmal auf den Zahn fühlen – oder er ist von den Indios mit einem Boot abgeholt worden.«

»Das wird es sein!« rief Cascal. »Er ist zurück zu seinen Wilden.«

Cliff blickte Cascal nachdenklich an. Die schnelle Zustimmung des Brasilianers gefiel ihm nicht.

»Das *könnte* sein«, sagte er gedehnt. »Aber es ist nicht möglich. Moco war ein Juma – hier leben die Ataxas. Schon seit einigen hundert Jahren jagen sich die beiden Stämme gegenseitig ihre Köpfe ab. Ich glaube nicht, daß Moco freiwillig mitgegangen ist. Viel eher glaube ich an die erste Möglichkeit: Jemand hat ihn über Bord gestoßen! Gentlemen ... wir haben unter uns ein Schwein!« Er machte eine weite Handbewegung. »Jetzt kann sich keiner verstecken ... und ein Alibi haben wir alle nicht. Wir waren alle auf dem Fluß. Also, fangen wir an, uns gegenseitig zu zerfleischen ...«

Cliff Haller stand jetzt, plötzlich die Pistole schußbereit in den Händen, vor den verbissen schweigenden Männern. Hinter ihm kauerte Ellen Donhoven und starrte auf die Mauer von Feindschaft, die sich vor ihr gebildet hatte.

»Stellen wir fest«, sagte Cliff, »daß eigentlich nur einer nicht als Mörder in Frage kommt: Rafael Palma. Er hat noch genug zu tun mit seinem Fuß.«

»Aber er hat die Hände frei«, sagte José Cascal giftig. »Cliff, machen Sie sich doch nicht lächerlich! Mörder! Als ob von uns einer ein Interesse daran gehabt hätte, den Indio umzubringen. Er war der einzige, der den Weg durch diese Hölle kennt.«

»Eben das war Grund genug. Die Expedition war von Anfang an von Rätseln umgeben. Erst klaut man in Tefé die ganze Küche, dann sind die Benzinfässer leer, jetzt geht der Führer über Bord zu den Piranhas ... ich bin gespannt, was noch passiert.« Cliff richtete seine Pistole auf Dr. Forster. »Was haben Sie gegen Morgen getan, Doktor?«

»Geschlafen. Wie Sie. Cascal hat ausnahmsweise einmal recht: Sie benehmen sich wie in einem schlechten Film. Ebensogut könnten wir behaupten, Sie hätten Moco in den Fluß geworfen, um uns von Ihnen abhängig zu machen. Haben *Sie* ein Alibi?«

Cliff Haller steckte die Pistole ein. Er warf einen schnellen Blick zu Ellen und wandte sich dann ab. Er hatte ein Alibi, aber er war Gentleman genug, es nicht zu verwerten. »Fahren wir an Land«, sagte er. Vielleicht entdecken wir dann mehr. Erst an das linke, dann an das rechte Ufer...«

»Vergessen Sie die Indios?« rief Campofolio.

»Sie beobachten uns bloß. Wenn sie uns angreifen wollten, sähe das anders aus.«

Langsam fuhren sie zum linken Ufer des Rio Tefé und landeten an dem versumpften, faulig riechenden Ufer. Alexander Jesus stocherte mit der Stange so lange herum, bis er festen Boden fand – dann sprang er an Land und zog das Motorboot an einem Seil heran.

Cliff Haller, Fernando Paz und auch Cascal suchten einen langen Teil des Uferstreifens ab, während die anderen in den Booten blieben. Dr. Forster benutzte die Gelegenheit, zu Ellen hinüberzuklettern. Sie saß zurückgelehnt in der Sonne, als befände sie sich auf Westerland und nicht mitten im brasilianischen Urwald.

»Was halten Sie von Cliff«, fragte er.

»Er ist ein typischer Draufgänger.«

»Solche Leute brechen sich leicht den Hals.«

»Oder sie holen den Teufel aus der Hölle.«

»Das reizt Sie, Ellen?«

»Sie nicht, Rudolf? Wenn wir zu den Jumas kommen, dann nur noch durch Cliffs Hilfe.«

»Wer ist er eigentlich? Was macht er hier? Er sieht nicht aus, als ob er Schmetterlinge sammelt.«

»Er hat mir erklärt, daß er hier am Fluß lebt, weil ihn das Außergewöhnliche reizt. Er haßt allen bürgerlichen Mief.«

»Und das glauben Sie?«

»Warum nicht? Ich liebe ja auch das Abenteuer.«

Nach einer Stunde kamen die Männer zurück. »Nichts!« rief Cascal schon von weitem. »Ich weiß überhaupt nicht, was wir suchen.«

»Zum anderen Ufer...« Cliff ließ den Motor an. »Ich weigere mich, zu glauben, daß Moco der erste Mensch war, der mit den Armen fliegen konnte.«

Am rechten Ufer des Rio Tefé fand Campofolio dann, was Cliff anscheinend suchte. Ein Stück eines angenagten Knochens lag im sumpfigen Wasser. Teil eines Oberarms. Cliff Haller hielt ihn hoch, und Alexander Jesus brach sofort in ein Wimmern aus, fiel auf die Knie und betete.

»Moco ist in den Fluß gefallen. Das ist der sicherste Tod. Wollen Sie noch mehr Beweise? Ich weiß nicht, wer von Ihnen der verfluchte Mörder ist..., aber einer ist es. Und diesem Saukerl sage ich: Wir fahren weiter. Und jetzt zeige *ich* den Weg. Der nächste Mord wäre also an *mir* zu begehen. Bitte, bedienen Sie sich... Sie werden es schwer haben, mich zu überraschen!«

Cliff Haller handelte sofort. Er schickte alle Männer in die Kanus, auch den kranken Palma. In seinem Motorboot blieben nur Ellen und Rita Sabaneta. »Es wird immer nur in der Nacht geschehen«, sagte er zu ihnen. »Am Tage ist er zu feige.«

Die Fahrt ging weiter. Glühende Sonne, dampfender Wald, süßlich-fauliger Duft aus der turmhohen grünen Wand. Am Nachmittag der Regen wie aus Eimern, eine Sturzflut von Wasser, die Alexander Jesus in Zeltplanen auffing und in die Wasserkanister umfüllte. Und dann wieder die Sonne, eine glühende Scheibe und die von Feuchtigkeit gesättigte Luft, die sich auf die Lunge legte, das Herz zusammenpreßte, den Schweiß aus den Poren trieb und die Kraft aus dem Körper sog. Stunde um Stunde, immer mitten auf dem Fluß, gegen die Strömung anschleichend, Meter um Meter erkämpfend, drangen sie vor.

Bis zur nächsten Nacht.

Cliff Haller legte zwischen sich und die Kanus einen Abstand von fünf Metern. Er befahl Alexander Jesus, den dicken Stein, den man an ein Seil gebunden hatte und der als Anker diente, auszuwerfen. »Sie bleiben dort, Gentlemen«, rief er und lachte breit. »Wer etwas von mir will, kann herüberschwimmen. Wer hier ankommt, ohne ein Gerippe zu sein, bekommt eine Goldmedaille.«

In dieser Nacht entschied sich das Schicksal mehrerer Menschen. Am Heck des Bootes, neben dem Motor, lag Ellen auf einer Luftmatratze und schlief. Vorne, wo das Ankerseil in den Flußboden fiel, lag Rita Sabaneta. Cliff hatte sich in der Mitte ausgestreckt ... er rauchte eine Zigarette nach der anderen, hob ab und zu den Kopf und blickte zu Rita hinüber. Als er glaubte, sie schlafe fest, richtete er sich auf und kroch hinüber zu Ellen.

Aber er kam nicht weit ... eine Hand hielt ihn am Knöchel des linken Fußes fest und zog ihn zurück. Cliff warf sich herum und sah in die glühenden Augen Ritas.

»Du willst zu ihr?« zischte sie. Ihr Gesicht zuckte und verlor alle madonnenhafte Schönheit. Mit einem Satz warf sie sich vor und klammerte sich an Haller fest. Von dem Anprall fiel er nach hinten und schlug mit dem Kopf auf eine Kistenkante. Benommen sah er, wie Rita an ihm zerrte und versuchte, ihn an die Bordwand zu bringen. Nur Sekunden dauerte diese Schwäche, dann war sein Kopf wieder klar, und er schleuderte das Mädchen mit einem Hieb von sich weg.

»Du verdammte Katze!« knurrte er. »In den Fluß soll ich, was? Das wäre ein Fressen gewesen, was? Oh, du verfluchtes Luder!« Er beugte sich vor und schlug ihr ein paarmal ins Gesicht. Ihr Kopf flog hin und her, und die langen schwarzen Haare wehten dabei um ihr mißhandeltes Gesicht.

»Du willst zu ihr?« keuchte sie. »Wie gestern und vorgestern! Glaubst du, ich habe es nicht gesehen? Oh, ich bringe dich um ... und sie auch ... sie zuerst ...«

»Du bist verrückt«, sagte Cliff. Er setzte sich auf die Kiste und suchte in seinen Taschen nach einer neuen Zigarette. »Hast du geglaubt, wir bleiben für immer zusammen?«

»Ich liebe dich!« Rita Sabaneta griff in ihre Hosentasche, holte eine Schachtel Zigaretten heraus und warf sie Cliff zu. »Aus Liebe bin ich mit dir fast durch die halbe Welt gezogen ...«

»Von Rio nach Tefé!«

»Ist das nicht genug? Warum wirfst du mich jetzt weg? Ist sie schöner als ich? Sieh sie doch an: ihre Haare, das hochmütige Gesicht, den dünnen Körper, die Kinderbrüste ... was ist denn an ihr?« Plötzlich sprang sie auf, riß sich die Bluse über den Kopf, die Hosen über die Hüften und stand nackt vor Cliff Haller. Schlangenhaft drehte sie den braunen, glänzenden Körper und drückte mit beiden Händen ihre vollen Brüste hoch. »Hat sie das ... und das ... und das ...?« rief sie. Mit einem Satz war sie bei Cliff, warf sich auf ihn, küßte ihn und umklammerte ihn mit Armen und Beinen. »Kann sie so lieben wie ich?« zischte sie ihm ins Gesicht. »Kann sie dich betäuben mit ihrer Liebe?«

Cliff Hallers Widerstand wurde weggebrannt von der Glut Ritas. Wie immer, wenn sie sich umarmten, erkannte er, daß diese Frau die einzige war, die seine Stärke bezwang. In ihren Armen war er kein Held mehr. Sie macht mich zu einem Trottel, dachte er immer. Auf ihrem Körper bin ich ein hirnloses Nichts. Sie brennt die Vernunft aus mir heraus.

Hinterher lagen sie nebeneinander, rauchten und starrten in den sternenübersäten Himmel.

»Ich bringe sie um«, sagte Rita Sabaneta. »Cliff, nimm es nicht leicht hin. Auch wenn du mich dann erwürgst oder sonst was mit mir tust – mir ist es gleichgültig. Aber sie lebt nicht mehr ... das ist die Hauptsache.« Sie richtete sich auf und starrte in sein müdes, von der stürmischen Liebe gezeichnetes Gesicht. »Ich warne dich, Cliff ... rühr sie nicht wieder an!«

Am vierten Tag kamen sie an die erste Stromschnelle, wie es Cascal vorausgesagt hatte. Mit Verwunderung stellte Dr. Forster fest, daß Cascal den Rio Tefé anscheinend besser kannte als alle anderen. Aber er schwieg darüber, nahm sich jedoch vor, Cascal von jetzt an besser zu beobachten.

Die Stromschnellen und der Wasserfall waren das Ende der Bootsfahrt. Cliff steuerte das linke Ufer an, wo eine breite Sandbank angeschwemmt war, und ließ die Boote auflaufen. Er holte eine Karte hervor, und Cascal erkannte, daß es zusammengesetzte Luftaufnahmen waren.

»Woher haben Sie diese Fotos?« stieß er hervor.

»Das geht Sie nichts an, Senhor.« Cliff machte mit einem Rotstift einen Kreis um die Flußstelle, die auf dem Luftbild deutlich als eine weiße Barriere zu erkennen war. »Hier sind wir. Es kommen noch vier Stromschnellen, kurz hintereinander. Es hat also keinen Sinn mehr, mit den Booten weiterzufahren, sie um die Wasserfälle herumzutragen und wieder in den Fluß zu lassen.«

»Das heißt also – weiter zu Fuß?« sagte Dr. Forster.

»Sind Sie fußkrank?« fragte Cliff etwas giftig. Dr. Forster ballte die Fäuste und wandte sich ab. Ein widerlicher Kerl, dachte er. Man sollte ihm in seine große Schnauze schlagen. Aber es wäre sinnlose Auflehnung – er hat die Kraft eines Bullen. Nur gemeinsam könnte man ihn unterkriegen, wenn wir uns alle einig wären . . . und auch dann wäre alles falsch, denn Ellen bewundert ihn.

So schluckte er die Grobheit und wurde aus Liebe zum Feigling.

Das Umladen war mühsam, die Verteilung der Lasten führte zu erregten Diskussionen. Cliff war es, der alles allein machte. Er packte die Tragsäcke, er wog sie ab und bestimmte, wer was zu schleppen hatte. Cascal gab seinem Gepäck einen Tritt und stemmte die Hände in die Hüften.

»Nein!« schrie er. »Ich bin kein Lastesel! Keine zehn Pferde bekommen mich dazu, das zu tragen!«

»Ich brauche keine zehn Pferde, Senhor... es genügt das hier.« Cliff hob seine Faust und hielt sie Cascal unter die Nase. »Bis zum Quellgebiet des Juma sind es noch dreihundert Kilometer. Das sind dreißig Tagesmärsche, wenn wir gemütlich durch den Wald wandern. Wollen Sie als einziger kneifen?«

Cliff blickte sich um. Cascal schien nicht allein mit seiner Weigerung zu sein, auch die anderen Männer sahen Haller böse an.

»Ach so«, sagte er gedehnt. »Der Wind weht von allen Seiten? Eine kleine Revolution? Ellen...«, er drehte den Kopf zu ihr und grinste breit. »Sie hatten wenig Glück mit Ihrer Mannschaft. Alles nur Kerle, die statt Knochen Pudding haben...«

Das war der Augenblick, in dem Cascal explodierte. Er sprang vor und schlug zu. Sein Hieb war gut gezielt, er traf Cliff genau unters Kinn, und jeder andere wäre davon umgefallen wie ein gefällter Baum. Nicht aber Haller. Er schüttelte sich nur wie ein ins Wasser gefallener Hund, starrte Cascal ungläubig an und duckte sich dann etwas.

»Cliff!« rief Ellen Donhoven hell. Und auch Rita Sabaneta, die am offenen Feuer hockte und einen Kessel Bohnensuppe kochte, denn sie hatte für die Zeit der Krankheit Palmas die Küche übernommen, stieß einen warnenden Schrei aus.

»Ihnen fehlt die Kraft, Senhor!« sagte Cliff gefährlich leise. »Ich lasse mich nicht gern streicheln.«

Er schoß eine linke Gerade ab, aber Cascal, der darauf vorbereitet war, wich aus, tänzelte zur Seite und hatte plötzlich Angst in den Augen. Cliff setzte ihm nach, kam aber nicht mehr dazu, einen Schlag zu landen. Wie eine Welle stürzten sich die anderen über ihn. Fäuste wirbelten, die Schläge klatschten, Flüche und Stöhnen vermischten sich mit dem Keuchen der Kämpfenden – in einem Wirbel von Armen brach Cliff zusammen, Blut rann ihm aus der Nase, aber er gab nicht auf, schlug und trat um sich und traf Campofolio so schwer in den Unterleib, daß der Italiener heulend über den Boden rollte und brüllte, als ziehe man ihm die Haut ab.

Ebenso plötzlich, wie sich ein Gewitter entlädt und dann geisterhafte Stille herrscht, so wichen auch die Männer auf einmal zurück und ließen von Cliff ab. Er lag auf dem Rücken, das Gesicht war aufgequollen, ein Auge schloß sich und das andere stierte auf Ellen und Rita, die sich neben ihn knieten und mit nassen Lappen vorsichtig das Blut aus seinem zerschlagenen Gesicht wischten.

»Feige Bande!« sagte Ellen. Dr. Forster hatte eine solche Stimme von ihr noch nicht gehört. Sie hob Cliffs Kopf in ihren Schoß. Rita riß ihm gleichzeitig das Hemd von der Brust und begann sein Herz zu massieren. Dann rannte sie zu den Wasserkanistern, schüttete den Inhalt eines ganzen Behälters über das zerrissene Hemd und kühlte damit Cliffs Kopf und Oberkörper.

»Es war nötig!« keuchte Dr. Forster. »Ellen, es gibt eine Grenze der Duldsamkeit.«

»Sprechen Sie mich nicht an!« schrie sie zurück. »Es ist schlimm genug, Ihren Anblick ertragen zu müssen!«

»Ellen!« Er riß sie vom Boden hoch, sie schlug ihm ins Gesicht und gebärdete sich wie eine verrückte Katze. Dr. Forster umklammerte ihre Arme und preßte sie an ihren Körper. Sie versuchte, ihn mit den Knien zu stoßen, aber es gelang ihr nicht. »Wo ist Ihre Vernunft geblieben?« schrie er sie an. »Sehen Sie denn nicht, daß es diesem Kerl völlig gleichgültig ist, ob wir alle draufgehen? Weiß der Teufel, was ihn zu den Jumas treibt! Er würde keinen Schritt langsamer gehen, wenn hinter ihm einer nach dem anderen verreckt!«

»Ihr haßt ihn, weil er stärker ist als ihr! Weil er euch allen überlegen ist!« schrie Rita. Sie küßte Cliffs zerschlagenes Gesicht und wischte ihm immer wieder das aus der Nase rinnende Blut weg. Ellen beobachtete es mit zusammengezogenen Brauen. Ihr Atem wurde hastiger, fast hysterisch. Cliff lag noch immer regungslos, aber es war klar, daß er bei weitem nicht so zusammengeschlagen war, daß er sich nicht mehr rühren konnte. Er ruhte sich aus, er sammelte Kraft. Er hatte Zeit. Vor ihm lagen dreihundert Kilometer dichten, feindlichen Urwaldes, und neben sich würde er sechs Männer haben, die nur darauf lauerten, ihn loszuwerden.

Schöne Aussichten, dachte er. Man kann gemütlicher wandern. Das kann Mr. Hodkins in Washington gar nicht bezahlen. Sie machen es sich überhaupt einfach im Hauptquartier; legen Flugbilder auf den Tisch, zeigen auf ein Gebiet im Urwald, wo angeblich noch nie ein Mensch gewesen ist, und sagen: »Cliff, das ist eine Aufgabe für Sie. Gehen Sie da mal hin! Muß ein verdammt interessantes Projekt sein. Sieht zwar alles aus wie dichter Wald, aber auf Bild Nr. 19 blinkt etwas. Der Ohrring einer Indiofrau ist's nicht – sie müßte dann schon Ohren wie ein Scheunentor haben. Was hältst du davon, Cliff? Kleiner Trip durchs Orchideenland. Im übrigen sollen die Weiber dort Klasse sein. Mischlingsmädchen. Nimm ein paar Schachteln Hormone mit ...«

Cliff Haller hob den Kopf und setzte sich dann auf. Er zeigte auf Dr. Forster und nickte.

»Er hat recht, der Junge. Mir ist es völlig gleichgültig, ob ihr auf der Strecke bleibt. Ellen, Rita und ich ... wir jedenfalls kommen zu den Jumas. Ich gehe darauf jede Wette ein.«

Er stand auf, stützte sich auf Rita und Ellen und wippte etwas in den Knien, begann dann zu tänzeln wie ein Boxer, der sich warm läuft, und atmete ein paarmal tief durch. Dann war er wieder fit und gab Rita und Ellen einen Kuß auf die Wange.

»Danke, Girls! Der gute Cliff ist wieder okay. Und die tapferen Gentlemen können mir jetzt den Buckel herunterrutschen – es geht weiter. Ellen – können Sie zwanzig Pfund tragen!«

»Natürlich, Cliff.«

»Rita, du bist ein starkes Mädchen. Nimm dir den gelben Sack.« Er wuchtete sein Gepäck auf die Schulter, hängte sich ein Gewehr um den Hals, nahm eine Machete und winkte. »Ein paar Kilometer schaffen wir noch, Girls! Beißt die schönen Zähnchen aufeinander!«

Er ging voraus, suchte sich einen Weg durch das Lianengewirr, hieb mit der Machete einen Pfad in die grüne Wand und stampfte davon, ein Koloß aus Muskeln und Energie.

Ellen Donhoven warf ihr Gepäck auf die Schulter. Als Dr. Forster ihr dabei helfen wollte, gab sie ihm einen Stoß vor die Brust.

»Fassen Sie mich nicht an!« schrie sie. Ihr Gesicht verzerrte sich.

»Sie sind wie Verrückte!« sagte Fernando Paz, als Cliff mit den beiden Mädchen im Urwald verschwunden war. »Wenn der Kerl eine Frau ansieht, ist das wie Rauschgift. Verdammt noch mal, sollen wir wirklich zurückfahren und sie allein ziehen lassen? So idiotisch es ist, aber ich bringe das nicht fertig.«

»Los! Gehen wir!« Cascal belud sich ächzend mit seinem Gepäck. Für ihn gab es jetzt kein Zurück mehr. Nach hundert Kilometern kam die Gefahrenzone. Dann mußte etwas geschehen, dann mußte die Expedition auseinanderbrechen.

Nach zwanzig Minuten hatten sie Cliff und die Mädchen eingeholt.

»Die Lastkamele kommen doch!« sagte Cliff laut.

Dr. Forster hätte ihn für diese Bemerkung ermorden können.

In der Nacht hörten sie wieder das Brummen am Himmel. Flugzeuge, schwere Transportmaschinen, zogen durch die Finsternis. Es waren mindestens zehn Stück. Eine Viertelstunde lang war die nächtliche Stille erfüllt von dem zitternden Dröhnen.

Cliff hob den Kopf, auch Cascal war noch wach.

»Da bringen sie den Indios Unterhosen und Coca-Cola . . .«, sagte Cliff gemütlich.

Cascal drehte sich auf die andere Seite und biß die Zähne

zusammen. Er hielt den Plan des Generals in Manaus nicht für gut, Cliff Haller unbehelligt ziehen zu lassen, um durch ihn die weiche Stelle zu erfahren, durch die man in das Geheimnis eindringen konnte.

Zwei Tage später waren Fernando Paz und Alexander Jesus tot. Es war ein merkwürdiges Sterben. Sie brachen plötzlich in die Knie, Schaum trat ihnen vor den Mund, ihre Körper zuckten fürchterlich, die Augen weiteten sich vor Entsetzen... dann verloren sie die Besinnung, und nach zehn Minuten waren sie tot.

Dr. Forster untersuchte sie, so gut es ihm die primitiven Mittel erlaubten. Er injizierte ihnen wahllos Gegengifte, weil er nicht wußte, was in den Körpern wütete... aber dann kapitulierte er und drückte Paz und Alexander Jesus die schreckgeweiteten Augen zu.

»Sie sind ohne Zweifel vergiftet worden«, sagte er. »Aber wodurch?«

»Indios?« fragte Cascal gedehnt.

»Blödsinn!« Cliff kniete neben den Toten. »Dann wären wir alle dran. Und wo sind die Pfeile?«

»Sie schießen mit Blasrohren kleine Bambusbolzen auf ihre Opfer. ›Den lautlosen Tod‹ nennen sie es.«

»Das werden wir gleich haben.« Cliff und Dr. Forster zogen die Toten aus und untersuchten ihre Körper. Kein Einschuß, kein Schlangenbiß, nichts. Haller blickte nachdenklich auf die verkrümmten Glieder.

»Es ist wie bei Moco«, sagte er. »Jemand hat sie vergiftet. Mit dem Essen, mit Wasser... und der Kreis wird immer kleiner: Cascal, Dr. Forster, Palma und natürlich ich... einer von uns bringt nacheinander die anderen um.«

»Das ist doch absurd«, meinte Dr. Forster.

»Das haben Sie schon einmal gesagt, Doktor.«

»Ich habe gesehen, wie die beiden vorhin aus ihrer Wasserflasche getrunken haben«, stammelte Rafael Palma. Für ihn war der Marsch durch den Urwald eine wirkliche Qual... sein Fuß war zwar gerettet, nicht mehr geschwollen, und die Wunde verheilte gut... aber jeder Schritt stach bis ins Gehirn. Zurückbleiben konnte er nicht... allein in dieser Wildnis, das war der sichere Tod. Er mußte vorwärts, den anderen nach... und die Angst vor dem Verlassenwerden trieb ihn mit. Oft knirschte er mit den Zähnen vor Schmerzen.

Cliff schraubte die Flasche von Alexander Jesus auf und roch an dem kalten Tee. Dann hielt er sie Cascal hin.

»Probieren Sie mal.«

»Sind Sie verrückt?«

»Wer hat den Tee gekocht?«

»Ich«, sagte Rita. »Ich habe jedem seine Flasche vollgefüllt. Ich habe selbst von dem Tee getrunken.«

»Dann hat jemand in der Nacht das Gift in die Flaschen der beiden geschüttet. Ich habe auch von dem Tee getrunken, und ich lebe. Am Wasser kann es nicht liegen.«

»Indios...«, sagte Cascal hartnäckig.

»Hören Sie mit Ihren Indios auf, Cascal! Glauben Sie, die schleichen sich an uns heran, träufeln Gift in zwei Flaschen und rauschen wieder ab? Entweder alle oder keiner. Wenn sie uns umbringen wollen, hätten sie es einfacher. Denken Sie an ihre Blasrohre.«

Das allgemeine Mißtrauen war einfach unerträglich geworden. Ellen Donhoven drückte es schließlich mit der ihr eigenen bissigen Klarheit aus: »Ab sofort verpflegt sich ein jeder selbst!«

»Und ich schieße jeden zusammen, der sich dem anderen nähert. Von jetzt ab bleibt zwischen jedem von uns ein Abstand von fünf Metern! Auch nachts! Ellen, Rita und ich werden uns in den Nachtwachen abwechseln. Wer die Fünf-Meter-Grenze überschreitet, wird erschossen, ist das klar, Gentlemen?« Cliff Haller zeigte auf die Toten. »Wollen wir sie begraben oder in den Fluß werfen?«

»Begraben . . .«, sagte Campofolio dumpf. »Cliff, was sind Sie nur für ein Mensch?«

»Ein Realist. Zwei Gräber ausheben kostet Kraft und Zeit. Beides brauchen wir noch genug. Im Fluß sind sie in Sekundenschnelle dahin, schneller als in einem Krematorium. Ob Asche oder Fischfutter, wo ist da ein Unterschied?«

»Und so etwas bewundern Sie, Ellen!« sagte Dr. Forster heiser. »Er ist ein Monstrum!«

Ellen Donhoven kniff die Lippen zusammen. Sie band den kleinen Handspaten vom Gepäck und begann, die Erde aufzustechen. Wortlos nahm Cliff ihr den Spaten ab.

Es dauerte fünf Stunden, bis man die beiden Gräber ausgehoben und Fernando Paz und Alexander Jesus beerdigt hatte. Dann trampelten sie die Erde fest und rollten Flußsteine darüber. Campofolio wollte noch ein Kreuz zimmern, aber Cliff drängte zum Aufbruch.

»Gott wird sich auch so um sie kümmern«, sagte er spöttisch. »Um uns aber kümmert sich keiner. Wir haben einen halben Tag verloren . . .«

Sie zogen weiter. Aber es hatte sich vieles verändert. Bisher waren sie durch die Grüne Hölle gezogen – jetzt schleppten sie eine zweite Hölle mit sich herum.

Die Hölle des Mißtrauens, ja des gegenseitigen Hasses.

Drei Tage lang ging es gut.

Sie schlugen sich durch den Urwald, jeder fünf Meter von dem anderen entfernt. Nachts schliefen sie hintereinander im gleichen Sicherheitsabstand wie eine langgliedrige Kette. Cliff, Ellen und Rita wechselten sich in der Wache ab . . . aber auch die anderen bewachten sich. Morgens waren sie alle müde und in der Stimmung, sich gegenseitig die Köpfe einzuschlagen.

In der vierten Nacht wanderte Cliff in seinem Lager hin und her. Das Feuer war niedergebrannt, und nur die Glut leuchtete schwach-rot durch die Dunkelheit. Rita Sabaneta schlief fest... Cliff überzeugte sich davon, indem er sie ansprach und leicht schüttelte. Sie murmelte im Schlaf und schlief weiter wie betäubt.

Cliff steckte sich eine Zigarette an, setzte sich an einen Baum und lehnte den Kopf weit zurück. Die vergangenen Tage hatten mehr an seinen Kräften gezehrt, als man es ihm ansah. Noch rund zweihundert Kilometer, dachte er. Zwanzig Tage Fieberhölle und dampfender Urwald. Zwanzig Tage immer der mistige Fluß mit seinen Mörderfischen. Zwanzig Tage Angst vor neuen Anschlägen.

Er schrak auf. Ein Schatten glitt an den Bäumen entlang.

»Ellen...?« fragte er leise.

»Ja.« Sie setzte sich zu ihm und zog die Beine an. Ihre großen blauen Augen sahen ihn mit einer kindlichen Bitte an. Schick mich nicht weg... laß mich bei dir sein... »Ich kann nicht schlafen«, sagte sie.

»Angst?«

»Nein. Du bist ja da...«

»Was sonst, Baby?«

»Ich liebe dich!«

Er legte den Arm um sie und zog sie an sich. Sie hob den Kopf und küßte ihn, und sie war glücklich, als er seine Hand auf ihre Brust legte und sie streichelte.

»Komm!« sagte er. Seine Stimme konnte zärtlich sein, und sie klang dann fremd und dunkel. »Uns bleibt verdammt wenig Zeit, glücklich zu sein.«

Sie gingen ein paar Meter in den Wald, schlugen sich durch das Gestrüpp, fielen sich dann in die Arme und sanken umschlungen auf den weichen Boden.

Rita Sabaneta schrak hoch, als jemand sie an der Schulter rüttelte. Sie wollte einen Schrei ausstoßen, aber eine Hand legte sich auf ihren Mund und erstickte den Schrei.

»Ruhig!« flüsterte eine Männerstimme. »Verflucht, sei ruhig! Wach auf! Ich bin es, José!« Cascal ließ die Hand von Ritas Mund gleiten. Er lag flach neben ihr, schob sich jetzt an sie heran und flüsterte ihr ins Ohr: »Es ist eine interessante Nacht. Cliff und die Ärztin sind im Wald verschwunden ...«

Rita zuckte hoch. Aber Cascal drückte sie sofort zurück.

»Ruhe!« flüsterte er. »Nur Ruhe!« Seine Hand glitt über Ritas Brüste. Er hörte, wie sie mit den Zähnen knirschte.

»Ich töte sie«, stöhnte sie. »Ich habe es ihm gesagt – ich töte sie!«

»Das wäre dumm, mein Mädchen.« Cascal streichelte Ritas Gesicht – dann fuhr seine Hand blitzschnell in ihren Blusenausschnitt und umschloß ihre rechte Brust. Sie wollte sich wehren, aber Cascals Griff war so fest, daß es ohne großen Lärm nicht abgegangen wäre.

»Nimm die Hand weg!« zischte sie.

»Er liegt dort drüben auf der Erde und betrügt dich – und du willst die Heilige spielen?« Cascals Stimme zitterte etwas. »Warum töten? Demütige ihn! Brich seinen Stolz! Schlag ihn mit seinen eigenen Waffen ...«

Rita lag auf dem Rücken und zitterte vor Wut. Sie machte sich steif, als Cascal ihr die Bluse öffnete und den Rock hochschob. Dann plötzlich warf sie sich hoch, umklammerte Cascal und zog ihn über sich.

»Ja!« sagte sie laut. »Ja! Er soll es sehen! Er soll zerplatzen!«

Cascal versuchte, ihr den Mund zuzuhalten – sie biß ihn in die Handfläche, kratzte und schlug auf ihn ein, bis er ihren Kopf freigab. »Hah!« schrie sie auf. »Das ist wie Feuer! Wie Feuer!«

Stöhnend riß sie Cascal das Hemd auseinander und umklammerte ihn schlangengleich mit den Beinen, als er von ihr weg wollte. »Du bist verrückt!« zischte er sie an. »Verdammtes Luder! Laß mich los!«

Er versuchte, aus ihrer Umklammerung zu kommen, aber sie hatte ihn in sich eingesaugt wie ein Krake sein Opfer. Erst, als sie Cliff neben sich stehen sah, ließ sie Cascal los, streckte Arme und Beine von sich, bot ihren nackten Körper in der obszönsten Art dar und starrte Cliff aus glühenden Augen an. Cascal rollte sich unglücklich zur Seite.

»Welch ein Liebhaber«, sagte sie mit jagendem Atem. »Noch nie war es so schön! Die Mädchen haben recht: Ein Yankee ist ein fader Liebhaber. Alles mit der Stoppuhr... immer Schnelligkeitsrekorde...«

Cliff hob sie auf und gab ihr eine schallende Ohrfeige. Rita flog von dem Schlag einen Meter weit und stürzte dann zu Boden. Cascal rappelte sich auf. Mit einem Sprung war er beim Feuer und riß einen noch glühenden dicken Ast aus der Glut. Im Hintergrund, unsichtbar im Schatten des Waldes, schrie Ellen Donhoven auf. Die anderen Männer liefen heran. Cliff zog seine Pistole und schob den Sicherungsflügel zurück. »Fünf Meter, Boys – oder es kracht.« Palma, Campofolio und Dr. Forster blieben stehen. Cascal stand geduckt vor Cliff, den glühenden Ast in der Hand. »Laß den dämlichen Knüppel fallen«, sagte Haller.

»Hol ihn dir!« schrie Cascal zurück.

»Das wirst du sehen!« Haller schoß blitzschnell, und es machte sich bezahlt, daß er in der besten Pistolenschule gewesen war, die es in den USA gab. Der glühende Zweig spritzte aus Cascals Hand, ohne daß er verletzt wurde. Mit einem Fluch schleuderte Cascal den kläglichen Rest zur Seite.

Was dann folgte, ging sehr schnell. Mit drei Schlägen streckte Cliff den um sich tretenden Cascal zu Boden, hob ihn wieder auf und betäubte ihn endgültig durch einen krachenden Hieb gegen das Kinn. Er ließ ihn liegen, wandte sich zu der nackten Rita und riß sie vom Boden hoch.

Sie biß ihn in die Hand, sprang ihn an, aber er schüttelte sie ab wie ein Insekt. Wortlos schleifte er sie zu einem Baum, nahm auf dem Weg dorthin einige Stricke des Gepäckes mit und band sie an den glatten Stamm.

Sie schrie und warf den Kopf hin und her. »Hör mich an!« schrie sie. »Cliff – Erbarmen! Du kannst mich doch nicht anbinden! Laß dir doch alles erklären – José hatte den Gedanken – Cliff, ich liebe dich – ich bin ganz krank vor Liebe – du hast mich zuerst betrogen – du – mit diesem blonden Luder... Cliff, du kannst mich doch nicht umbringen – Hilfe! Hilfe!«

»Hören Sie sofort auf!« brüllte Campofolio und sprang vor. Haller wirbelte herum und hob die Pistole.

»Zurück!« befahl er hart. »Du solltest endlich einzusehen beginnen, daß wir hier nicht zur Erholung sind!« Er jagte zwei Schüsse vor Campofolios Stiefelspitzen in die Erde. Der Italiener sprang zurück.

»Sie Schwein!« schrie Dr. Forster. »Aber auch Sie kriegt man klein!«

Cliff Haller hatte Rita an den Baum gebunden und ging zum Feuer zurück. Sie schrie, bettelte, flehte und rief die anderen Männer um Hilfe an.

»Wir machen das jetzt umgekehrt!« sagte Haller. »Sie gehen voraus, Gentlemen – dann habe ich Sie besser im Blick. Und es geht sofort los! Eine Nachtwanderung wird uns alle abkühlen. Oder ist hier noch jemand müde?«

Schweigend packte man, schweigend gingen Dr. Forster, Campofolio und Palma voraus. Rita Sabaneta schrie, bis ihre Stimme brach und in einem Wimmern erstarb. Cliff Haller kam als letzter nach. Er holte Ellen ein und legte den Arm um ihre Hüfte. Sie machte einen Schritt zur Seite und befreite sich dadurch aus seinem Griff.

»Nanu!« sagte Cliff. »Lutschst du an einem moralischen Bonbon?«

»Ich habe Angst vor dir.« Ellen Donhoven beschleunigte ihren Schritt. »Komm mir nicht nahe!«

Plötzlich begann sie zu laufen, rannte wie um ihr Leben und holte Dr. Forster ein.

»Kann ich bei Ihnen bleiben, Rudolf?« fragte sie. »Bitte!«

Er nickte und ging weiter. Wie eine Blinde tastete Ellen nach ihm und hielt sich an seinem Gürtel fest.

DRITTES KAPITEL

José Cascal erwachte aus seiner Besinnungslosigkeit und rollte sich stöhnend auf den Bauch. Wie lange er nach dem Niederschlag durch Cliff Haller ohnmächtig neben dem Feuer gelegen hatte, konnte er nicht sagen – es mußte eine lange Zeit gewesen sein, denn das Feuer war fast erloschen. Die fahle Nacht lag über Urwald und Fluß, die Grüne Hölle war von Tausenden Stimmen und Geräuschen erfüllt. In das Zwitschern, Flattern und Kreischen der Nachtvögel mischte sich auch ein leises Stöhnen, das Cascal völlig in die Wirklichkeit zurückbrachte. Er richtete sich auf und wischte sich ein paarmal über das zerschundene Gesicht. Dann stand er auf, schwankte herum wie ein Betrunkener, hielt sich an einem Baumstamm fest und schüttelte die letzte Betäubung von sich wie ein Hund das Wasser aus seinem Fell.

Dieses Stöhnen. Eine Frauenstimme. Aus der Dunkelheit jenseits des Feuers am Waldrand. Cascal erinnerte sich wieder... der sinnlose Angriff auf Cliff, diesen Bullen von einem Kerl, die nackte Rita, die bettelnd vor Haller auf die Knie fiel, das lähmende Entsetzen der anderen, die hilflos herumstanden...

»Rita!« rief Cascal leise. Und dann lauter, da er keine Antwort bekam: »Rita! Rita!«

»Ja... hier... José...« Eine flatternde Stimme, heiser vom verzweifelten Schreien, ohne Ton, nur noch ein Keuchen. Cascal schwankte durch die Dunkelheit, dem Ton nach, zog einen glimmenden Ast aus dem verlöschenden Feuer und schwenkte ihn ein paarmal schnell im Kreis um sich selbst, damit die Funken zur Flamme aufglühten. Als der Ast brannte und das Licht des Feuers gespenstisch und zuckend die nähere Umgebung aus der Nacht schälte, tappte er weiter und sah Rita. Sie hing nackt in den Stricken, mit denen Cliff sie an den Baum gebunden hatte, ihr Kopf pendelte hin und her, und die langen schwarzen Haare wehten dabei wie ein Totenschleier.

»Dieses Schwein ...«, stammelte Cascal. »O Gott, verzeih mir, wenn ich ihn umbringe wie Ungeziefer.« Er schwankte noch immer ohne Kraft in den Beinen zu Rita und löste mit zitternden Fingern die Knoten. Als die Stricke nachgaben, fiel Rita in sich zusammen, als habe sie keine Knochen mehr. Sie rollte auf den Boden, breitete die Arme aus und schloß die Augen.

Cascal riß sich sein Hemd vom Körper, taumelte zum Fluß, tauchte es in das Wasser und rannte zurück zu Rita. Mit dem nassen Hemd massierte er ihren Kopf, die Brüste und den ganzen Körper, rieb ihre Schläfen und die Herzgegend, küßte und streichelte sie und ließ dann wieder das nasse Hemd auf ihren Leib klatschen, immer und immer wieder, bis sie sich bewegte, tief einatmete, die Augen aufschlug und Cascal mit ihren großen braunen Augen ansah wie ein sterbendes Tier.

»Wo ... wo ist er?« fragte sie kaum hörbar. Cascal umarmte sie, eine irrsinnige Freude durchströmte ihn, er küßte Rita wieder und bettete ihren Kopf in seinen Schoß. Ich liebe sie wirklich, dachte er und wunderte sich, daß er überhaupt eines solchen Gefühles fähig war. Zuerst sollte es nur eine Rache an Cliff sein – jetzt war es sein eigenes Schicksal geworden.

»Sie sind weg ... alle ... Ich weiß nicht, wie lange ich gelegen habe.« Er umfaßte sie mit beiden Händen und küßte sie auf die Augen. »Wie geht es dir, favorita ...?«

»Ich möchte sterben, José ...«

»Warum? Wegen eines Mannes wie Cliff? Er ist ein Satan, Rita! Wir werden ihn jagen wie einen Jaguar ...«

»Wir? Wer ist wir?«

»Du und ich und meine Freunde.«

»Ich bin so müde, José, so todmüde.« Sie legte ihre kalten Finger auf seine Hände. »Was können wir tun? Er ist stärker als wir alle!«

»Das glaubst nur du. Du weißt nicht, was hinter uns steht. Warte es ab!«

Er schob sich unter ihr weg, bettete ihren Kopf auf das zusammengeknüllte nasse Hemd und erhob sich. Mit dem brennenden Scheit ging er den Lagerplatz ab und entdeckte sein und Ritas Gepäck, das Cliff zurückgelassen hatte. Wer hätte es auch tragen sollen? Mit letzter Kraft schleppte er sein Bündel an das Flußufer, schnürte es auf und suchte fieberhaft in den vielen einzelnen Paketen und Schachteln. Dann sah er auf die Uhr, die er am linken Handgelenk trug und begann, einen länglichen dunklen Gegenstand zusammenzuschrauben. Rita Sabaneta hob den Kopf.

»José!« rief sie ängstlich.

»Hier bin ich. Am Fluß. In einer Stunde sind wir heraus aus der Hölle!« Cascal hob den dunklen Gegenstand hoch. Es war eine Art überschwere Pistole. Auf dem Lauf steckte eine längliche, runde Hülse in Form einer kleinen Rakete. »In zehn Minuten müssen sie über uns sein ... und in spätestens einer Stunde holen sie uns hier weg ... Es war Cliffs größter Fehler, uns nicht gleich totzuschlagen.«

Cascal legte die große Pistole neben sich und warf sich am Ufer auf den Rücken. Auch Rita ließ sich zurücksinken. Ihr zerschundener, mißhandelter Körper brannte und juckte. Aber noch heißer zerfraß der Haß auf Cliff Haller und Ellen Donhoven ihr Herz. Sie klapperte mit den Zähnen vor innerer Erregung und krallte die Nägel in den weichen Waldboden.

»José!« rief sie. Ihre Stimme hatte wieder einen volleren Klang, war aber dennoch schrill vor loderndem Haß.

»Favorita?«

»Wer bist du? Wer bist du wirklich?«

»Ich erkläre es dir später. Noch fünf Minuten – da, hörst du?«

Leises Brummen. Noch weit weg, ein dunkles Summen nur zwischen den Tausenden Nachtstimmen des Urwaldes, aber schnell näherkommend, wachsend wie ein Donnergrollen.

»Flugzeuge«, murmelte Rita. Sie setzte sich und beobachtete Cascal, der aufgesprungen war, am Ufer des Tefé stand und die schwere Pistole hoch über seinen Kopf in den Nachthimmel hielt.

Das dumpfe Brummen war nun fast über ihnen. Cascal drückte ab. Ein dumpfer Knall, die kleine Rakete schoß empor in das Schwarz des Himmels und zerplatzte dort. Ein roter Ball schwebte sekundenlang an einem winzigen Fallschirm durch die Luft und versank dann nahe dem jenseitigen Ufer im Fluß.

Noch dreimal schoß Cascal seine roten Leuchtkugeln ab, dann kam er zu Rita zurück und umarmte sie.

»Wir sind gerettet«, sagte er. »Du wirst ein richtiges Bett haben, ein Arzt wird dich untersuchen, man wird dich pflegen wie eine Prinzessin ... und dann werden wir Cliff töten.«

Sie nickte stumm, legte den Kopf an seine Brust und starrte über den Fluß. »Wer bist du?« fragte sie nach langer Zeit erneut. Cascal küßte sie in die Halsbeuge und streichelte ihren glatten, herrlichen Körper.

»Ich bin José Cascal, Hauptmann der brasilianischen Armee und Mitglied des Geheimdienstes, Sektion Manaus. Das ist alles.«

»Geheimdienst!« Rita starrte Cascal aus weitgeöffneten Augen an. »Von Anfang an hast du Cliff gejagt ...«

»Nein. Ich wußte gar nicht, daß es ihn gibt. Unser Zusammentreffen war zufällig. Aber welch ein Glück, daß wir uns trafen! Hat er dir erzählt, was er hier im Urwald von Tefé suchte?«

»Nein. Nie. Aber jede Nacht funkte er. Wir wären drei Tage später aufgebrochen und weitergezogen, so war's geplant – da trafen wir auf euch.«

»Wo hast du ihn kennengelernt?«

»In Rio. In einer Bar. Ich tanzte dort.«

»Und bist mit ihm sofort in den Urwald gegangen?«

»Ich habe ihn geliebt, José. Er war ein Mann wie aus einem Bilderbuch. Ich war wie betäubt in seinen Armen.« Sie legte den Kopf zurück und küßte Cascal. »Jetzt weiß ich, in wieviel Verkleidungen der Teufel auftreten kann – ich werde ihn töten, José!«

»Nicht du – ich werde es tun! Und du sollst zusehen, wie man dem Tod eines Stieres in der Arena zusieht.«

Dann lagen sie nebeneinander auf dem weichen Waldboden, eng aneinandergeschmiegt, aber ohne sich zu lieben... nur das Gefühl, daß der eine dem anderen nahe war, daß ihre Haut sich berührte, war ihnen Seligkeit genug.

Nach knapp einer Stunde hörten sie ein helles Schwirren in der Luft. Cascal zeigte zum Himmel und lachte.

»Da sind sie!« rief er. »Sie holen uns! Wenn der Morgen kommt, liegst du in einem weiß bezogenen Bett...«

Sie liefen zu den zurückgelassenen Gepäckstücken. Rita zog ein einfaches Baumwollkleid an, Cascal suchte ein Hemd heraus, und kurz darauf zuckte hell über den Rio Tefé der Lichtstrahl eines Scheinwerfers. Ein Hubschrauber mit Schwimmern unter dem Rumpf senkte sich langsam auf den Fluß, wasserte vorsichtig, die Rotorflügel drehten sich mit halber Geschwindigkeit, das Brüllen des Motors erstarb, und leise brummend glitt der Hubschrauber auf den Pontons zum Ufer.

Cascal rannte hinunter zum Fluß. Mit ausgebreiteten Armen lief er in den Strahl des Scheinwerfers, der jetzt den Urwald abtastete. »Amigos!« schrie er. »Hierher! Hierher!«

Die Kanzel des Hubschraubers öffnete sich, ein Schlauchboot klatschte ins Wasser, ihm folgte ein Mann in lederner Uniform und dickem Fliegerhelm. Cascal drehte sich um. Rita kam in den Strahl des Scheinwerfers gelaufen, fiel ihm um den Hals und küßte ihn. Sie lachte, während ihr die Tränen über das zuckende Gesicht rannen, und Cascal nahm sie auf seine Arme und trug sie hinunter zu dem Gummiboot.

»Sie sind gekommen«, stammelte Rita. »Sie holen uns heraus. Ich habe es nicht geglaubt, José ... ich habe es wirklich nicht geglaubt!«

Zwei Stunden später lag sie in einem weichen, weiß bezogenen Bett, wie es ihr Cascal versprochen hatte, ein Arzt und zwei Krankenpfleger bemühten sich um sie, gaben ihr ein kräftiges Essen und dann einige Beruhigungsinjektionen, denn sie fing wieder an, hysterisch zu weinen.

Sie war in eine andere, geheimnisvolle, unbekannte Welt gekommen, deren Anblick sie einfach übermannte und dann erneut zerbrach.

Zehn Tage wanderten sie auf schmalen Pfaden durch den Urwald, durch glutheiße, dampfende Tage mit Schwärmen von Mücken, durch warme, faulig riechende Nächte, begleitet von unsichtbaren Tieren, deren Fauchen und Kreischen neben ihnen herschlich.

Cliff Haller hatte es aufgegeben, die drei anderen Männer wie Hammel vor sich herzutreiben. Dr. Forster, Pietro Campofolio und Rafael Palma waren keine Gegner für ihn. Stumpfsinnig rissen sie ihre Kilometer herunter, schleppten sie ihre Lasten durch den dampfenden Urwald, lagen in der Nacht erschöpft, wie tot neben dem Feuer und dachten nicht daran, gegen Cliff etwas zu unternehmen. Was sollte man auch tun? Ihn umbringen? Und dann? Um sie herum war hunderte Kilometer weit nur die Grüne Hölle, war unentdecktes, jungfräuliches, feindliches, verfluchtes Land mit Flüssen, Sümpfen, Dschungel und Regenwald ... es gab nur noch ein Vorwärts, kein Zurück mehr, und dieses Vorwärts bestimmte allein Cliff Haller, der anscheinend als einziger wußte, wo einmal der Weg enden würde. Ellen Donhoven blieb bei Dr. Forster. Seit der Nacht, in der Cliff die mißhandelte, nackte Rita an den Baum gebunden und zurückgelassen hatte, war sie Haller aus dem Wege gegangen. Seine Annäherungen wies sie grob ab. Dreimal in diesen zehn Tagen versuchte er, sie zu sich zu ziehen. Er setzte sich eines Abends neben sie ans Feuer und legte die Hand auf ihre angezogenen Knie. Sie wischte sie weg, wortlos, wie man ein Insekt verjagt.

»Baby, ich muß einiges klären, glaube ich«, sagte Cliff und blickte Dr. Forster herausfordernd an, der auf der anderen Seite neben Ellen saß und einen Fisch an einem Stecken in der glühenden Asche des Feuers briet.

»Es gibt nichts mehr zu sagen!« antwortete Ellen steif.

»So? Meinst du?« Cliff grinste verlegen. »Da ist die Sache mit Rita.«

»Ich will davon nichts hören!«

»Es wird aber nötig sein.«

»Sie haben sich benommen wie ... wie ... Mir fehlt jeder Vergleich!« rief Dr. Forster erregt.

»Das ist gut!« Cliff ließ sich nach hinten fallen und stützte den Kopf auf seine Unterarme. »Ohne unbescheiden zu sein, könnte man sagen, ich *bin* unvergleichlich. Baby – ein Stichwort: Ich bin in einer politischen Mission hier.«

»O Gott! Der neue James Bond!« rief Dr. Forster. »Verstecken sich hier im tiefsten Urwald geheime Städte, in denen Mondraketen hergestellt werden!«

Cliff Haller richtete sich ruckartig wieder auf. Sein Gesicht war sehr ernst. »Sie wissen gar nicht, wie nahe Sie dran sind, Doc! Es ist jetzt nicht die Stunde, Ihnen Erklärungen abzugeben, aber glauben Sie mir, es war nötig, Cascal auszuschalten.«

»Erzählen Sie uns keine Heldengeschichten, Cliff!« Dr. Forster erhob sich und zog den gebratenen Fisch aus der Asche. Er zerteilte ihn und schob den Teller Ellen auf den Schoß. »Sie sind ein eiskalter Hund.«

»Bin ich.« Haller war weit davon entfernt, beleidigt zu sein. »Ich muß es sein. Und die Sache mit Rita? Sie wechselte über. Sie schloß sich Cascal an. Verdammt, ich war human genug, sie überhaupt leben zu lassen. In unserem Beruf bedeutet Aussteigen soviel wie ins Grab legen. Daß ich Rita nicht in den Fluß geworfen habe, werden wir vielleicht alle einmal bereuen, und dann hilft kein Zetern mehr, Leute.«

»Wer sind Sie wirklich, Cliff?« fragte Campofolio. Er lag auf der anderen Seite des Feuers, fror und schwitzte in schnellem Wechsel. Das Fieber hatte ihn gepackt und laugte ihn aus.

Dr. Forster gab ihm Chinintabletten und pumpte ihn mit Injektionen voll. Sie drückten das Fieber zwar herunter, machten Campofolio aber schlapp und hüllten ihn in eine lähmende Müdigkeit. »Sie suchen hier doch keine seltenen Schmetterlinge...«

»Nein.« Cliff Haller blickte Ellen scharf an. »Ich habe einen festen Auftrag.«

»Von wem?« fragte Dr. Forster.

»Vom lieben Gott, wenn Sie wollen. Auf jeden Fall spiele ich eine Art lieber Gott. Ich muß etwas verhüten.«

»Hier, wo noch nie ein Mensch gewesen ist? Halten Sie uns alle für Idioten?«

»Nicht alle.« Cliff wandte sich wieder an Ellen. »In zwei Tagen haben wir es nach meiner Berechnung geschafft.«

»Nein!« Ellen stellte den Teller mit dem halb gegessenen Fisch auf die Erde. »Ich habe es mir überlegt – wir kehren um!«

»Was?« Dr. Forster, Campofolio und der bereits im Halbschlaf liegende Palma fuhren herum. Nur Haller blieb ruhig. Sein Gesicht wurde kantig, wie aus Stein gehauen.

»Was soll das heißen?« rief Palma. »Alles war umsonst?«

»Ich habe keine Lust mehr.« Ellen Donhoven sah Cliff kampflustig an. »Ich erkläre meine Expedition für gescheitert und kehre auf dem schnellsten Wege zu den Booten zurück.«

»Endlich werden Sie vernünftig, Ellen«, sagte Dr. Forster und legte den Arm um ihre Schulter. Cliff Haller schüttelte den Kopf.

»So viel Dummheit auf einem Haufen, das tut weh!« sagte er laut. »Sehen wir davon ab, daß von den Booten keines mehr übrig ist, denn die haben die Indios längst geklaut...

Warum zurück? Das Ziel liegt vor uns! Das Quellgebiet des Rio Tefé und Rio Itanhaua. In zwei Tagen kommen wir in das Gebiet der Jumas – da haben Sie Ihre Pfeilgifte, Mylady.«

»Ich verzichte darauf.«

»Gut! Rennen wir mit den Köpfen gegeneinander!« Cliff blickte auf Ellen, die mit geballten Fäusten aufgesprungen war. »Ich bin Major Cliff Haller. Angehöriger des amerikanischen CIA. Spezialagent mit einem bestimmten Auftrag.« Er lächelte schwach. »Ist die Richtung jetzt klar, Miß Ellen?«

»Nein!« Ellen Donhoven schüttelte wild den Kopf. »Ihr CIA und Ihr Major sind mir Wurscht!«

»Aber es dürfte Ihnen nicht ›Wurscht‹ sein, was knapp zwei Tagesmärsche von uns entfernt mitten im Urwald aufgebaut ist. Auf keinen Fall ist es mir und meinem Land egal! Wir müssen hundertprozentige Gewißheit haben. Und ich sage Ihnen eines ganz klar, Gentlemen: Wer sich ab sofort weigert, so zu handeln, wie ich es will, dem vermittle ich das Gefühl, eine Kugel im Schädel zu haben.« Cliff Haller klopfte auf seine Hosentasche. Jeder wußte, daß dort seine Pistole steckte. Er würde sie schneller ziehen können, als die anderen sich auf ihn stürzten. Major des CIA, des amerikanischen Geheimdienstes, einer jener Männer, denen man nachsagt, sie könnten dem Teufel den Schemel unterm Hintern stehlen, ohne daß er es merkt.

Dr. Forster war der erste, der sich in diese neue Lage fand. Er schob sich zwischen Ellen und Cliff.

»Und was wird dann?« fragte er. »Was wird, wenn Sie Ihr verdammtes Urwaldgeheimnis entdeckt haben?«

»Das ist eine heikle Frage.« Cliff kratzte sich den Kopf. »Fragen Sie, wenn Sie mit einer Frau zusammen sind, auch immer, was hinterher kommt?« Er winkte ab, als Forster etwas entgegnen wollte. »Eines verspreche ich Ihnen: Ich werde dafür sorgen, daß wir aus diesem Mistland wieder herauskommen und daß Miß Ellen ihre dämlichen Pfeilgifte mitbringt. Für den Rückweg haben wir mehr Zeit als für den

Hinmarsch. *Müssen* wir mehr Zeit haben, denn es wird kreuz und quer durch die Landschaft gehen.«

»Und wenn ich bei alledem nicht mitspiele, Cliff?« rief Ellen.

»Das wäre schade, Baby. Dort, wohin wir kommen, macht man keinen Unterschied zwischen Mann und Frau – man knallt sie ab, sobald sie den Kopf heben!«

»Und das wußten Sie alles im voraus!« knirschte Dr. Forster.

»Ja.«

»Und trotzdem führten Sie Ellen in diese Gefahr.«

»Es war der einzige Weg, Doc. Ohne mich und mit Cascal allein wären Sie nicht mehr weit gekommen. Aber das werden Sie erst später begreifen. Wer hat wohl Moco in den Fluß gestoßen? Wer hat Alexander Jesus und Fernando Paz vergiftet? Wer wohl?«

»Cascal? Sie sind verrückt, Cliff.«

»Und Sie sind blind, Doc! Los, Freunde, legt euch hin und schlaft endlich. Morgen früh geht's weiter, und wir brauchen alle Kraft, ich auch.«

Gegen Morgen des zweiten Tages – sie waren schon beim ersten Sonnenstrahl aufgebrochen und zogen hintereinander durch den modrig stinkenden Dschungel – blieben Cliff und Ellen Donhoven plötzlich stehen. Von weitem kam ein Geräusch zu ihnen, das ihnen neu war. Es klang, als rausche ein ununterbrochener Tropenregen nicht weit von ihnen über den Wald ... Wassermassen, die in die Bäume klatschten. Cliff holte seine Fotokarte aus der Tasche und zeigte auf den Fluß ohne Namen.

»Das ist ein Wasserfall«, sagte er. »Auf dem Flugbild ist nichts zu sehen, aber es ist ohne Zweifel ein Wasserfall.« Er ließ die anderen aufholen und zeigte mit ausgestrecktem Arm in die Ferne. »Was ist das?«

Campofolio hob die Augenbrauen. »Kann ein Wasserfall sein. Aber ein Mordsding. Steht nichts in der Karte?«

»Nein.«

»Dem Rauschen nach muß es ein Fall sein wie der Niagara«, sagte Dr. Forster hämisch. »Hat man Sie ausgeschickt, Major, um die Konkurrenz zu besichtigen?«

»So ähnlich.« Cliff warf seine Last ab, die anderen folgten ihm. Die Hitze stand flimmernd zwischen den riesigen Bäumen, der sumpfige Boden schien zu dampfen. Jeder Atemzug war eine Anstrengung, schien die Lunge zu zersprengen. Der Schweiß drang aus den Poren wie aus einem zusammengedrückten Schwamm. Ein höllisches Klima. »Schluß für heute! Schlagen wir einen Lagerplatz auf. Kein offenes Feuer, Leute, keinen Rauch! Campofolio, Sie haben den Gaskocher im Gepäck. Wieviel Gasflaschen haben wir noch?«

»Drei kleine Patronen.«

»Das muß reichen. Kein unnützes Kochen! Es kann sein, daß wir hier eine Woche herumliegen.« In Cliff war eine bohrende, vorwärtstreibende Unruhe erwacht. Er benahm sich wie ein Schüler vor einer Prüfung. Sieh an, dachte Ellen, auch er hat auf einmal Nerven. Was ist das für ein verdammter Wasserfall, den wir hören?

»Wir sind also nahe an Ihrem Ziel, Mr. Major?« fragte sie spöttisch. »Und wir dürfen darauf warten, was der große amerikanische Geheimdienst nun mit uns und den anderen macht.«

»So ähnlich, Ellen.« Cliff war auf einmal sehr ernst. Er hatte sich in der letzten halben Stunde sehr verändert. »Ich werde Sie nicht in Gefahr bringen. Ich werde alles tun, um Sie aus diesem Geschäft herauszuhalten. Ich – verdammt will ich sein – ich liebe dich, Ellen ... und ich will mit dir zurück an die frische Luft und dir Gelegenheit geben, den anderen Cliff kennenzulernen. Jetzt siehst du nur den Dreck ... und ich muß so sein, denn es steht verflucht viel auf dem Spiel.«

Zwei Stunden lang hieben sie mit den Macheten einen Lagerplatz aus den Lianen und Büschen heraus, steckten starke Äste in den Boden und flochten Dächer aus breiten Blättern,

Schlingpflanzen und biegsamen dünnen Zweigen. Unter diesen primitiven Schutzdecken stapelten sie das Gepäck und richteten sie ihre Schlafstellen ein. Cliff erwies sich dabei als schneller und geschickter Arbeiter... er hatte sein Schutzdach in Rekordzeit fertig und half den anderen dann bei ihrem Bau. »Gelernt in Florida, bei der Spezialausbildung«, sagte er. »Da hat man uns in den Sümpfen ausgesetzt, einfach abgeworfen aus dem Flugzeug, und neun Wochen mußten wir uns allein durchschlagen – mit einem Beil, einem Gewehr, hundert Schuß Munition und einem Messer. Es ging wunderbar. Wir haben uns Blätterhütten gebaut, Tassen und Teller geschnitzt, Matten geflochten... als sie uns wieder herausholen wollten, hatten sie Mühe, uns von dem schönen Leben loszureißen. Robinson hat gar nicht so schlecht gelebt...«

Am Abend machte sich Cliff Haller fertig zu seinem großen Alleingang. Er zog aus seinem Gepäcksack eine grüngelbgefleckte Uniform an, in der er schon nach wenigen Metern nicht mehr vom Wald zu unterscheiden war, lud zehn Pistolenmagazine und verstaute sie in den tiefen Taschen, rieb sein Gesicht mit Asche ein, bis es braungrau wurde, schnallte eine Machete in einer Lederscheide an seinen Gürtel und zog eine Art grobes, schwarzes Netz über seine Stoppelhaare. Als er fertig war, sah er aus wie ein riesiges, unbekanntes, furchterregendes Insekt.

Ellen Donhoven beobachtete ihn mit großen Augen. Dieser Mann blieb ihr ein Rätsel, und sich selbst betrachtete sie auch als ein Rätsel. Dr. Forster, das hatte sie in den letzten schrecklichen Tagen gesehen, war ein zuverlässiger, guter Freund, der immer zu Stelle war und half... aber Cliff Haller, das war mehr, das war die Faszination einer ungewöhnlichen Persönlichkeit, das war – bei aller Grausamkeit, die um ihn war – ein prickelnder Reiz ... das war das Erlebnis des Außerordentlichen, das Herz einer Frau unwiderstehlich erobernde, nicht begreifbare Wilde im Menschen.

»Es ist wie in einem schlechten Film«, sagte Dr. Forster

bitter. »Der große Held in Kampfkleidung. Wo haben Sie Ihre zusammenklappbare Kanone, Cliff? Wo Ihren aufblasbaren Hubschrauber? Und wo bleibt die Laserstrahlpistole? James Bond hatte das alles in der Tasche!«

»Ich brauche nur meine Augen und eine gute Kamera«, sagte Cliff. Er lud eine kleine, handtellergroße Kamera mit einem Spezialfilm, hängte sie an einer Nylonschnur um den Hals und stopfte sie in die grüngelbe Uniform. Campofolio umkreiste ihn wie eine Katze die Maus in der Falle. Palma lag müde unter seinem Blätterdach, sein Fuß stach noch immer, und das Gelenk war noch geschwollen. Es dauerte lange, bis sein Körper das Gift völlig verdaute.

»Kann es sein, daß wir uns nicht wiedersehen?« fragte Campofolio plötzlich.

Cliff zögerte und schielte zu Ellen hinüber. »Ja...«, antwortete er dann gedehnt. Und leise: »Sie Rindvieh!«

»Ist das wahr, Cliff?« Ellen sprang auf.

»Es ist alles möglich.« Haller kontrollierte noch einmal seine Automatikpistole mit dem kurzen, plumpen Schalldämpfer.

»Was wird dann aus uns?« fragte Campofolio ungerührt weiter. »Wenn ich innerhalb von drei Tagen nicht zurück bin, zieht dem Geräusch des Wasserfalls entgegen. Irgend jemand wird euch dann auflesen und mitnehmen – ohne mich wird man euch als harmlos ansehen.« Cliff fuhr herum, als Ellen plötzlich hinter ihm stand und ihn anfaßte. Er schlang die Arme um sie, riß sie an sich, küßte sie, und sie hing wehrlos an seiner Brust und schloß die Augen. Ebenso plötzlich ließ er sie los, wirbelte herum und war mit ein paar tigerhaften Sätzen zwischen den Büschen verschwunden.

Dr. Forster stützte die wie betäubt dastehende Ellen. Seine Kehle war trocken wie ein Flußbett in der Wüste.

»Sie lieben ihn ja noch immer, Ellen...«, sagte er tonlos. »Was ist bloß mit Ihnen los?«

»Ich weiß es nicht, Rudolf. Ich weiß es nicht.« Sie lief zu

ihrem Blätterdach, warf sich auf die Decke, vergrub das Gesicht zwischen den Unterarmen und begann wie ein Kind zu weinen.

Cliff Haller trabte durch den Urwald, schlug mit der Machete den Weg frei, wenn es nötig war, aber sonst vermied er jeden Lärm. Erst, als das Rauschen und Donnern des unbekannten Wasserfalls so laut wurden, daß alle anderen Geräusche dagegen verblaßten, nahm er keine Rücksicht mehr und hieb sich seinen Pfad durch das Lianen- und Dornengewirr.

Gegen Morgen kam er in ein Gebiet, das lichter wurde. Hier hatten Menschenhände den Urwald gerodet. Überall ragten die Baumstümpfe aus dem Boden, einen Meter über der Erde abgesägt. Man hatte ja Holz genug.

Hier wurde Cliff vorsichtig, verschmolz mit dem Wald, glitt vorwärts und sicherte nach allen Seiten. Das Gebrüll des nahen Wasserfalls übertönte alles, war überhaupt das einzige Geräusch, das alles andere auffraß.

Dreihundert Meter nach dem gelichteten Wald stand Cliff plötzlich vor einem hohen Drahtzaun. Er sah harmlos aus, engmaschig, befestigt an Eisenstützen.

Zwei Meter fünfzig hoch, schätzte Cliff. Und laut sagte er: »Idioten!«

Der Zaun war geladen mit Hochspannungsstrom. Ein paar Tiere, die tot, zum Teil verkohlt, vor dem Zaun lagen, verrieten es. Sie waren ahnungslos gegen den Draht gerannt und sofort verschmort. Solange der Zaun lautlos den Tod verbreitete, geschah nichts – erst wenn jemand mit einer Isolierzange ein Loch hineinschnitt und der Stromkreis unterbrochen war, würde irgendwo die Alarmklingel schrillen.

Cliff trat nahe an den geladenen Zaun heran und schätzte noch einmal die Höhe. »Man muß uns für Säuglinge halten«, sagte er zu sich. »Wozu haben wir Turnen gelernt?«

Es konstruierte ein wirksames und dabei so einfaches Hilfsgerät, mit dem er den Hochspannungszaun überwinden konnte: eine Schleuder. In der Nähe des Zaunes bog er mit starken Lianen einen dünnen Baumstamm so weit zur Erde, bis es im Holz zu knirschen begann. Dann hockte er sich in die Kronenäste, klammerte sich fest und zerhieb mit der Machete die Lianen. Wie mit einem Katapult wurde Cliff hoch in die Luft geschleudert, weit über den Zaun hinweg, und rollte sich dann auf der anderen Seite über den weichen Boden ab. Es gab ein paar Prellungen, Cliff spürte sie am Oberschenkel und an der linken Schulter, aber er brach sich nichts, streckte sich im Liegen und bewegte alle Glieder. Dann stand er auf und humpelte die nächsten Meter weiter, bis er sich an den Schmerz im Oberschenkel gewöhnt hatte. Die Schulter beachtete er erst gar nicht.

Zweitausend Meter etwa lief er durch den lichten Wald – die letzten Meter kroch er ... und dann öffnete sich vor ihm eine Wunderwelt, vor der selbst ein Cliff Haller sprachlos war.

Vor ihm lag ein tiefes Tal, in das von der gegenüberliegenden Seite der unbekannte Fluß herunterstürzte. Es war ein Wasserfall von der doppelten Höhe des Niagara, aber bei weitem nicht so breit, höchstens fünfzig Meter ... aber die Wasser, die da schäumend und tosend herunterdonnerten, die Gischtnebel, die vom Talboden aufwallten und in denen sich in den Spektralfarben die Sonne brach, der herrliche, ewige, glühende Regenbogen, der sich von Ufer zu Ufer spannte und eine Hölle aus gischtendem Wasser überbrückte, diese Naturgewalt, die da weiß schäumend zwischen den turmhohen Bäumen hervorbrach und brüllend in die Tiefe stürzte, wo alles zu kochen schien, als speie ein Vulkan überkochende Milch aus ... das war ein Anblick, der selbst Cliff Haller ans Herz griff.

Schwer atmend lag er zwischen dem hohen Gras und einem ewig vom Gischt nassen Busch auf der felsigen Erde und ließ sich aus dem Höllental übersprühen. Er spürte, wie das Blut in seinen Schläfen klopfte und heiß durch seine Adern jagte.

Aber nicht dieser Wasserfall, der herrlichste Fall, den Cliff je gesehen hatte, war es, der ihn so fesselte, sondern das, was um dieses Naturwunder herumgebaut war.

An den linken, sanft abfallenden Hängen klebten die langgestreckten Bauten eines Kraftwerkes. Die Turbinenhallen, die Umwandler, die Transformatoren, die Wohngebäude – alles war mit riesigen Netzen überspannt, auf die man Zweige gesteckt hatte. Netze, in denen ganze Bäume schaukelten oder künstliche Wiesen. Oberhalb des Hanges, in den Urwald hineingeschlagen, sah Cliff eine Rollbahn, drei große Hangars, vor denen schwere, plumpe Transportmaschinen standen, die Flugzeuge, deren Motorenlärm er fast jede Nacht gehört hatte. Vier Hubschrauber waren in der Luft und umkreisten das ganze Gebiet ... helläugige Wespen, denen nichts entging, was fremd in dieser Gegend war.

Cliff Haller in seiner Tarnuniform kroch weiter nach links, ein grüner Käfer im Gras, unsichtbar für die surrenden Riesenlibellen über dem Tal.

Das Plateau war größer, als Cliff es anhand der undeutlichen Luftaufnahmen angenommen hatte. Es war aus dem Wald herausgeschlagen und dann wieder durch Tarnnetze in eine Wildnis verwandelt worden. Unter diesen Netzen aber standen sie, auf breite Betonsockel montiert, in steilem Winkel in den Himmel ragend, Richtung Nordamerika ... lange, schlanke, weiße Körper mit roten, spitzen Köpfen, umgeben von dem Filigranwerk eiserner Stützen und Träger ... Raketen. Interkontinentalraketen, für die es keine Entfernung gab, die Meere und Länder überflogen, schlanke Speere des Todes, nach deren Aufschlag nichts übrigblieb als Tod und Entsetzen. Von hier aus, dem geheimen Ort mitten im Urwald des Quellgebietes von Juma und Rio Itanhaua, war es möglich, Miami zu beschießen, New York oder San Francisco, New Orleans oder Washington, Detroit oder Chicago, Dallas oder Philadelphia. Es gab keine Entfernungen mehr, so fantastisch es auch klingt ... wer hier auf einen roten Knopf drückte und die

Raketen in den Himmel donnern ließ, der traf jeden anvisierten und errechneten Punkt auf dem nordamerikanischen Kontinent.

Hier, im unerforschten Urwald, lauerte der vernichtende Tod, hatte sich die tödliche Bedrohung der USA festgesetzt. Was den Sowjets in Kuba nicht gelungen war – eine Raketenbasis gegen die USA –, das war hier in aller Stille und Verborgenheit entstanden und Wahrheit geworden. Eine mörderische Wahrheit.

Cliff wischte sich ein paarmal über das Gesicht – aber außer dem herumsprühenden Wasser wischte er nichts weg – das Bild blieb:

Das Kraftwerk, das Rollfeld mit den Flugzeugen, die Raketenabschußrampen, die flach gebauten Kasernen für das Personal, das Lazarett, auf dem sogar eine Fahne mit dem Roten Kreuz wehte, der schlanke Funkturm, den man von den hohen Bäumen kaum unterscheiden konnte, die breiten Radarschirme, die sich träge im Kreise drehten, Ohren und Augen, die alles hörten und sahen ...

In Cliff kam eine gefährliche Kälte auf. Er rollte sich auf den Rücken, blickte mit seinem geschwärzten Gesicht auf den Hubschrauber, der seitlich von ihm die Grenzen des gesperrten Terrains abflog, und wurde sich darüber klar, daß sein Auftrag, den geheimnisvollen Fleck mitten im Urwald zu erforschen, nur ein Teil seiner Aufgabe sein konnte. Was er hier entdeckt hatte, ließ kein Zögern mehr zu. Es bedurfte keiner Befehle mehr aus Washington, es gab keine Rückfragen mehr, keine Konferenzen. Es trat ein, was General Cushing beim Abschied zu Cliff Haller gesagt hatte: »Major, Sie werden vielleicht in Situationen kommen, wo es allein auf Ihre Entscheidung ankommt. Treffen Sie sie richtig. Meinen Segen haben Sie ... nur – ich weiß von allem nichts. Ist das klar?«

Es war alles völlig klar, vor allem jetzt, wo Cliff die Raketen vor sich sah. Und es wurde so kalt in ihm, weil das, was er in den nächsten Tagen tun mußte, vielleicht das größte Abenteuer war, das je ein Mann ganz allein bestanden hatte.

Als der Hubschrauber abdrehte, richtete sich Cliff auf und machte mit seiner starken Spezialkamera einige Panoramaaufnahmen von Wasserfall, Tal, Hang und den verschiedenen Gebäudegruppen. Dann schraubte er das Teleobjektiv auf und fotografierte die Raketen, Kasernen und das Rollfeld mit den Flugzeugen. Allein das hätte genügt, damit hätte er seinen Auftrag erfüllt gehabt! Alles andere lag bei Washington und bei einer besonderen Truppe, deren schneller Einsatz jetzt fällig war. Und das war es, was Cliff störte. ›Schneller Einsatz:‹ Ein in seiner Lage dämliches Wort. Vor ihm lag der Rückmarsch durch den Urwald, das Erreichen des Kontaktmannes in Manaus, das Wegschicken der Bilder nach Washington auf dem Weg über das Diplomatengepäck von Rio aus – welche Zeit verlor man da! Zwei, drei Monate vielleicht ... und dann die Zeit, bis die Spezialtruppe zum Einsatz kam, lautlos, alle diplomatischen Verwicklungen überspringend, Geister, die zerstörten ... Er dagegen lag hier, in den Körper des Feindes eingedrungen wie ein Parasit, und nur ihm allein war es möglich, schnell bis zum Herzen vorzudringen und ihn zu töten. Seine Gedanken jagten.

Treffen Sie Ihre Entscheidung, Major ... – General Cushing ... – Die Raketen, die roten Vernichtungsköpfe auf die Heimat gerichtet ...

Cliff Haller steckte die Kamera wieder in seine Uniform, zog das schwarze Netz dichter über seine Haare und wartete. Der Himmel blutete, bevor die Dämmerung einfiel – golden stürzten die Wasser in das Felsenbecken. Dann wurde der Himmel fahl, streifig und graugrün. Schatten senkten sich ins Tal, die künstliche Stadt des Todes versank unter den Netzen völlig, kein Licht flammte auf – sie lebten in den Zimmern hinter lichtdichten Jalousien. Nur die Begrenzung des Rollfeldes war zu sehen ... dort flackerten schwache rote Punkte und gaben Breite und Länge an.

Cliff schob sich über den Rand des Hanges und begann, geschützt durch die langen Schatten, den Abstieg zu den Raketenrampen.

Unwiderstehlich zogen sie ihn an ... sie waren riesige Magnete, die ihn nicht mehr losließen.

Cliffs einsame Entscheidung war gefallen.

Nach einer halben Stunde gelangte er in den inneren Kreis der unter Tarnnetzen versteckten, flachen, dunklen Stadt. Das Rauschen des Wasserfalles lag über allem, so gewaltig in seinem ewigen donnernden Niederstürzen, daß Cliff Haller sich wunderte, wie es Menschen monatelang aushalten konnten, hier zu leben, ohne daß ihnen der Kopf zersprang. Am Tage mochte es noch erträglich sein – da spielte die ganze grandiose Natur dieser grünen Hölle mit, die turmhohen Bäume, der Fluß, das im Gischt ständig schillernde Tal, der ewige Regenbogen, der glutvolle Himmel ... aber nachts, wenn nichts mehr war als Schwärze und dazu dieses infernalische Donnern der Wassermassen, dann war das Leben hier nur noch mit Watteröllchen in den Ohren auszuhalten.

Im übrigen schien man hier sehr sorglos zu leben. Die völlige Unmöglichkeit, diese Geisterstadt, die den vielfachen Tod in sich barg, auf normalem Wege, also über Land, zu erreichen, führte dazu, daß nirgends Wachen aufgestellt waren. Keine Posten standen an den Raketenrampen, die Kasernen lagen neben den wie verlassen wirkenden Baracken, nur auf dem Rollfeld war Betrieb, starteten gerade zwei der schweren Transportmaschinen, begleitet von einem dünnen Scheinwerferstrahl, der sofort erlosch, als die Flugzeuge in der Luft waren.

Cliff bestaunte die fliegerische Kunst dieser Piloten. Die Rollbahn war nur kurz, die Motoren mußten gleich auf vollen Touren laufen, die Maschinen schossen über die Piste und vollführten so etwas wie einen Absprung, wenn sie über die Begrenzung hinausrasten und dann plötzlich über dem tiefen

Tal hingen. Es war ein Start ähnlich dem von Flugzeugträgern, und die Maschinen zogen sofort in steiler Kurve nach oben. Das war mit den schnellen Jagdflugzeugen gut möglich, sie waren dafür konstruiert ... aber hier handelte es sich um schwere, plumpe Transportmaschinen, die mit brüllenden Motoren über den Abgrund schossen und dann in einer halsbrecherischen Art hinauf in den Nachthimmel donnerten. Noch schwieriger mußte die Landung der schwer beladenen Maschinen sein ... sie schwebten dann wohl über dem Tal ein, zogen einen Kreis um den Wasserfall, verloren dabei an Höhe und flogen so niedrig die Piste an, daß sie fast unmittelbar am Rande der Schlucht aufsetzten und dann die ganze Bahn zum Ausrollen hatten.

Cliff empfand Hochachtung vor diesen Burschen hinter den Steuerknüppeln. Unter einer Felsnase liegend, wartete er, bis die beiden Transporter in der Luft waren und unsichtbar davonbrummten. Nicht einmal die Positionslichter an den Tragflächen leuchteten auf – hier gab es keine Luftstraße, keinen Gegenverkehr, keine Gefahr des Zusammenstoßes. Hier gehörte auch der Himmel allein der geheimnisvollen, tödlichen Stadt im Urwald.

Cliff kletterte weiter. Erstaunt sah er, daß nicht alles so dunkel war, wie er es vom gegenüberliegenden Hang aus festgestellt hatte. Die Tarnungen waren vollkommen. Unter den dichten Netzen mit dem eingewebten Blätterdach leuchteten schwache Lampen an den Hauswänden und an leicht gebogenen Laternengalgen. Aus einem langgestreckten Gebäude klang laute Musik ... es mußte die Kantine sein; einige Gestalten in grünen Uniformen standen vor der Tür und unterhielten sich.

Im tiefen Schatten der Häuser, Werkstätten und Tarnnetze wanderte Haller durch die Stadt. Auf der Rollbahn landeten und starteten Hubschrauber. Niedrig überflogen sie das ganze Gebiet und ließen nur dort kurz ihre Bodenscheinwerfer aufleuchten, wo sie eine weiche Stelle in der Absperrung vermuteten. Sonst vertraute alles auf den hohen starkstromgeladenen Zaun und sein Warnsystem, das die geringste Verletzung der Drähte sofort meldete.

Cliff lächelte breit. »Ich bin schon da«, murmelte er schadenfroh. »Ich fresse mich bereits durch euch hindurch. – Nur wie ich wieder hier herauskomme, das weiß ich noch nicht.«

Er schlich weiter, umging die erleuchtete Kantine und robbte auf dem Bauch an den Hauswänden entlang bis zu den Werkstätten. Er drückte eines der Tore so weit auf, daß er hineinschlüpfen konnte, und stand plötzlich einem jungen Soldaten gegenüber, der im Schein einer Tischlampe sein privates Transistorradio reparierte. Das Auftauchen eines grüngelb getupften Wesens mit schwarzem Gesicht und einem schwarzen Netz über dem Kopf machte den Jungen sprachlos und wie gelähmt. Mit aufgerissenen Augen starrte er Cliff an.

»Sorry, Boy!« sagte Cliff höflich. Dann schlug er mit der Handkante zu, der Junge rollte vom Stuhl und streckte sich lautlos auf dem Boden aus. »Träum von Mami!«

Cliff durchsuchte die Werkstatt, bis er fand, was ihm fehlte: Eine stark isolierte Drahtschere, wie sie Starkstromelektriker brauchen, wenn sie unter Strom arbeiten müssen. Er steckte die Isolierschere in einen kleinen Sack, hing diesen an seinen Gürtel und verließ schnell wieder die Werkstatt.

Draußen fiel ihm ein, daß es leichtsinnig war, den Jungen so liegen zu lassen ... er kehrte zurück, hieb dem Armen noch einmal gegen das Kinn, fesselte und knebelte ihn mit Kabeln und einem verölten Lappen und glitt dann zufrieden in die Nacht hinaus.

Der ganze Komplex der Raketenrampen wurde von zwei Pendelposten bewacht, die aber nicht um die Raketen patrouillierten, sondern in einem Wachhäuschen saßen und Bücher lasen. Sorglosigkeit überall ... der beste Schutz war ja der Urwald.

Cliff Haller beobachtete die beiden Soldaten eine lange Zeit. Er lag an der Wand des Wachhauses und wartete darauf, daß sie wenigstens jede Stunde einmal einen Kontrollgang machten. Aber nichts geschah. Die beiden lagen auf den Feldbetten, lasen, tranken kalten Matetee und hörten Cha-Cha-Musik aus dem fernen Rio de Janeiro.

»Dann wollen wir mal!« sagte Cliff leise. »Ein Bienenstich in die Zunge kann auch tödlich sein.«

Im Zimmer der Befehlszentrale saßen sich der Kommandant der ›Basis I‹, General Aguria, und José Cascal gegenüber. Sie tranken ein Glas kühles deutsches Bier und rauchten dazu lange, dünne, schwarze Zigarren. Auf dem Tisch lag eine große Karte des Gebietes von ›Basis I‹. Alle Sicherungsmaßnahmen, alle Posten, alle Sperren, jede maßgebende Kleinigkeit der Verteidigung war darauf eingetragen. Nach dieser Karte konnte nicht einmal ein Wurm das Sperrgebiet durchkriechen, ohne von irgendeiner Kontrolle gesehen zu werden.

»Mich wundert, daß Cliff Haller nicht schon längst angekommen ist«, zischte Cascal unsicher und rauchte hastig seine schwere Zigarre. »Die letzte Meldung der Indios kam vor drei Tagen – seitdem ist die Gruppe spurlos verschwunden.«

»Vielleicht hat er aufgegeben?« Aguria war ein wuchtiger Mann mit buschigen Brauen. Er liebte das Leben, und daß man ihn zum Kommandanten der geheimsten Sache der Welt gemacht hatte, betrachtete er nicht als große Ehre, sondern als eine Strafe Gottes.

»Cliff aufgeben? Nie!« sagte Cascal fest.

»Vielleicht irrt er an unserem Sicherungssystem herum und weiß keinen Weg? Seit vier Tagen gehen starke Streifen den ganzen Zaun ab. Die Spannung in den Drähten ist um fünfzig Prozent erhöht worden. Schon wer sie scharf ansieht, verbrennt. Da gibt es keinen Weg mehr hinein.« General Aguria trank einen kräftigen Schluck Bier. »Bedenken Sie, José, daß dieser Haller nicht allein ist, sondern die ganze Expedition mitschleppt. Warum eigentlich?«

»Er hat sich in die deutsche Ärztin verliebt.«

»Als Agent? Schon gestorben!« Aguria lachte. »Angenommen, dem Weibchen ist etwas passiert. Fuß verstaucht, Schlangenbiß, Skorpion oder Spinne oder bloß ein dummes Fieber. Was würde Cliff Haller tun?«

»Er zöge weiter.«

»Allein? Ich denke, er liebt das Mädchen?«

»Nicht allein.« Cascal sah in den Qualm seiner Zigarre. »Er würde sie von den anderen Mitgliedern der Expedition tragen lassen. Dieser Kerl kennt keine Hemmungen! Nein – da muß etwas anderes geschehen sein!«

»Indios?«

»Das würden wir auch erfahren. Die trommeln ihre Siege übers Land. Aber auch aus der Richtung ist alles still. Das ist es, was mich aufregt. Diese Stille um Cliff Haller ist unnatürlich.« Cascal trat unruhig ans Fenster und sah hinaus in die Nacht. »Sie haben keine Lücke in Ihrem Sicherungssystem?«

»Keine. Sehen Sie sich das an.« General Aguria strich mit der Hand über die Karte. »So gesichert ist nicht einmal Kap Kennedy! Wir sehen und hören alles. Vorgestern überflog ein fremdes Flugobjekt in 15 000 Meter Höhe die Basis. Unsere Radarschirme hatten es sofort im Bild. Sicherlich ein amerikanischer Fernaufklärer – aber aus dieser Höhe sieht man gar nichts. Wir haben ihn ziehen lassen und haben, solange er über dem Wald kreiste, toter Mann gespielt. Das ist am sichersten.«

»Aber die Amerikaner haben einen Verdacht – das genügt.«

»Sie haben immer Verdacht, das gehört zu ihrer Aufgabe.« Aguria trank wieder einen Schluck Bier. »Jeder auf der Welt betrügt jeden!«

»Und wenn es Cliff doch gelingt, einzudringen?«

»Unmöglich, Cascal!«

»Er braucht nur ein paar Fotos. Was dann kommt, wissen wir genau. ›Basis I‹ wird zum Kommandounternehmen ›Top secret‹ der Amerikaner. Irgendwann fliegen wir in die Luft …«

»Abwarten, José.« General Aguria schüttelte den Kopf. »Ich habe hier die besten Männer der Armee versammelt. Lauter Spezialisten. Die ›Ledernacken Brasiliens‹. Und um uns herum sind hunderte Kilometer Urwald. Wo auf der Welt – geben Sie es zu – könnte man sicherer sein als hier?«

»Vor einer Armee? Nirgendwo. Aber ein einzelner Mann kann mehr schaden als eine ganze Armee. Und dieser Mann umlauert uns wie ein Jaguar.«

»Dann ist das Ihr Fehler, Cascal!«

»Meiner? Wieso?«

»Warum haben Sie Cliff Haller nicht einfach erschossen? Sie hatten dazu hundertmal Gelegenheit.«

»Das stimmt.« Cascal dachte an Rita. Ich hätte sie nie erobert, dachte er, wenn ich damals Cliff erschossen hätte. Und als sie es selbst wollte, war es zu spät dazu. Als Gott die Weiber schuf, muß er einen Pakt mit dem Teufel geschlossen haben!

General Aguria rollte die Karte zusammen und schloß sie wieder in den schweren Panzerschrank ein. Er ließ die Tür zuklappen, es gab einen schmatzenden Laut ... und gleichzeitig erschütterte draußen eine Explosion die ganze geheime Stadt, der Boden schwankte, Cascal und Aguria taumelten an die Wand, glutroter Flammenschein erhellte gespenstisch das Tal. Von allen Seiten schrillten die Alarmsirenen ... nach Plan II leuchteten alle Scheinwerfer auf und tauchten die ganze Gegend in taghelles Licht.

»Cliff Haller!« sagte Cascal schwer atmend. »Er ist mitten unter uns!«

»Aber er kommt nicht mehr hinaus!« schrie Aguria hysterisch. »Und mehr als diese eine Rakete kann er auch nicht sprengen!«

»Mehr will er auch nicht!« Cascal lief neben Aguria aus der Kommandozentrale. »Er hat nur seine Visitenkarte abgegeben. Das andere übernehmen seine Kollegen ...«

Draußen war die Hölle los.

Der Raketenstand Nr. III war zerfetzt, die Stahlgerüste und Rampen waren bizarr verbogen und zerrissen. Die Trümmer der gesprengten Rakete lagen über hunderte Meter weit verstreut, hatten die Tarnnetze zerstört, waren in Dächer eingeschlagen, hatten die Kantinenwand auf vier Meter Breite aufgeschlitzt. Mit heulenden Sirenen jagten zwei Lazarettautos von der Krankenstation zum Unfallort. Wie ein Bienenschwarm schwirrten die Hubschrauber über das Tal. Aus den Kasernen rannten die Mannschaften zu den bei Alarm angewiesenen Plätzen. Das Tal wurde hermetisch abgeriegelt. Feuerwehrwagen spritzten in dickem Strahl Schaumlöschmittel über die brennenden Trümmer der Rakete ... die Hitze war so groß, daß man sich nicht in die Nähe wagen konnte. Andere Wagen überzogen die unversehrten Raketen sofort mit einem Kühlmantel, um die scharf geladenen Geschosse durch die riesige Hitze nicht auch noch explodieren zu lassen.

General Aguria und Cascal standen in der Nähe des Sprengortes und nahmen die Meldungen entgegen, die von allen Seiten hereinkamen.

»Vierzehn Verletzte, zwei Tote!« schnaubte Aguria. »José, wenn ich diesen Cliff erwische... ich behandle ihn wie die Juma-Indios damals die Missionare. Ich lasse ihn stückweise krepieren! Und ich bekomme ihn, Cascal, darauf will ich einen Schwur leisten! Der einzige Weg, der ihm in die Freiheit bleibt, ist der Wasserfall – und den überlebt nicht mal ein Holzstück ... es wird an den Felsen zerschmettert.« Er zuckte zusammen und warf die Arme nach vorn. »Da! Hören Sie! Schüsse! Sie haben ihn! Sie haben ihn! Wenn wir ihn erst sehen, entkommt er uns nicht!«

Ein kleiner Jeep brauste heran, Aguria und Cascal sprangen hinein und rasten über das Plateau den Schüssen entgegen.

Cliff hatte sich in Sicherheit gebracht, nachdem er die einzige kleine Sprengladung, die er bei sich trug, unter das Triebwerk der Rakete geschoben und sie mit dem Magneten in eines der

Düsenrohre geklebt hatte. Dann stellte er die winzige Uhr auf eine Zündungszeit von zehn Minuten – es war die größte Zeitspanne, die bei dieser Konstruktion möglich war – und machte sich auf den Rückweg zum Elektrozaun.

Den Rückzug benutzte er zu weiteren Fotos. Er fotografierte die Raketen aus der Nähe, die Kasernen und die Befehlszentrale, die Radarschirme und den Sendemast und hatte gerade das letzte Haus – es waren die Werkstätten – erreicht, als mit einem ohrenbetäubenden Knall die Sprengladung zündete und die Rakete in einer Feuersäule auseinanderriß.

Der Druck der Explosionswelle warf Cliff zu Boden. Er rollte ein paar Meter weiter, sprang dann auf und hetzte über das Plateau den rettenden Felsen entgegen, wo er hinter den Baumstümpfen, Büschen und dem trotz aller Rodungen langsam wieder vordringenden Dschungel genug Deckung fand.

Mit keuchenden Lungen rannte er, Schweiß drang ihm aus allen Poren, hinter ihm loderten die Flammen auf und gellten jetzt die Alarmsirenen. An allen Ecken flammten Scheinwerfer auf. In hohen Bäumen waren sie montiert, auf drehbaren Untersätzen, die, elektrisch ferngesteuert, nun das ganze Gebiet abtasteten.

Cliff machte noch einen Hechtsprung hinter einen Busch und lag dann still, dicht an den Boden gedrückt. Über ihn hinweg, einen halben Meter zu hoch, glitt einer der gleißenden Lichtarme.

Noch vierhundert Meter bis zum Zaun, rechnete Haller. Vierhundert Meter ... sie waren nicht zu schaffen. Nicht jetzt, nicht in diesem Hexenkessel von rennendem Militär, tastenden Scheinwerfern, herumschwirrenden Hubschraubern und einer Abriegelung der namenlosen Stadt nach allen Seiten.

Links von ihm bellten Schüsse auf ... Es waren die Schüsse, die General Aguria zu dem Triumphgeschrei veranlaßt hatten. Aber es war nur ein übereifriger Maschinenpistolenschütze, der etwas Flüchtendes sah und sofort abdrückte. Verlegen stand er dann vor seiner Beute, als Aguria mit seinem Jeep heranraste.

Es war der große Schäferhund des Leutnants Potriguez. Aguria tobte und schrie, sprang zurück in seinen Jeep und raste erneut zur Raketenstellung. »Er kommt nicht hinaus!« brüllte er Cascal ins Ohr. »Die Basis ist dicht wie ein Dampfkessel!«

Das merkte auch Cliff, als er vorsichtig, das Gelände in seiner Zerklüftung ausnützend, Meter um Meter weiterkroch. Sein grüngelber Anzug ließ ihn mit der Natur völlig verschmelzen – von den Hubschraubern aus war er nicht zu erkennen. Dafür gab es am Zaun nicht eine Stelle, die unbeleuchtet war. Kreuzweise überschnitten sich die Scheinwerfer. Auf dem festgestampften Boden jagten Jeeps mit schwerbewaffneten Soldaten hin und her.

Die Falle war zugeschnappt. Zwar war eine Rakete zerstört, aber man konnte sie auswechseln. Wichtiger als alle Zerstörung war der Mann Cliff Haller. Er hatte, das war sicher, vor der Explosion Fotos gemacht, er kannte jetzt die ›Basis I‹ – entkam er aus der Falle, erreichten seine Bilder den amerikanischen Geheimdienst, waren die Arbeit von Jahren und die Millionen Kosten umsonst gewesen. Das größte Geheimnis Südamerikas war keinen Cent mehr wert ...

Cliff lag, verschmolzen mit dem Boden, dreißig Meter vom Zaun entfernt und wartete. Die Aufregung war ungeheuer, sie glich fast einer Panik. Selbst den Fluß und den Wasserfall strahlte man jetzt an ... ein herrliches Bild, im Licht der Scheinwerfer diese Wassermassen in das Felsenbecken toben zu sehen. Ein Riesenvorhang aus glitzernden Tropfen hing über dem Tal.

Eine Stunde lang lag Cliff fast unbeweglich auf dem Boden. Gruppen von Soldaten kämmten die Stadt durch, jeden Winkel, jeden Meter Erde, jeden Felsen. Vor ihm fuhren noch immer die Jeeps Streife entlang dem Zaun. Dann mußten sie durch Funk neue Befehle bekommen haben. Sie teilten sich, ein großer Trupp fuhr zurück in die Stadt, die Zurückgebliebenen übernahmen das nun größer gewordene Kontrollgebiet. General Aguria hatte diese Entscheidung getroffen ... er glaubte Cliffs Pläne zu kennen.

»An den Zaun kommt er nie«, sagte er zu Cascal. »Kein Meter Dunkelheit, die Jeeps, die Hubschrauber ... es wäre Selbstmord. Nein, er versteckt sich im Inneren der Basis!«

»Und wie ist er hereingekommen?« fragte Cascal.

»Das eben stellen wir gerade fest. Der Zaun ist unbeschädigt. Aber irgendwo muß er eine Lücke gefunden haben. Oder hatte er einen zusammenklappbaren Kleinhubschrauber bei sich?«

»Nein!« sagte Cascal ärgerlich. »Aber trotzdem ist er hier – und das ist erschreckend, General!«

Cliff Haller wartete, bis die beiden Jeeps vor ihm sich trennten und nach rechts und links abfuhren. Diese wenigen Minuten, bis sie wieder zurückkamen, waren die einzigen, die für ihn eine echte Chance boten. Er zählte bis drei, holte tief Atem und dachte dummerweise in dieser Sekunde an seine Mutter, die er kaum gekannt hatte, die starb, als er zehn Jahre alt war und die er immer vermißt hatte. Dann sprang er auf, hechtete vorwärts, rollte über den Boden, bremste mit den Hacken vor dem Zaun, riß die Starkstromzange heraus, setzte an, kniff die beiden unteren Drähte durch und schob sich schlangengleich durch das Loch.

In der Überwachungszentrale klingelten die Alarmglocken. Der Zaun ist beschädigt!

Abschnitt VIII.

Die kontrollierenden Jeeps kehrten blitzschnell um und rasten zurück. Sie fanden das Loch sofort, aber Cliff Haller war längst in der undurchdringlichen, wogenden Wand des Urwaldes verschwunden.

»Durch den Zaun!« schrie Cascal, als die Meldung bei Aguria eintraf. »Unter den Augen der Soldaten! Bei vollem

Scheinwerferlicht! Ihr Verteidigungssystem ist Scheiße, General!«

»Aber wir haben jetzt seine Richtung! Vierzig Mann jagen ihn bereits!« Agurias Stimme überschlug sich. Sein Kopf war hochrot, als wollte er gleich zerplatzen.

»Ihre vierzig Wickelkinder können Sie zurückpfeifen! Wie weit sollen sie denn Cliff verfolgen? Bis Manaus? Bis Rio? General – dieser Haller ist ein Mensch, der sich, wenn's nötig ist, im Arschloch des Teufels versteckt! Jetzt gibt es nur noch eins... die Jagd wie auf ein seltenes Wild!« Cascal steckte die Hände in die Taschen. »Eine Jagd mit List und Köder und Instinkt! Lassen Sie mich und Rita morgen früh an der Quellflußgabelung des Rio Juma absetzen.«

»Sie... Sie allein, José?«

»Ein Regiment wird ihn nie fangen ... aber ein Mann allein vielleicht. Ich glaube, seinen Rückweg zu kennen. Er *muß* nach Manaus, um seine Bilder loszuwerden. Und er wird den gleichen Weg einschlagen, den ich an seiner Stelle auch nehmen würde. Auf ihm sind Ihre Soldaten hilflos – aber zwei Panther, die sich riechen, treffen sich bestimmt. Und dann noch eines: Vergessen Sie nicht die Indios am Juma! Durch ihr Gebiet muß Cliff hindurch! Und er hat die ganze Expedition bei sich...«

»Verdammt! Sie glauben, daß Haller zu dem deutschen Mädchen zurückkehrt!«

»Bestimmt. Ein Amerikaner, der verrückt auf ein Mädchen ist, benimmt sich wirklich wie ein Verrückter.«

Cliff Haller hing oben in der breiten Krone eines Baumes, gestützt auf armdicke Äste, ein Versteck nach Indioart, als auf der ›Basis I‹ mit einem Schlag alle Lichter wieder erloschen. Nur um die Raketenrampen herum und an dem zerschnittenen Zaun brannten einige Lampen, deren Licht kaum wahrnehmbar war.

Cliff Haller setzte sich oben auf einen dicken Ast und lehnte sich gegen den glatten Stamm. Nicht mit mir, dachte er spöttisch. Dieser Trick ist uralt. So schnell bläst man keine Fahndung ab. Jetzt habe ich Zeit, Senhores, viel Zeit. Und kein Gepäck mehr als ein paar Gramm . . . den Film von ›Basis I‹. Man wird in Washington Augen wie Mühlräder bekommen . . .

Während des Tages und bis zur beginnenden Nacht saßen Ellen Donhoven, Dr. Forster, Campofolio und der total erschöpfte Rafael Palma unter ihren Blätterdächern und warteten. Worauf, das wußte keiner. Mit dem Weggang Cliffs war eine Leere entstanden – sie kamen sich wie ausgestoßen vor, verlassen wie ausgesetzte junge Hunde. Zu sehr hatten sich alle daran gewöhnt, daß Cliff für sie dachte, für sie handelte, vor ihnen herging, und sie ihm nur nachzugehen brauchten in dem Gefühl, daß dort, wo er stand, Sicherheit war, soweit man überhaupt in dieser Grünen Hölle von Sicherheit sprechen konnte.

»Zigarette?« fragte Forster und hielt Ellen eine Schachtel hin.

»Ja. Danke.«

Sie rauchten eine Weile stumm, dann drehte Ellen den Kopf zu ihm.

»Rudolf . . . Sie müssen mir helfen.«

»Gern. Nur wie und wo?«

»Sofort! Ich möchte etwas Verrücktes tun.«

»Ob ich Ihnen da folgen kann?«

»Sie müssen es, Rudolf, wenn Sie mich wirklich lieben, wie Sie sagen.« Sie fuhr herum und legte die Arme um seinen Nacken. »Ich will fliehen . . . vor Cliff fliehen . . . vor mir, vor allem, was kommt, wenn Cliff zurückkehrt . . . Ich will ihn nicht mehr sehen! Er ist wie eine Welle, die mich überspült . . . und vor ihr laufe ich weg! Das ist mein gutes Recht. Und Sie müssen mir dabei helfen, Rudolf . . .«

»Fliehen! Weglaufen vor Cliff! Wie stellen Sie sich das vor?«

»Wir brechen sofort auf!« Sie sprang hoch, streckte sich

und war wieder die entschlossene Ellen Donhoven, die von Manaus aus die Expedition zu den Juma-Indianern ausrüstete. »In einer Stunde können wir marschbereit sein. Wir ziehen zurück an den Rio Tefé. Den alten Weg.«

»Cliff wird uns einholen.«

»Er wird nie nachkommen. Sein Ziel ist vorwärts. Er hat einen Auftrag zu erfüllen. Der ist ihm wichtiger als ich.«

»Verkennen Sie Cliff nicht, Ellen!«

»Ich weiß, was ich tue. Wir brechen auf!« Ellen Donhoven blickte Dr. Forster lange an. Dann lächelte sie etwas gequält. »War das nicht auch immer Ihr Wunsch, Rudolf?«

»Ja.«

»Wenn wir sicher in Manaus sind, verspreche ich Ihnen, mit Ihnen nach Rio und zurück nach Stuttgart zu fliegen. Ich gebe Ihnen mein Wort.«

Sie hielt ihm die Hand entgegen, und er schlug zögernd ein.

»Wie sehr müssen Sie diesen Cliff lieben...«, sagte er leise.

»Ich darf ihn nie wiedersehen.«

»Dann gäbe es eine Katastrophe, nicht wahr?«

»Ja... es würde mein ureigener Weltuntergang.«

Eine Stunde später zog die kleine Karawane durch die Nacht zurück zum Rio Tefé. Dr. Forster ging voran, dann folgten Ellen und der humpelnde Palma. Den Schluß bildete Campofolio mit Cliffs zurückgelassenem Schnellfeuergewehr.

Ungefähr nach vier Stunden Marsch blieben sie ruckartig stehen. Hinter ihnen donnerte es wie eine Explosion, dann wurde der Himmel grau, als gingen plötzlich viele Lichter an. Ein solcher fahler Schein hängt am Himmel, wenn eine Großstadt von der Nacht eingehüllt wird. Das Geknatter vieler Flugmotoren folgte einer kurzen, lähmenden Stille.

Dr. Forster starrte Campofolio an.

»Das ist ungeheuerlich«, sagte er heiser. »Das hört sich an, als ob hier mitten im unerforschten Urwald ein Flugplatz liegt. Wo kommen plötzlich die Maschinen her? Woher der Lichtschein am Himmel? Was war das für eine Explosion?«

»Es scheint, als ob Cliff sein Ziel gefunden hat«, sagte Campofolio. »Major Cliff Haller vom CIA! Wissen wir, was wir da wochenlang mit uns herumgeschleppt haben? Wir haben auf einer Bombe gelebt und wußten es nicht.«

»Aber was ist da hinten im Wald? Welchem Geheimnis ist er auf der Spur?«

»Weiter!« Die Stimme Ellens überschlug sich. Ihr Herz klopfte bis zum Hals, in den Schläfen summte das Blut. »Das ist Hallers Sache! Was geht es uns an? Wir wollen nur eins: Heraus aus dieser Hölle!«

Sie drehte sich um und ging weiter.

Cliff, dachte sie. Was ist geschehen? Bist du in Sicherheit? Ist alles gut verlaufen? Cliff, ich bete für dich.

Aber ich will dich nie wiedersehen! Glaub es mir ... wir gehen aneinander zugrunde.

Dr. Forster blieb zurück, allein, während die anderen Ellen nachgingen. Er hörte Gewehrschüsse und sah, vielen Blitzen gleich, das Aufleuchten der Bodenscheinwerfer der suchenden Hubschrauber.

Was ist dort hinten, fragte er sich wieder. Was hat Cliff Haller durch den Urwald getrieben? Was bedeutete der weiße Fleck auf der Fotokarte?

Der Himmel in der Ferne wurde rötlich. Dort brennt etwas, stellte Forster fest. Und es hängt mit Haller zusammen, das ist ganz sicher. Was es auch war ... Cliff war in Aktion getreten, und Aktion bedeutete auch für sie alle Gefahr. Er rannte zu Ellen vor und legte den Arm um ihre Schulter. Sie zuckte leicht zusammen ... ihre Gedanken waren gerade bei Cliff gewesen.

»Er hat irgend etwas gesprengt«, sagte er. »Der Himmel ist voll Feuerschein.«

»Es geht uns nichts an!« Ihr Gesicht war wie erstarrt. »Ich will zurück – ich will mit Ihnen, Rudolf, zurück nach Deutschland.«

Cliff Haller blieb in seinem Baumversteck, bis der Morgen über die Wipfel kroch. Erneut kreisten die Hubschrauber über dem ganzen Gebiet, aber das Benzin war vergeudet, denn als Cliff den Stamm hinunterkletterte und auf dem feuchten Waldboden stand, war ein Knopf in einer Scheune voll Stroh eher zu finden als er.

Um die gleiche Zeit flogen auch Cascal und Rita über ihn hinweg zum Rio Juma und wasserten am Zusammenfluß der beiden Quellflüsse. Dort richteten sie sich ein Lager ein und warteten auf die Trommelnachrichten der Indios. General Aguria hatte befreundete Indianer, die mit den Soldaten Tauschgeschäfte machten, in alle Richtungen weggeschickt und ihre Sippen und Stämme alarmiert. Wo auch immer sich Cliff Haller sehen ließ ... die Indios würden ihn in Ruhe lassen, aber ihre Trommeln würden seinen Weg an Cascal verraten.

Frohen Herzens lief Cliff zurück zum Lager. Sein Ziel hatte er erreicht – er besaß den Film mit den einmaligen Fotos, er hatte als Warnung die Rakete gesprengt ... in drei Monaten vielleicht störte niemand mehr den Urwald, das aus ihm herausgeschlagene Stück Land wieder zu überwuchern und zurückzuerobern. Denn es gab nur eine Alternative: entweder zerstörte die Regierung selbst auf einen internen Protest der USA hin die Raketenbasis ebenso leise, wie sie erbaut worden war, oder ein Spezialtrupp des CIA räumte rücksichtslos diese massive Bedrohung der USA weg ... ebenso unbeachtet von aller Welt, denn die Welt durfte nie erfahren, was da im Urwald südlich des Amazonas entstanden und vernichtet worden war.

Nach drei Stunden schnellen Laufes erreichte Cliff die Stelle, wo das Lager war. Schon von weitem rief er: »Ich bin es, Kinder! Umarmt mich! Verdammt, war das eine Nacht!«

Aber keiner antwortete ihm, vollkommene Stille herrschte um ihn. Er blieb stehen, drückte sich hinter einen Baum und riß seine Pistole aus der Tasche. Noch immer trug er seinen ›Kampfanzug‹, das geschwärzte Gesicht und das Netz über dem Haar.

»Ellen!« schrie er. »Ellen!«

Keine Antwort.

Sein Herz krampfte sich zusammen. Als er sich duckte und in kleinen Sätzen, immer in Deckung bleibend, vorwärtssprang, spürte er, wie sein Mund zuckte, als habe er einen Krampf.

Ellen, dachte er. Was ist geschehen? Mein Gott, laß mich nicht auf den freien Platz treten, und sie liegen herum, ohne Köpfe, zerhackt mit den Macheten. Laß es nicht zu, Gott! Ich weiß nicht, was ich tue, wenn ich Ellen so liegen sehe...

Noch drei Sätze... er hob die Pistole und stürzte auf den Platz.

Die Blätterhütten waren leer. Zwei Dosen lagen herum. Nudelsuppe. Keine Spuren von Kampf, kein Blut ... nur ein aufgeräumter, sauberer Rastplatz.

»Ellen!« brüllte Cliff sinnlos. Er wußte, daß es verrückt war, so in den Wald hineinzuschreien. Aber er mußte es tun, er hatte das Gefühl, sonst zu platzen. »Ellen!!!« Dann hieb er mit den Fäusten die Blätterdächer zusammen und schrie dabei: »Verdammt! Verdammt! Aber ich hole dich ein! Ich hole dich! Und wenn du zum Mond fliehst... ich hole dich ein! Ellen! Verfluchte Welt! Ich liebe dich doch! Warum rennst du denn weg? Das kannst du doch gar nicht! Wir gehören doch zusammen! Ellen!«

Als er alles zerstört hatte, hob er den Kopf wie ein Tier, das die Witterung aufnimmt, holte die beiden Büchsen vom Boden und wischte mit den Fingern den Rest der kalten Nudelsuppe heraus, den er schlürfte wie köstliche Austern ... dann gab er den Büchsen einen Tritt und breitete die Arme aus.

»Ich komme, Ellen!« brüllte er. »Einem Cliff Haller läuft man nicht davon!«

VIERTES KAPITEL

Zwei Tage lang lief Cliff Haller der vor ihm flüchtenden Expedition Ellens nach. Zwei Tage lang rannte er durch die schwülheiße Grüne Hölle, durch Schwärme von Moskitos, die über ihn herfielen, als wollten sie ihn unter ihren schwirrenden Leibern begraben. Sein Schweiß, der den ganzen Körper überzog, als sei er gerade aus dem Wasser gekommen, lockte die Mücken an wie Honig.

Als die Moskitoplage zu groß und unerträglich wurde, erinnerte er sich eines Mittels, das die Indios aus einer Wurzel preßten ... einen Saft, mit dem sie ihren Körper wie Öl einrieben und dessen Geruch die Mückenschwärme vertrieb. Rita Sabaneta hatte ihm dieses Mittel genannt. Woher sie es wußte, hatte er nicht gefragt... damals war er zu verliebt in sie gewesen, um weiter in ihrer Vergangenheit zu forschen, als es nötig war. Aber er ahnte, daß das erst 24jährige Leben Ritas angefüllt war mit Erlebnissen, und wenn man sie genau betrachtete, die schwarz glänzenden langen Haare, die scharfe Nase, die brennenden, dunklen Augen, den geschmeidigen, katzenhaften Körper, dann schlug einwandfrei Indianerblut bei ihr durch.

Cliff Haller unterbrach seine Jagd nach Ellen Donhoven und rastete fünf Stunden an einem Seitenarm des Rio Tefé, den sie auf dem Hinweg über einen umgestürzten Baumstamm überquert hatten. Hier, an dieser Notbrücke, suchte Cliff nach der Wurzel... sie wuchs im Sumpfgebiet, hatte eine rissige, grüne Rinde und schob sich als Luftwurzel unmittelbar über der Wasseroberfläche dahin. Mit seinem

Buschmesser hieb Cliff ein großes Stück ab, zerquetschte es dann zwischen zwei Steinen und rieb sich mit dem eklig stinkenden Brei den ganzen Körper ein.

Die Wirkung war erstaunlich. Er spürte, wie seine Haut ledern wurde, wie gegerbt . . . aber die Moskitoschwärme umkreisten ihn nur noch, fielen nicht mehr über ihn her und zogen dann weiter zum Fluß. Selbst in der Nacht, als er an dem kleinen Lagerfeuer saß und die Mücken wie eine Wolke herbeistürzten, griffen sie ihn nicht an, sondern umkreisten nur in sicherer Höhe den Feuerschein.

Dadurch verlor Cliff viel Zeit, und der Vorsprung Ellens wurde immer größer. Aber das machte ihm keine Sorge; er wußte, daß er sie einholen würde. Viel größer war die Gefahr, daß Ellen in die große Falle hineingeriet, die man jetzt geöffnet hatte. Die Fahndung nach dem amerikanischen Agenten hatte den ganzen Urwald zwischen Rio Tefé und Rio Juma alarmiert. Ab und zu hörte er – mit dem Wind kommend – ganz schwach die Trommelnachrichten der Indios, und am ersten Tag seiner Flucht kreisten Hubschrauber und Aufklärer so tief über dem Wald, daß sie fast die Baumkronen berührten. Vor allem die Wasseradern flogen sie ab, dieses Gewirr von Flüssen, Bächen, Zuläufen und Sümpfen, weil man hier, an den Ufern, leichter vorwärts kam als im verfilzten, oft undurchdringlichen Dickicht von Lianen, Riesenfarnen, Dornengestrüpp, abgestorbenen und gebleichten Bäumen und blühenden, haushohen Büschen, die wie eine Wand standen.

Cliff Haller hetzte weiter, nachdem er sich am Morgen noch einmal mit dem stinkenden Wurzelbrei eingerieben hatte. Ich muß sie einholen, sagte er sich immer wieder. Sie laufen blind in ihren Tod. Am Rio Tefé wartet man auf sie . . . und es wird ein lautloser Tod sein, ein Tod aus dem langen Blasrohr der Indios. Nur ein kurzes Stechen wird man spüren . . . und dann wirkt das Gift sekundenschnell, lähmt die Atmung, zerpreßt das Herz, umklammert das Gehirn.

Für die Indios wird es eine fröhliche Jagd sein. Sicherlich

hat man ihnen ein Kopfgeld versprochen. Nicht in bar, denn was sollen sie mit Geldscheinen im Urwald. Werkzeuge sind wertvoller: Stahlbeile, Äxte, Zangen, Bohrer, Sägen . . . damit kann man ganz neue Dörfer bauen, in einem Bruchteil der Zeit, die man sonst verwenden müßte. Eine Axt . . . sie war für einen Indio mehr wert als ein Vermögen in Gold – und viel mehr wert als ein Menschenleben!

Weiter! Weiter!

Sie dürfen den Rio Tefé nicht erreichen! Ich muß sie vorher eingeholt haben! Ellen – verdammt noch mal –, warum läufst du vor mir davon? Bin ich ein Scheusal? Zugegeben, ich habe Cascal und Rita brutal behandelt, aber was weißt du, was auf dem Spiel steht, Baby? Ich hätte sie nach dem Gesetz unseres Krieges im Dunkel töten müssen . . . ich habe sie leben lassen, und das wird sich als ein Fehler herausstellen, der uns allen das Genick brechen kann. In unserem Beruf darf es kein Erbarmen geben, keine Skrupel, keine menschlichen Regungen, keine bürgerliche Moral! Wie sagte Colonel Hodkins bei der Ausbildung in Fort Disdale? »Jungs, wenn ihr später im Einsatz seid, ganz allein auf euch gestellt, müßt ihr das Härteste sein, was in menschlicher Gestalt herumläuft! Alles das, was in der Bibel steht, gilt für euch nicht mehr. Ihr bekommt einen Auftrag, und der allein ist wichtig. *Wie* ihr ihn erfüllt, ist eure Sache . . . aber ihr *müßt* ihn erfüllen! Die Methoden spielen keine Rolle. Gewöhnt euch an, im Kopf eine Stahlplatte und statt des Herzens eine Chromstahlkugel zu tragen. Nur so behaltet ihr euer Leben in diesem verdammt dreckigen Geschäft!«

Weiter . . . weiter . . .

Ich laufe jetzt um dein Leben, Ellen!

Am Rio Tefé warten die Indios auf euch!

Der Rückweg zum Fluß verlief schneller, als es Ellen erwartet hatte. Sie zogen den gleichen Pfad zurück, den sie sich auf dem Hinmarsch durch das Dickicht geschlagen hatten. Obwohl nur ein paar Tage vergangen waren, hatte der Urwald bereits begonnen, diese kleine, in seinen grünen Leib geschlagene Wunde wieder zu schließen. Wie tastende Arme schoben sich Blütenzweige in die Lücken, hatten sich Riesenfarne gebogen und verschlossen teilweise wieder den engen Trampelpfad.

Ellen Donhoven war von einer Energie, die keine Ermüdung zu kennen schien. Das Ziel: der Fluß – die Aussicht, auf den gurgelnden, grüngelben Wassern abwärtszutreiben und diese Hölle hinter sich zu lassen – füllte ihren zierlichen Körper mit einer Kraft, die keiner der Männer mehr begreifen konnte. Selbst Dr. Forster wurde dieses Mädchen unheimlich.

Während der kurzen Marschpausen fielen die Männer um und lagen auf dem weichen, faulig riechenden Urwaldboden wie knochenlose Stoffpuppen. Sie schliefen eine Stunde, und dann kroch Palma seitwärts in die Wildnis, brachte fremdartige, nie gesehene, nie gekannte Wurzeln und Früchte mit und kochte aus ihnen Gerichte, die allen merkwürdig dumpf schmeckten, wie ungewürzter Haferbrei. Aber es nahm das Hungergefühl weg und hatte – man merkte es eine Stunde später – eine anregende Wirkung.

»Was kochen Sie uns da für ein Teufelszeug!« fragte Forster am zweiten Tag. »Es wirkt wie Rauschgift auf einen Süchtigen.«

»Es ist Mamaliko.« Palma, dessen geschwollener Fuß grausig aussah und der anscheinend auch nur durch dieses Wurzelgemüse die Kraft erhielt, weiter mit den anderen zu marschieren, zeigte Dr. Forster und Ellen diese rötlich schimmernde, weiche Wurzel. »Die Indios stellen aus dem Saft ein betäubendes Getränk her. Es ist so etwas Ähnliches wie Rauschgift.« Palma grinste verlegen die anderen an. »Glauben Sie, Senhora, wir wären jetzt schon hier, wenn wir nicht Mamaliko essen würden?«

Sie hockten, ziemlich geschützt vor dem prasselnden Regen, unter einem Busch und starrten in das grünliche Halbdunkel des über ihnen zusammenschlagenden Dschungels.

Palma schlief schon wieder, Campofolio träumte mit offenen, glänzenden, merkwürdig starren Augen.

Mamaliko ... die Wurzel des Glücks.

»Ob unsere Boote noch am Fluß sind?« fragte Ellen. Sie senkte dabei die Stimme. Dr. Forster, gegen den sie sich lehnte, hob kurz die Schultern.

»Wenn Indios sie nicht mitgenommen haben ...«

»Wie kämen wir ohne Boote weiter?«

»Darüber habe ich auch schon nachgedacht, Ellen. Die einfachste Lösung wäre, ein Floß zu bauen.«

»Ohne Werkzeuge?«

»Es gibt Treibholz genug im Fluß. Und zum Zusammenbinden nehmen wir Lianen.«

»Haben Sie eine Ahnung davon?«

»Nein. Aber ich werde es versuchen.« Dr. Forster lächelte traurig.

»Außerdem haben wir Palma. Er kennt alle Tricks des Urwaldes.«

»Ich mache mir Sorgen um ihn. Sein Bein ...«

Dr. Forster nickte. »Ich bewundere ihn. Wie er das aushält. Er muß Schmerzen haben bis unter die Haarspitzen! Und hier sitzen zwei Ärzte und können ihm nicht helfen. Das greift mir verdammt ans Gemüt. Was nützen jetzt zwölf Semester Medizin, Staatsexamen und chirurgische Facharztprüfung?!«

»Ob es Palma bis Tefé schafft?«

»Ich weiß es nicht. Die Antibiotika, die ich ihm injiziert habe, verdaut er wie Zuckerwasser. Wenn er durchkommt – ich glaube, sie werden ihm in Manaus den Fuß amputieren müssen.«

Ellen Donhoven sah schweigend auf den schlafenden Palma. Er lächelte im Schlaf, er träumte von schönen Dingen.

Mamaliko.

»Ich weiß, was Sie denken, Rudolf«, sagte sie plötzlich mit gepreßter Stimme.

»Ich denke gar nichts, Ellen.«

»Doch. Sie denken: War das nötig?! Und Sie denken weiter: Alles, was passiert ist bisher, hat sie auf dem Gewissen! Den Tod von Alexander Jesus und Fernando Paz, das geheimnisvolle Verschwinden Mocos ... und in Kürze den Tod Palmas ... alles ihre Schuld! Alles nur, weil ein überspanntes, stures, in ihre Idee verranntes Weibsbild unbedingt in den tiefsten Urwald ziehen mußte, um unbekannte Pfeilgifte zu entdecken. Für ein Hirngespinst setzte sie Menschenleben ein, statt ein braves Mädchen zu sein, zu heiraten und Kinder zu kriegen wie Millionen ihrer Geschlechtsgenossinnen.«

»Von Schuld kann man nicht sprechen, Ellen.«

»Rudolf, seien Sie jetzt aufrichtig! Ich weiß, was ich alles falsch gemacht habe. Aber jetzt ist es zu spät zur Reue.«

»Es ist nie zu spät, Ellen. Man kann Sie nicht verurteilen. Sie hatten ein Ziel, und das haben Sie mit der Ihnen eigenen Energie durchsetzen wollen. Daß Sie gescheitert sind, ist nicht Ihre Schuld. Wer konnte ahnen, daß uns ein Cliff Haller begegnet, der mit seinem Auftrag alles andere um sich herum zerschlug?«

»Auch Ihre Liebe zu mir, Rudolf?« sagte Ellen leise.

Dr. Forster schüttelte den Kopf. »Nein. Das schafft auch ein Cliff Haller nicht. Das wissen Sie ganz genau, Ellen.«

»Ich habe mich Ihnen gegenüber schrecklich benommen, Rudolf.«

»Warum sprechen Sie jetzt darüber?«

»Ich will reinen Tisch machen.« Sie warf den Kopf herum. Ihre blauen Augen waren von einer erschütternden Traurigkeit. »Sieben Tage bis zum Rio Tefé, dann vielleicht keine Boote mehr, und dann ein Floß, das unter uns zerbricht ... und an den Flußufern die Indios ... Rudolf, ich habe das Gefühl, diese Hölle hält uns fest!«

Sie lehnte den Kopf an seine Schulter, und plötzlich weinte sie. Es war das erste Mal, daß er sie weinen sah, es klang kindlich und hilflos. Er legte den Arm um ihren zuckenden Körper und drückte sie an sich.

Nach einer Stunde, als der Regen aufgehört hatte und der Dschungel unter der glühenden Sonne dampfte, zogen sie weiter. Palma schwankte ihnen nach, auf einen dicken Knüppel gestützt. Dr. Forster hatte ihm noch einmal eine schmerzstillende Spritze gegeben.

»Wir haben nur noch sechs Ampullen«, flüsterte er Ellen zu, die Palmas Fuß untersuchte. Er war dick und unförmig wie ein Elefantenbein.

»An den Booten liegt das andere Gepäck...«

An den Booten. Am Fluß. Sieben Tagesmärsche weit.

Mein Gott, laß uns durchkommen. Gib uns Kraft und Glauben.

Mamaliko – das allein war die Kraft, die ihnen noch half, als der vierte Tag zu Ende ging und die Urwaldnacht über sie hereinbrach. Mamaliko, Palmas Wunderwurzel, war der letzte Himmel, der ihnen geblieben war. Mamaliko – das war Vergessen und Betäubung, das war Blindheit vor der Wahrheit und die Überwindung einer nicht begreifbaren Verzweiflung. Mamaliko – das allein noch war das Leben.

Die Nacht, die sie auf einer kleinen Lichtung überraschte, war gnädig und dunkel. Ohne das Feuer zu erhalten, schliefen Palma und Campofolio gleich ein. Dr. Forster hatte eine halbe Flasche Regenwasser getrunken, das sie bei dem täglichen Wolkenbruch in einer Zeltplane auffingen und dann in die Feldflaschen abfüllten. Er fühlte sich nicht matt, sondern erstaunlich tatenfroh und lobte im stillen die Kraft dieser verdammten Zauberwurzel.

Auch Ellen schien diese Droge zu verwandeln. Sie saß eine Weile stumm am erloschenen Feuer und sah Dr. Forster an, musternd, fast lauernd, in der Dunkelheit war ihr Gesicht wie ein fahler Fleck. Aber dann wuchs dieser Fleck, verbreiterte und vergrößerte sich. Forster schüttelte den Kopf, denn er glaubte an eine Halluzination..., aber das Bild, das langsam näher kam, blieb und festigte sich in den Konturen, je dichter es zu ihm rückte.

Ein weißer, nackter Körper. Lange, schlanke Beine, die vor ihm einknickten, ein matt schimmernder Leib mit kleinen, festen Brüsten, der sich zu ihm beugte, ein Gesicht mit einem verklärten Lächeln, als sehe es innerlich Bilder einer schönen, unbeschreiblichen Welt.

»Ellen!« sagte Dr. Forster mit zugeschnürter Kehle. »Wachen Sie auf...«

»Ich bin wach, ganz wach...« Ihre Stimme war völlig normal, aber eingebettet in das Beben der Erwartung. »Nimm mich in deine Arme!«

»Ellen!«

Er riß sie an sich, sie schlang die Arme um ihn und war von einer Wildheit, die alle Vernunft in ihm zur Hölle jagte. Wie zwei kämpfende Raubtiere wälzten sie sich über den Urwaldboden, verbissen sich ineinander und verloren sich aneinander.

Mamaliko – der Gott der Verzauberung.

Später, nach diesem Rausch aus Wollust und Erfüllung, lagen sie schwer atmend nebeneinander und vermieden es, sich zu berühren oder auch nur anzusehen. Sie haßten sich plötzlich. Die Ernüchterung nach dem Verströmen war so groß, daß sie in der Dunkelheit die Fäuste ballten und jeder den anderen ohne Reue hätte töten können. Was sie im Rausch des Mamaliko getan hatten, brachte sie nicht für immer zusammen, sondern entfernte sie noch mehr. Eine unüberwindliche Kluft brach zwischen ihnen auf: die schreckliche Erkenntnis, daß ihre Körper nur durch ein Gift zusammenfinden konnten.

»Wir werden uns nie wiedersehen, wenn wir Manaus erreicht haben«, sagte Dr. Forster heiser in die Stille hinein.

»Nein.« Ellens Stimme war hart, fast frostig. »Du hättest das nie tun dürfen!«

»Ich konnte nicht anders.«

»Wir waren wie Tiere.«

Das waren die letzten Worte, die sie in dieser Nacht miteinander wechselten. Jeder rollte sich auf die Seite und schlief allein im Schutz eines Busches.

In dieser Nacht war Cliff Haller nur noch eine Stunde von ihnen entfernt...

Am Nachmittag des fünften Tages erreichte Cliff Haller die Vier-Menschen-Expedition. Er hatte sich noch einmal richtig ausgeschlafen, sicher vor allen Moskitos durch seinen stinkenden Wurzelbrei, und war dann am nächsten Morgen mit frischer Kraft weitergegangen. Er lebte nicht von Fladen und Wurzeln wie Ellen und ihre Begleiter, Cliff fing in Lianenschlingen ihm unbekannte, winzige schweinsähnliche Tiere, die er in heißer Asche gar werden ließ. Sie schmeckten ohne Gewürze wie gesottene Handschuhe, aber sie füllten den Magen. Am vierten Tag köpfte er eine mittelgroße Schlange, schnitt dicke Scheiben aus ihr und briet sie knusprig, wie er es schon bei seiner Spezialausbildung in Floridas Sümpfen gemacht hatte.

Gegen neun Uhr vormittags traf er auf dem Lagerplatz Ellens ein... er sah das Aschenhäufchen des Feuers, einen weggeworfenen Fladen und die zerbrochene Ampulle eines schmerzstillenden Mittels. Er hätte schreien können vor Freude, bombte den Aschenhaufen durch die Luft wie ein Fußballspieler seinen Ball und sah dann auf seiner Karte nach, wo sie sich befanden.

Bis zum Rio Tefé waren es noch gut drei Tagesmärsche ... nur eine knappe Zeitspanne noch bis zum sicheren Tod. Cliff Haller faltete die Karte zusammen und strich sich über das Gesicht. Ein wilder Stoppelbart bedeckte Kinn und Backen. Er war so blond wie seine Haare.

Wie werden wir das anstellen, Ellen, dachte er, während er weiterlief. Du hast die falsche Richtung! Wir müssen nach Osten, zum Großen Rio Juruá. Quer durch den Wald, ganz gleich, was uns dabei erwartet. Am Rio Juruá, in dem elenden Indianernest Carababa, wartet ein Kontaktmann auf mich. Er wird per Funk die Anweisung geben, uns herauszuholen. Der Rio Juruá ist der einzige breite Fluß hier in der Tiefe des Urwaldes, wo ein Flugzeug ohne Schaden wassern kann. Kein Hubschrauber, Baby – ein richtiges Flugzeug, das uns dann hinüber nach Peru bringt, nach Iquitos am Amazonas ... in die Freiheit, Darling, in unsere Freiheit, die auch ein neues Leben bedeutet.

Aber bis dahin ist noch ein langer Weg. 300 Kilometer durch die Hölle, 300 Kilometer zu Fuß auf einem Pfad, den wir uns selbst schlagen müssen. Wahnsinn, wirst du sagen. Verrückt! Ich ziehe nicht mit. Aber es ist der einzige Weg ins Leben ...

Das Auftauchen Cliffs erfolgte während einer kleinen Ruhepause. Palma und Campofolio streiften durch die Umgebung, um etwas Eßbares zu suchen. Sie hatten ein Warzenschwein mit vier Jungen gesehen, das vor ihnen flüchtete.

»Ein Schwein!« brüllte Palma. »Gott segnet uns! Ein Schwein und vier Ferkelchen! Hinterher! Hinterher! Sie dürfen uns nicht entkommen!« Er entriß Dr. Forster das Gewehr, ehe es dieser fester umklammern konnte, und entgegen allen Abmachungen schoß Palma sofort.

»Getroffen?« schrie er und hüpfte auf seinem gesunden Fuß herum. »Ich habe sie erwischt. Suchen wir sie ... schnell, schnell!«

»Mit Ihrem Schuß können Sie uns die Indios auf den Hals hetzen?« brüllte Forster. »So ein Blödsinn!«

Aber Palma und Campofolio waren nicht mehr zu halten. Sie rannten dem blutenden Schwein nach und verschwanden im Wald.

Zehn Minuten später tappte Cliff Haller aus den Büschen heraus. Er wirkte wie eine Erscheinung aus einer fremden Welt. Ellen stieß einen hellen Schrei aus, als sie ihn plötzlich dastehen sah – groß, breit, mit ausgebreiteten Armen, ein Lachen in dem sonnengegerbten, von Bartstoppeln überwucherten Gesicht.

Dr. Forster riß das Gewehr herum und legte es auf Cliff an. Er spürte, wie eine schreckliche Kälte ihn durchzog, er war bereit, ohne zu zögern, diesen Mann, den er wie nichts auf der Welt haßte, mit einem Fingerdruck zu töten.

»Bleiben Sie stehen, Cliff«, sagte er hart. »Keinen Schritt weiter! Heben Sie die Arme hoch! So bleiben Sie stehen, bis Campofolio wiederkommt und Sie entwaffnet.«

Cliff Haller hob langsam die Hände. »Sind Sie übergeschnappt, Doc?« rief er zurück. »Begrüßt man so einen Lebensretter?«

»Was wollen Sie hier? Wir haben Sie nicht gerufen, wir legen keinen Wert auf Ihre Gegenwart. Wenn Sie nicht freiwillig von uns ablassen, werde ich mit Ihnen das tun, was Sie mit Cascal gemacht haben.«

»Cascal geht es gut, nehme ich an. Besser als uns! Mann, Doc, seien Sie kein Idiot! Ich bin zur rechten Zeit gekommen. Sie rennen in Ihren Tod. Zum Rio Tefé wollen Sie ... dort stehen bereits die Indios, um aus Ihnen einen zierlichen Schrumpfkopf zu machen. Sie marschieren genau in die falsche Richtung. Glauben Sie's mir! Ellen, wenn er ein Schwachkopf ist, dann glaub du es mir. Ich bin dir nachgelaufen, um dich zu retten! Ich ...«

Er machte einen Schritt vorwärts. Dr. Forster hob sein Gewehr, der Finger krümmte sich am Abzug. Cliff sah es und blieb sofort wieder stehen. Nur seine Augen wurden starr.

»Drei Schritte zurück!« kommandierte Dr. Forster. »An den Baum dort. Und die Arme hoch über den Kopf!«

Cliff gehorchte. Und da geschah etwas, womit keiner gerechnet hatte: Ellen warf ebenfalls die Arme hoch, rannte an Dr. Forster vorbei, genau in die Schußlinie, Forster ließ das Gewehr sinken und wandte sich ab ... und Ellen rannte weiter, warf sich Cliff in die Arme, hing an seinem Hals und küßte ihn, stammelte seinen Namen, ließ sich hochheben und ebenfalls küssen und war wie von Sinnen in ihrem Glück, Cliff wiederzusehen und wiederzuhaben.

»Sie haben gewonnen, Cliff«, sagte Dr. Forster, als beide später zu ihm kamen, Hand in Hand, ein seliges Liebespaar.

»Tut mir leid, Doc...«, sagte Cliff ernst.

»Ich wünsche Ihnen viel Glück.«

»Danke.« Cliff hielt Dr. Forster die Hand hin. »Sie sind ein guter Verlierer, Doc. Warum können wir nicht Kameraden sein?«

»Uns trennt zu viel, Cliff.«

»Und trotzdem müssen Sie jetzt mit uns mitten durch des Satans Schlafzimmer. Zum Rio Juruá. Wir müssen uns noch lange ertragen.«

»Und du, Ellen!« Dr. Forster blickte auf Ellen. Traurigkeit lag in seinem Blick. »Willst du mit ihm in das Ungewisse?«

»Ja.«

»Du weißt nicht, was daraus wird?«

»Nein! Ich weiß nur, daß ich glücklich bin. So glücklich. Mehr will ich auch nicht wissen.«

»Sie müssen es verantworten, Cliff!« Dr. Forster sah Haller fest in die Augen. »Ich werde mich bemühen, so lange zu leben wie Sie. Denn wenn unser Abenteuer schiefgeht, muß einer übrigbleiben, der Sie zur Rechenschaft zieht.«

»Das können Sie, Doc.« Cliff Haller umarmte Ellen und zog sie an sich. »Für solch eine Frau setze ich mein Leben ein.«

»Und für die Filme, die Sie in der Tasche haben.«

»Auch für die Filme. Es gibt Männer, Doc, die mit beiden Händen Bier trinken... in jeder Hand ein Glas!«

Er lachte, und es war ein so siegessicheres, volles Lachen, daß auch Ellen zu lachen begann und ihn dabei mit beiden Armen umklammerte. Ein Lachen, in dem die Angst mitschwang.

Zwei Stunden später zogen sie weiter, nach Südosten, ins Unbekannte.

Mit den Macheten hieben sie sich einen neuen Pfad durch die grüne Wand.

»Langsam –«, sagte Cliff, wenn Campofolio wie wild gegen die Lianen hieb. »Langsam, Pietro . . . jetzt haben wir Zeit . . . viel Zeit . . . wir schwimmen gegen den Strom . . .«

300 Kilometer unerforschtes, auf den Karten weißes Land lag vor ihnen. Sie hieben sich mit den Macheten in eine Welt hinein, die bis dahin auch keine Zeit gekannt hatte.

Drei Wochen lang kämpften sie sich durch den Wald. Drei Wochen Glut und Regen, Fieberdunst und fauliger Boden. Drei Wochen im Halbdunkel wogender Blätterdächer, an kleinen Flußläufen vorbei, in denen träge, riesige Krokodile schwammen. Drei Wochen Sumpf mit armdicken Schlangen und Myriaden von Mücken, umkreischt von buntschillernden Vögeln und umschlichen von unsichtbaren Raubtieren. Drei Wochen Wanderung nur nach dem Kompaß und einer Fotokarte, die aus fast 20 000 Metern Höhe von einem Spezialflugzeug aus aufgenommen worden war.

Am 20. Tag der Höllenwanderung wurde Rafael Palma wahnsinnig. Es kam ganz plötzlich, als habe ein Blitz sein Gehirn zerstört. Das Gift der Mamaliko-Wurzel hatte ihn langsam von innen zerfressen.

Plötzlich, während einer Rast an einem schmalen Flußlauf, der auf keiner Karte verzeichnet war und den Cliff gewissenhaft in seine Fotokarte einzeichnete, sprang Palma auf, tanzte auf seinem gesunden Fuß herum wie ein Tänzer im Karneval von Rio, lachte dabei gellend und schauerlich, wälzte sich dann auf dem Boden und schrie wie ein verwundetes Pferd. Schaum trat ihm vor den Mund, und bevor Cliff ihn festhalten konnte, sprang Palma wieder auf und rannte um sich schlagend in den Fluß.

»Palma!« brüllte Cliff und riß sein Gewehr hoch. Auch Campofolio und Dr. Forster schossen gleichzeitig mit ihm auf die plötzlich lebendig werdenden, wie verfault aussehenden Baumstämme, die träge in dem gelben Wasser trieben. Jetzt zeigten sie weit aufgerissene Rachen und schossen in einer unvorstellbaren Geschwindigkeit auf den ins Wasser rennenden Palma zu. »Zurück! Palma!«

Der Irre hörte nichts mehr. Lachend warf er sich ins Wasser, lachend winkte er zu dem blauen, flimmernden Himmel... dann hatten ihn die Krokodile auf einmal erreicht und schnappten nach ihm. Ein Aufschrei, der das Blut gefrieren ließ, zerriß die kurze Stille der Lähmung aus Grauen und Hilflosigkeit. Dann schossen Forster, Campofolio und Cliff erneut auf die Reptilien, aber das Gewirr aus hornigen Panzerleibern, menschlichen Gliedmaßen, Blut und dumpfem, schrecklichem Fauchen und Schmatzen lösten sie nicht mehr. Sie trafen drei Krokodile, aber aus dem Sumpf- und Dschungelgewirr glitten neue Bestien ins Wasser und zerfetzten den Körper Rafael Palmas. Nach wenigen Minuten trieb nur noch eine Blutlache über den Fluß, in der die Panzer der erschossenen und gleichfalls zerrissenen Krokodile wie flache Flöße schwammen.

Ellen hatte sich abgewandt und beide Hände gegen die Ohren gepreßt. Ihr Mund war zu einem stummen Schrei geöffnet. Erst, als Cliff ihr langsam die Hände von den Ohren zog, warf sie sich herum und vergrub ihr Gesicht an seiner breiten Brust.

»Es ist vorbei...«, sagte Haller stockend.

»Und so werden wir alle draufgehen!« schrie Campofolio neben ihm. »Mein Gott, warum habe ich Sie damals, als Sie wieder auftauchten, nicht gleich erschossen?! Warum ist man bloß so anständig?!«

»Wenn Sie weiter zum Rio Tefé gezogen wären, lägen Sie jetzt schon längst als kopfloses Gerippe am Flußufer. Unser einziger Weg ist der nach Peru.«

»Das wir nie erreichen!«

»Mit Ihrem Pessimismus nicht.« Cliff Haller lud sein Gewehr und füllte den leeren Rahmen mit neuen Patronen. »Das einzige, was uns jetzt noch passieren kann, ist eine Alarmierung der Indios. Unsere Schüsse hat man gehört. Glauben Sie ja nicht, daß wir hier allein mit den Tieren sind.«

Die bösen Ahnungen Cliffs sollten sich bewahrheiten. Am

nächsten Tag kreisten drei Hubschrauber über dem Gebiet, in dem sich die vier Menschen Schritt um Schritt vorwärtsquälten. Wie riesige Hornissen summten sie dicht über den Baumkronen und verschwanden dann aus dem Blickfeld. Cliff und Dr. Forster hörten jedoch, wie in ihrer Nähe die Rotorflügel donnerten und sie sich nicht entfernten. Haller und Forster blickten sich schnell an. Sie verstanden sich ohne Worte.

Sie setzen Truppen ab. Irgendwo dort in der näheren Umgebung gibt es ein paar Kahlstellen im Urwald, wo sie mit den Hubschraubern so tief gehen können, daß die im Dschungelkrieg geschulten Soldaten abspringen können.

Vor und hinter sich hörten sie das eintönige Donnern der Propeller. »Sie kreisen uns ein«, sagte Cliff heiser zu Dr. Forster. »Wie Hasen bei einer Treibjagd werden sie uns hetzen. Ellen ...« Er legte den Arm um ihre Schulter. Sie blickte zu ihm auf und sah einen fremden Mann an. Alles Jungenhafte war aus seinem Gesicht verschwunden. Cliff wirkte kantig, wie aus einem Fels roh herausgehauen. »Du kannst schießen?«

»Ja, gut sogar, Cliff.«

»Nimm das Schnellfeuergewehr. Du und der Doc gehen voraus ... ich bleibe mit Campofolio zurück und halte sie auf.«

»Nein!« Ellen warf den Kopf in den Nacken. Es war die Geste, mit der sie ausdrückte, daß keiner sie mehr in eine andere Richtung zwingen konnte. »Ich bleibe bei dir.«

»Verdammt! Du tust, was ich dir sage!« schrie Cliff sie an. »Los! Doc, nehmen Sie die Karte. Wenn wir uns verlieren ... Sie müssen durchkommen bis zum Rio Juruá, bis Carababa. Dort fragen Sie nach Ricardo Perès. Das ist ein Mann, der den Indianern den Rohkautschuk abkauft. Bestellen Sie ihm Grüße von Großvater Jaime. Dann weiß er, wer Sie geschickt hat.«

Plötzlich stand auch eine rote Signalleuchtkugel unter dem blauen Himmel und verglühte sofort wieder.

Sie war verflucht nahe. Der Ring der Dschungelsoldaten zog sich lautlos zusammen. Näher und näher kam die tödliche Gefahr.

»Komm!« Dr. Forster ergriff Ellen und schob sie vor sich her.

»Cliff werden wir wiedersehen ... er ist beweglicher ohne uns.«

Bevor sie in dem Gewirr von Farnen, Lianen, Büschen und bewachsenen Bäumen untertauchten, blickte sich Ellen noch einmal um. Cliff und Campofolio trennten sich auch ... seitwärts gingen sie in den Wald hinein.

»Cliff!« sagte Ellen leise. »Cliff, ich liebe dich ...« Dann warf sie sich herum und rannte Dr. Forster nach, der sich seinen Weg durch einen wogenden Farnwald bahnte.

Nach knapp einer Stunde trafen sie aufeinander.

Campofolio war der erste, der im Dickicht die grün-gelb gefleckten Tarnuniformen der brasilianischen Spezialtruppe entdeckte. In einer Reihe, weit auseinandergezogen, aber doch so eng, daß man die Zwischenräume gut überblicken konnte, rückten sie vor. Wie Treiber auf der Jagd. Menschenjäger, die den einzigen Auftrag hatten: Vernichten.

Campofolio war nie Soldat gewesen, er hatte auch nicht das Zeug zu einem Helden, und nie hätte er bis zu diesen Minuten geglaubt, daß er einmal eine heldenhafte Tat vollbringen müßte. Jetzt aber dachte er nur an Ellen Donhoven und an die große Chance für sie, durchzukommen, wenn er die Aufmerksamkeit der Soldaten auf sich zog.

Er wollte keinen töten, er wollte sie nur aufhalten, und entgegen der Meinung Cliffs war er der Ansicht, daß auch ihn niemand töten würde, wenn er nur in die Luft schoß. Er war eben bloß ein Wissenschaftler und dachte normal ... mit Soldaten, die einen festen Auftrag haben, hatte er noch nie zu tun gehabt.

Campofolio tat, was er für gut und ungefährlich hielt: Er warf sich in Deckung und schoß in die Luft. Sofort verschwanden die Uniformen und ein Hagel von Geschossen umjaulte den geschützt liegenden Campofolio. Cliff Haller nahm diese Chance wahr – er kroch seitlich durch die Lücke zwischen zwei schießenden Soldaten, blieb auf gleicher Höhe mit ihnen im hohen Farn liegen und wartete. Mit Schrecken hörte er, als der erste Schußwechsel vorüber war, die Stimme Campofolios:

»Soldaten!« schrie er aus seinem Versteck. »Nicht schießen! Ich bin ein Freund! Ich werfe die Waffe weg! Ich bin Mitglied einer Expedition. Nicht schießen!«

»Dieser Idiot!« knirschte Cliff Haller. »Dieser arme Idiot!«

Auf der Lichtung erschien jetzt Campofolio, waffenlos, mit erhobenen Armen. Cliff hörte ein paar Soldaten lachen... dann ratterten kurz die Maschinenpistolen und überdeckten den Todesschrei Campofolios.

Cliff blieb liegen, bis die Soldaten neben ihm weiterrannten und sich um den Erschossenen scharten. Dann kroch er langsam weiter, bis er sicher war, daß man ihn nicht mehr hören konnte, und rannte in einem Bogen in die Richtung, die Ellen und Dr. Forster eingeschlagen hatten. Sie schienen Glück gehabt zu haben – in ihrer Gegend war alles still. Dr. Forster hatte sich einfach von den Soldaten überrollen lassen. In einem dichten Gebüsch, in einer Mulde mit fauligem Wasser, lagen er und Ellen dicht beieinander, hörten das Schießen hinter sich und wagten kaum zu atmen. Keine drei Meter neben ihnen brachen zwei Soldaten durch das Dickicht, kleine, drahtige Kerle mit gefleckten Mützen und Maschinenpistolen.

»Dieses Mal ist es gutgegangen...«, flüsterte Forster, als die Linie der Suchtruppe über sie hinweggegangen war. »Aber sie werden nicht lockerlassen. Es gibt keinen Bluthund, der umkehrt, wenn er die Spur gerochen hat.«

Sie warteten über eine Stunde, ehe sie weiterkrochen und sich dann endlich wieder aufrecht gehend durch den Urwald schlugen.

Am Abend, nach dem großen Regen und einem glühenden, dampfenden Nachmittag, warfen sie sich in einem Windbruch auf den Boden und schliefen Sekunden später vor Erschöpfung ein.

Schlangen? Wildkatzen? Giftige Spinnen? Skorpione?

Alles, alles war gleichgültig. Nur schlafen ... schlafen ... Der Körper war aus Blei.

Die bernsteinfarbene Frühsonne weckte sie. Es roch nach Rauch in ihrer Nähe, sie zuckten beide zur gleichen Zeit hoch und sahen sich um. Dr. Forster riß das Gewehr an die Wange.

Etwas abseits von ihnen saß Cliff Haller vor einem Feuerchen und briet ein Stück Fleisch. Es war ein großer Vogel, fast so groß wie ein Huhn.

»Guten Morgen«, sagte Cliff gemütlich. »Ich wußte gar nicht, daß du schnarchst, Ellen. Das beruhigt mich – ich schnarche nämlich auch.«

»Cliff!« Sie sprang hoch und stürzte in seine Arme. »Cliff ... du ... du ...« Weiter konnte sie nicht sprechen. Schluchzen würgte ihre Stimme ab. Dr. Forster blickte sich um. Cliff hob die Schultern und nickte über den Kopf Ellens hinweg.

»Campofolio hat's erwischt«, sagte er gepreßt. »Sie haben ihn erschossen, als er mit hocherhobenen Armen aus seiner Dekkung kam. Wir wissen also, was uns erwartet!«

»Jetzt sind wir nur noch drei.« Dr. Forster wischte sich über das Gesicht. Wie Cliff trug auch er jetzt einen wirren Vollbart. »Wer wird der nächste sein?«

»Keiner.« Cliff Haller streichelte Ellens zuckenden Kopf. »Ich garantiere Ihnen, Doc ... wir kommen durch!«

Am Rio Juma erfuhr José Cascal in dieser Stunde bereits durch Funk, daß die Suche nach Cliff Haller vergeblich verlaufen war. Man hatte Campofolio erschossen, natürlich irrtümlich. Die Soldaten seien nervös gewesen, meldete der Kommandeur der Truppe. Und außerdem habe der Mann zuerst geschossen. Ob in die Luft oder nicht ... das kann man im Urwald schließlich schlecht feststellen.

»Auf jeden Fall wissen wir jetzt, welche Richtung Haller einschlägt«, sagte Cascal in seiner Hütte am Rio Juma. Er stand vor der Karte und zeigte einem jungen Leutnant den Weg, den Cliff nach den Gesetzen der Logik gehen mußte. »Er wendet sich nach Osten und wird den Rio Repartimento überschreiten. Es ist ganz klar, daß er zum Rio Juruá will. Verflucht, das hätte ich mir denken können. Am Juruá kann er untertauchen, sich ein Boot kaufen und ungehindert bis Fonte Boa am Amazonas treiben. Wir sitzen hier am völlig falschen Ende, Leutnant!«

Zwei Stunden lang flogen die Meldungen zwischen dem Rio Juma und der Kommandantur in Manaus hin und her. Zwei Stunden lang zirpte es in den Geräten. Dann baute General Aguria einen neuen Sperrgürtel auf: Alle Orte am Rio Juruá wurden benachrichtigt, mit Wasserflugzeugen wurden zwei Kompanien nach Carauari, der größten Siedlung am Mittellauf des Juruá, geflogen, kleine, schnelle Motorboote nahmen die Kontrolle des Abschnittes zwischen Carauari und Vista Alegre auf – die mit den Weißen freundschaftlich verkehrenden Indios wurden mit einem Kopfgeld gelockt und beobachteten den Fluß Meter um Meter. In Fonte Boa wurde jedes aus dem Wald kommende Boot durchsucht. Bei dem Kautschukaufkäufer Ricardo Perès quartierte sich ein Feldwebel mit sieben Soldaten ein. Das war ein Zufall, und Perès hütete sich, dagegen zu protestieren. Er hatte das größte Haus am Fluß und gab sich so national, daß keiner Verdacht schöpfte. »Diese amerikanischen Hunde!« pflegte er zu schimpfen. In der Nacht aber funkte er zu seinem nächsten Kontaktmann: »Mein Bruder ist unterwegs. Er wird sehr müde sein.« Im Klartext hieß das: Cliff wird umgeleitet. Wartet weitere Nachrichten ab. Keine Anfragen.

Cascals taktische Maßnahmen legten ein Netz um Cliff Haller. Mit Rita Sabanea flog Cascal am nächsten Tag hinüber zum Rio Juruá und schlug seine Kommandostelle in Xué auf – dem Kautschuksammlerdorf, das dem Quellgebiet des Rio Repartimento am nächsten lag.

Am vierten Tag nach ihrem Durchbruch durch den Ring der Soldaten wurden sie erneut umzingelt. Cliff Haller merkte es erst, als rund um sie herum der Wald lebendig wurde und rotbraune nackte Gestalten mit Blasrohren und Pfeilen lautlos wie Gespenster auftauchten. Ellen stieß einen hellen Schrei aus, Dr. Forster riß das Gewehr hoch, aber Cliff schlug ihm den Lauf herunter.

»Keine Bewegung!« zischte er. »Keine Gegenwehr. Um Gottes willen, behaltet die Nerven! Wir können zehn von ihnen töten und haben fünfzig Giftpfeile im Körper. Sie wollen uns nicht umbringen, sie kommen in friedlicher Absicht.«

»Woher wollen Sie das wissen?« Dr. Forster stellte sich vor Ellen. Er deckte sie mit seinem Leib. Es war eine sinnlose Geste der Ritterlichkeit und konnte sie wirklich nicht schützen.

»Hätten sie uns töten wollen, wäre das längst aus ihren Verstecken heraus geschehen. Sie wollen uns mitnehmen. Uns mit den Giftpfeilen umzublasen, ist doch jetzt keine Kunst mehr.«

Ein großer, muskulöser Indianer trat aus dem Kreis der Nackten heraus und hob beide Hände. Er zeigte die Handflächen und Cliff nickte. Das Zeichen der Wehrlosigkeit, des Verhandelns. Er zeigte ebenfalls seine Hände und kam dem großen Krieger entgegen.

Was der Indianer sagte, verstand Cliff nicht. Aber er deutete die Zeichen richtig, die dieser machte ... ein Kreisen, ein Deuten in den Wald, das Abbild einer Hütte mit den Fingern zeigend. Cliff lächelte und gab dem Indio die Hand.

»Er lädt uns in sein Dorf«, sagte er zu Ellen und Dr. Forster. »Wir sollen keine Angst haben. Er bietet uns eine Hütte an.«

»So wie man eine Maus mit Speck in die Falle lockt.« Dr. Forster stand noch immer schützend vor Ellen.

»Nein! Wir sind hier im Urwald, Doc, vergessen Sie das nicht. Hier kennt man kein zivilisiertes Um-die-Ecke-Denken. Hier ist Ehrlichkeit die einzige Moral – im Töten wie in der Gastfreundschaft. Gehen wir mit ihnen.«

»Und wenn sie uns doch töten?«

»Wie wollen Sie das noch verhindern?« Cliff lächelte säuerlich. »Wir können nur noch an Überraschungen glauben ...«

Umgeben von den Indianern, zogen sie stundenlang durch einen fast nachtdunklen Urwald, in einem Tunnel, den die Indios durch das Blätterdach geschlagen hatten. Der Pfad endete an einem Fluß, an dem zehn große Boote lagen ... mächtige Einbäume, in denen bis zu zwanzig Krieger Platz hatten. Cliff deutete erfreut auf die Urwaldflotte.

»Sag' ich es nicht ... sie holen uns als Gäste ins Dorf. Um aus uns Schrumpfköpfe zu machen, bräuchten sie sich nicht die Mühe zu machen, uns mitzuschleppen.«

Die Fahrt auf dem trägen Fluß stromaufwärts dauerte bis zum Abend. Lautlos glitten die Kanus durch den Fluß, nur das Klatschen der Paddel und der Stoßstangen unterbrach die heiße, feuchte Stille. Dann weitete sich der Fluß, die Ufer wurden lichter, und auf einem aus dem Wald gehauenen Plateau sahen sie die Hütten des Dorfes, runde spitz zulaufende Bauten, gedeckt mit riesigen Blättern und geflochtenen Zweigen. Schweine und Hunde rannten am Ufer hin und her, die Ankunft der Boote war durch die Beobachter ausgerufen worden, aus den Hütten und von den kleinen Gärten am Waldrand liefen die Frauen zum Fluß, alle nackt, mit einer goldbraun glänzenden Haut – schlanke, schöne Gestalten von wundervollem Ebenmaß.

An einer fast europäisch anmutenden Landungsbrücke aus Holzplanken und in den Fluß gerammten Stämmen sammelten sich die anderen Krieger. Ein Wald von Federn und Lanzen, eine Mauer aus Muskeln und bemalter, leuchtender Haut. An der Spitze der Männer stand, vorne am Steg, ein Indio, dessen Kopfputz aus Paradiesvogelfedern im Abendwind wehte ... eine Federkrone aus roten, goldenen, blauen und schillernden Kostbarkeiten. Die Schwanzfeder eines goldenen Paradiesvogels ist mehr wert als zehn Köpfe der Feinde.

»Der Häuptling ...«, sagte Cliff Haller und hob grüßend die Hand. Der Krieger mit dem reichen Federputz grüßte zurück.

Vorsichtig legten die Boote an. Hilfreiche Hände hoben Ellen Donhoven an Land und trugen sie fast bis zu dem Häuptling.

»Das ist doch nicht möglich ...«, stammelte sie, als der Mann mit dem Federschmuck auf sie zukam und ihr seine Hand entgegenstreckte. »Das ist doch nicht wahr!« Und dann warf sie die Arme hoch und breitete sie aus, und ihr Schrei war so laut, daß Cliff und Dr. Forster entsetzt herumfuhren.

»Moco!« schrie Ellen. »Moco! Du bist das!«

»Willkommen, Senhorita, in meinem Land«, sagte Moco, beugte sich über Ellens Hand und küßte sie, wie er es in Manaus bei den vornehmen Weißen gesehen hatte. »Mein Volk heißt Sie willkommen.«

FÜNFTES KAPITEL

Cliff Haller war nach Überwindung der ersten Verblüffung schnell wieder der Mann, den nichts aus der Ruhe bringen konnte. Während Dr. Forster noch ungläubig den federgeschmückten und bemalten Wilden anstarrte und nicht zu begreifen schien, daß unter dieser Maske der ehemalige Missionszögling Moco steckte, ging Cliff mit ausgestreckten Händen dem Häuptling entgegen. Dr. Forster wurde von zwanzig hilfreichen Armen aus dem Boot an Land gehoben.

»Das nennt man eine Überraschung!« rief Haller. »Ich denke, Sie liegen verdaut in den Bäuchen der Piranhas?«

Dr. Forster verzog das Gesicht. Wie er sich sofort anpaßt, dachte er. Erst war Moco ein dreckiger Indio ... jetzt sagt er ›Sie‹ zu ihm. Auch Moco selbst schien das zu merken ... er übersah die ausgestreckte Hand Cliffs.

»Sie waren damals satt, die Fische«, sagte er abweisend.

»Der Urwald hat wirklich noch Geheimnisse!« lachte Cliff. Er sah sich um. Der Weg vom Ufer ins Dorf warf ein Spalier aus Kriegern, Frauen und Kindern. Die meisten waren nackt. Gutmütig lachten sie die Weißen an, rostbraune Kinder, Überbleibsel einer Urrasse, über die die Jahrhunderte hinweggerollt waren, ohne Spuren zu hinterlassen. Auf einer in den Urwald geschlagenen Lichtung standen die großen runden Hütten, balgten sich kleine schwarze Schweine und hingen hölzerne Kessel in der Glut niedergebrannter Feuer. Es roch nach gebratenem Fleisch und gekochten Kartoffeln.

»Mir gefällt das gar nicht«, sagte Cliff leise zu Dr. Forster, als sie Moco und Ellen ins Dorf nachgingen. »Für eine Weile sind wir hier sicher, gewiß ... aber es gibt nichts Schwatzhafteres als einen Indio. Es wird nicht lange dauern, und man weiß an den anderen Flüssen und bei den umliegenden Stämmen, daß Moco weißen Besuch hat. Und ebenso schnell werden es unsere Verfolger wissen! Mir wäre es lieber gewesen, wir hätten uns allein durchgeschlagen.«

»Eine Hilfe der urwalderfahrenen Indios kann nie schaden, denke ich.« Dr. Forster blieb stehen. Das Dorf vor ihnen war größer, als man vom Fluß aus annahm. Hütte lag neben Hütte, am Waldrand hatte man die großen Gemeinschaftsställe gebaut. »Moco war immer unser Freund ... den Beweis erbringt er jetzt.«

»Warten wir es ab, Doc!« Cliff Haller ging weiter und rückte mit großen Schritten näher zu Ellen auf. »Sie wissen nicht, was in diesem verdammten Land los ist! Hier gibt es dreierlei Jagden: eine auf Kautschuk, die zweite auf Orchideen, die dritte auf Indianer. Und die letzte ist die erfolgreichste. Es macht den brasilianischen Indianerjägern nichts aus, auch den Stamm Mocos bis zum letzten Säugling auszurotten. Es wäre nichts Neues und nichts Erwähnenswertes. Im Gegenteil – in diesem Fall hätte man sogar eine Begründung, warum man diese Menschen abschießt wie wilde Affen.«

»Ihr werdet bei uns bleiben, bis Ruhe ist«, sagte Moco, als sie im Dorf waren und eine Hütte zugewiesen erhielten. Sie war sauber gefegt, mit Palmblättern und aus Lianen geflochtenen Matten belegt. Nur durch die Schlupftür fiel Licht, aber das Halbdunkel war angenehm kühl gegen die drückende Schwüle draußen in der Sonne.

»Das tut gut!« stöhnte Dr. Forster und ließ sich auf das Blätterlager fallen. Er streckte sich aus und warf die Arme zur Seite. »Hier bleibe ich liegen und rühre mich die nächsten vierundzwanzig Stunden nicht mehr. Mein Gott, endlich einmal richtig schlafen können. Durchschlafen – wißt ihr überhaupt noch, wie das ist? Nur schlafen? Ellen, Cliff, ich weiß nicht, was heute noch passieren soll – ich möchte nur noch eins: schlafen!«

Moco hatte sie allein gelassen. Draußen hörten sie Schreien und Rennen ... es hörte sich an, als fielen alle übereinander her und zerfleischten sich.

»Ich nehme an, es wird jetzt ein Fest geben.« Cliff setzte sich auf den Boden und schnürte seine Stiefel auf. Erst jetzt sahen Forster und Ellen, daß seine beiden Füße übersät waren von Blasen.

»Das sieht ja schrecklich aus!« rief Ellen und kniete neben Haller. Sie nahm seine Füße hoch und blickte dann Forster an. »Haben wir noch Puder, Rudolf?«

»Puder? Genug.« Dr. Forster richtete sich auf. »Cliff, damit sind Sie tagelang gelaufen? Verrückt! Sie müßten doch vor Schmerzen schreien!«

»Es läßt sich ertragen ... man kann viel ertragen, Doc.«

»Wo ist der Puder?« fragte Ellen.

»Im Boot. Bei dem Gepäck. Ich hole es ...«

Dr. Forster stand auf und ging zur Tür. Haller hielt ihn an der Hose fest.

»Nun müssen Sie meinetwegen aufstehen, Doc.«

»Ich bin Arzt, Cliff. Sie können Schmerzen aushalten, weil Sie ein Abenteurer sind ... ich lindere die Schmerzen, wo immer ich sie finde, weil ich einen Eid abgelegt habe, jedem zu helfen, der einen Arzt braucht, ohne Rücksicht auf Ansehen und Person. Sogar Ihnen helfe ich ...«

Haller wartete, bis Forster die Hütte verlassen hatte. Dann griff er nach Ellen, zog sie zu sich hinüber und küßte sie lange auf den Mund. Hinterher sagte er: »Er könnte mich umbringen, was? Eigentlich ist er ein feiner Kerl. Nur etwas zu weich für dich, Baby!« Er zog sein Hemd aus der Hose, riß unten ein paar Fetzen ab und wartete, bis Forster mit dem wenigen Gepäck zurückkam, das sie noch mitschleppten. Das wichtigste war die kleine Notapotheke. »Und wenn ich sie mir um den Hals hänge wie ein Bernhardinerhund sein Cognacfäßchen ... sie ist das letzte, was ich wegwerfe!« hatte Forster gesagt. Und so war es auf dem ganzen langen Marsch durch die Grüne Hölle gewesen: Stück für Stück warfen sie weg, um leichter für den Gang durch diese grüne, dampfende Unendlichkeit zu werden. Die Apotheke blieb auf dem Rücken Forsters.

Mit Forster kamen auch sechs Mädchen in die Hütte. Sie brachten große Schüsseln aus Kürbisschalen mit warmem Wasser und begannen, die Gäste zu waschen. Man hatte jetzt keine Zeit, sich zu schämen, und vor wem sollte man das auch? Cliff, Dr. Forster und Ellen Donhoven ließen sich ausziehen, die kleinen braunen Hände drückten sie auf die Palmblätter zurück, und dann floß das Wasser über die nackten Körper und schabten die Hände den Schmutz und den Schweiß wochenlanger Qualen von der Haut.

»So etwas Ähnliches habe ich einmal in Japan erlebt«, grunzte Cliff wohlig und dehnte sich unter den kleinen, massierenden Fingern. »Hinterher ist man müde wie ein Marathonläufer, aber dann spürt man, wie frisches Leben durch alle Adern zieht. Verdammt, ich könnte vergessen, daß wir auf einer Gewehrmündung liegen...«

Auch Ellen Donhoven schloß die Augen. Ein wohliges Gefühl durchrann sie. Die flinken, kleinen Hände strichen über ihren Körper und schienen ihn zu verzaubern. Eine nie gekannte, selige Müdigkeit hob sie wie eine Feder hoch und ließ sie wegschweben. Ihre letzten Gedanken waren: Wie wunderbar ist diese Ruhe – dann schlief sie ein.

Fast gleichzeitig wachten sie auf. Trommelklang drang dumpf in die Hütte, dazwischen Gekreisch und ab und zu ein hoher, gellender Ton, sekundenlang, auf- und abschwellend wie eine Sirene. Cliff blickte auf seine Füße. Die Apotheke stand ungeöffnet an der runden, geflochtenen Wand. Statt dessen waren seine Füße mit großen Blättern umwickelt, und als er die Zehen in diesem Verband bewegte, merkte er, daß man die Füße dick mit einer Salbe eingerieben hatte.

»Moco scheint nichts von der modernen Medizin zu halten... er hat anscheinend zuviel in der Missionsstation gesehen«, sagte Haller sarkastisch. »Wetten, Doc, daß dieses Naturheilverfahren besser ist?« Er setzte sich auf und sah sich um. Die hilfreichen Hände, die sie in den Schlaf massiert hatten, mußten sie später auch wieder angezogen haben, denn sie waren nicht mehr nackt, sondern trugen wieder ihre Kleider.

»Wie fühlt ihr euch?«

»Wunderbar!« sagte Ellen und reckte sich. »So eine Stunde Schlaf wirkt Wunder.«

Ihr Erwachen schien gemeldet worden zu sein. Irgendwo saßen Beobachter und verfolgten alles, was in der Hütte geschah. Moco kam herein und lachte. Er trug nicht mehr seinen gewaltigen Paradiesvogelfederschmuck, sondern nur ein Stirnband aus Pantherfell.

»Guten Morgen, Senhorita und Senhores«, sagte er und blieb lachend an der Tür stehen. »Wir mußten dreimal das Essen kochen, bis Sie endlich aufwachten.«

»Guten Morgen?« Cliff fuhr sich über das Gesicht. »Moco, wie lange haben wir geschnarcht?«

»Einen und einen halben Tag...«

»Was?« Ellen sprang auf. »Ich dachte, eine Stunde!«

»Warum auf die Uhr sehen, Senhorita?« Moco fuhr mit beiden Händen durch die Luft. »Wir haben die Zeit vergessen... aber leider vergißt die Zeit nicht uns.«

»Sie haben viel gelernt bei den Pastoren, Moco.«

»Und viel Falsches, Senhor.« Moco senkte den Kopf, und sein Mund verkniff sich. »Ich habe gelernt: Liebet eure Feinde... kann man das wirklich? Kann man jemanden lieben, der einen Menschen jagt, nur weil er eine andere Hautfarbe hat? Wissen Sie, Senhor Haller, daß man in den letzten zehn Jahren über dreißigtausend Indios getötet hat? Einfach getötet, weil es Indianer waren. Und nicht nur die Männer, auch die Frauen und Kinder! Wie auf Tiere hat man auf sie Jagd gemacht. Es gab Prämien für jeden toten Indio. Und wenn man in den Stammesgebieten Kautschuk fand oder fruchtbares Farmland, dann wurden die Stämme ausgerottet, und ein weißer Großgrundbesitzer übernahm das leere, blutgetränkte Land. Aber niemand spricht darüber, in keiner Zeitung wird darüber geschrieben, kein Parlament behandelt es – man deckt die Morde mit Schweigen zu ... denn es sind ja nur Indios!«

»Sie haben viel gelernt, Moco«, sagte Cliff noch einmal und stützte sich auf Ellen. Er machte ein paar Schritte in den Blätterschuhen und fand, daß seine Füße nicht mehr brannten und daß er gehen konnte, als habe er nie die Sohlen voller blutiger Blasen gehabt.

»Nur deswegen bin ich zu den Weißen gegangen.« Gaio Moco trat aus der Hütte hinaus. Draußen flammten wieder die Feuer ... ein ganzes Schwein brutzelte über dem knisternden Holz. Frauen waren damit beschäftigt, aus einer unbekannten Frucht Mehl zu stampfen, während andere auf flachen, heißen Steinen dünne knusprige Fladen aus diesem graugrünen Mehl buken. Moco umfaßte mit einer weiten Armbewegung das Dorf und die Menschen. »Ich weiß«, sagte er dunkel, »daß auch wir unser Land verlieren und getötet werden, wenn die Fazendeiros erfahren, wie fruchtbar dieses Land ist. Darum wurde ich Missionsschüler, lernte ihre Sprache und beobachtete ihr Leben. Ich habe sie gesehen, wie sie auszogen zur Jagd auf die Indios – gleich Sportlern, die eine Medaille gewinnen wollen. Ich kenne sie alle, diese Mörder ... in die Kirche kamen sie, knieten nieder und beteten, ließen sich segnen und bestiegen dann ihre Wagen, um zum Töten zu fahren. Und ich habe gelernt und gelernt, um mein Volk vor dieser Gefahr zu schützen.«

»Er hat die höchste Stufe der Zivilisation erkannt«, sagte Cliff sarkastisch. »Moco, eine Frage: Warum bringen Sie uns nicht um?«

»Sie haben mich immer als einen gleichwertigen Menschen behandelt.«

»Das sind Sie doch auch!« rief Ellen Donhoven.

»Nein.« Moco schüttelte traurig den Kopf. »Für die meisten Weißen sind wir Ungeziefer.« Er zeigte auf den Platz, um den sich die Hütten gruppierten. »Mein Volk will Sie begrüßen. Kommen Sie bitte ...«

Später saßen sie auf Palmmatten, aßen das Schweinefleisch und die Fladen und tranken eine Art Bier, das süßlich schmeckte und aus dem Saft der jungen Palmsprossen gewonnen wird. Zwanzig nackte, herrlich gewachsene Mädchen tanzten vor ihnen ... sie standen in einem Halbkreis, wiegten sich in den Hüften und Schultern und stampften mit ihren schlanken Beinen den Boden. Dazu rasselten einige Handtrommeln und bliesen vier Männer auf Flöten, die sie aus Bambus geschnitzt hatten. Es war alles so, wie man es sonst in bunten Kulturfilmen sieht, wo unbekannte Völker anscheinend nichts anderes zu tun haben, als Feste zu feiern und zu tanzen. Aber hier, mitten im brasilianischen Urwald, umgeben von der unerforschten Weite aus Flüssen, Sümpfen und Dschungel, lag trotz aller Fröhlichkeit etwas Trauriges in den Bewegungen der nackten, schönen Mädchen, eine Angst, eine Ahnung vom Sterben ihres Paradieses.

»Wir alle dachten, Sie seien tot, Moco«, sagte Ellen. »Sie wurden doch in den Fluß gestoßen?«

»Ja, Senhorita.«

»Und wer war es?«

»Cascal.«

»Meine Ahnung!« Cliff hieb mit der Faust auf den Boden. »Er hat alles versucht, um die Expedition zur Umkehr zu zwingen. Wie sind Sie bloß aus dem Fluß wieder rausgekommen, Moco?«

»Die Piranhas greifen nur an, wenn sie Blut riechen. Ich war unverletzt ... ich tauchte unter und schwamm, so schnell ich konnte, zum Ufer. Cascal glaubte, ich sei in die Tiefe gezogen worden ...«

Die Mädchen vor ihnen hatten ihren Tanz beendet. Sie lächelten freundlich und verschwanden hinter den Hütten. Auch die Trommler und Flötenspieler erhoben sich und zogen sich zurück. In einem weiten Kreis umgaben die Krieger den

Festplatz. Vom Landungssteg am Fluß stießen drei lange Boote ab. Lautlos glitten sie, getrieben von den Stechpaddeln, schnell davon.

»Ich schicke jeden Tag Spähtrupps aus«, sagte Moco. »Uns wird man nicht überraschen.«

Ellen Donhoven zog die Beine an und umfaßte ihre Knie. Hier sind wir wirklich sicher, dachte sie. Und eigentlich habe ich das Ziel meiner Reise erreicht. Niemand hat es mir zugetraut, alle hielten es für Wahnsinn und ein Hirngespinst, sie haben mich ausgelacht und verspottet. Aber nun sitze ich hier im unerforschten Urwald, bei einem Indio-Stamm, der noch so lebt wie die Menschen in der Steinzeit... das ist so fantastisch, daß man es kaum glauben kann. Und dann dachte sie an die Toten, die dieser Weg gekostet hatte, und sie zog schaudernd die Schultern hoch.

»Gab es da nicht ein Mädchen, Moco?« fragte sie. »Wie hieß sie? Ynama... nicht wahr?«

»Ja.« Moco sah ernst in das Feuer.

»Haben Sie sie wiedergetroffen?«

»Ja.«

»Fröhlich klingt das nicht«, meinte Dr. Forster.

»Ynama ist krank!« Mocos kupferbraunes Gesicht war wie eine Maske. »Sie liegt seit Monaten und kann sich nicht rühren.«

»Und das sagen Sie uns erst jetzt?« Forster sprang auf. »Wo ist sie? Ich möchte sie mir ansehen. Wer hat sie denn untersucht, und wer behandelt sie?«

Moco hob abwehrend die Hand. »Danke, Doktor. Ein böser Geist ist in ihr...«

»Moco! Das sagen Sie als Missionsschüler? Als aufgeklärter Mensch? Böser Geist – so etwas gibt es doch nicht!«

»Nicht bei Ihnen... aber hier im Wald.«

»Dummheit! Ich möchte Ynama untersuchen, Moco.«

»Nein! Der Medizinmann ist bei ihr. Seit vier Wochen spricht er mit den Geistern. Es hilft nichts. Sie kann sich nicht bewegen. Aber sie sieht und hört alles.«

Dr. Forster blickte schnell zu Ellen. Sie verstand diesen Blick und legte Moco die Hand auf die Schulter.

»Und wenn ich Ynama untersuche?« fragte sie.

»Nein, oh nein!« Moco sprang auf und schien entsetzt zu sein. »Keine Frau darf zu ihr. Der Geist könnte sich teilen und auf sie überspringen. Jatupua weiß es genau.«

»Wer ist Jatupua?« fragte Cliff Haller.

»Der Medizinmann.«

»Immer dasselbe. Der Medizinmann mit seiner Geistermacht. Moco, draußen schießen sie Raketen zum Mond, und ihr glaubt an böse Geister!« Haller stand auf und zog Ellen vom Boden hoch. »Das ist euer Untergang, Moco. Daran werdet ihr alle einmal zerbrechen. Ihr senkt den Kopf vor den bösen Geistern, und die Weißen schlagen euch unterdessen den Schädel ein! Wo ist Ynama?«

»Jatupua wird euch nicht in die Hütte lassen.«

»Das lassen Sie unsere Sorgen sein.«

»Wollt ihr Unfrieden stiften?«

»Soll Ynama bis zu ihrem Lebensende steif auf der Erde liegen?« Ellen Donhoven sah, wie es in Moco arbeitete, wie er gegen den Götterglauben kämpfte und sein zivilisiertes Wissen dagegen setzte. Drei Jahre hatte er unter den Weißen gelebt und gelernt ... aber hier im Urwald war er wieder Indianer, eingefangen in den Mystikglauben seines Volkes.

»Versucht es ...«, sagte er endlich leise. »Ihr werdet Jatupua nicht überwinden können ... und die Geister auch nicht ...«

Auf dem Weg zu der Zauberhütte berichtete Moco, wie Ynama von dem bösen Geist überfallen wurde. Sie hackte in dem Gemüsefeld die Erde auf, als plötzlich vor Beginn des Regens ein feuriger Strahl aus den Wolken schoß und neben Ynama in die Erde fuhr. Dann folgte ein gewaltiger Donner, Ynama warf sich herum und wollte flüchten, aber da durchzuckte sie ein stechender Schmerz, verbrannte ihren Rücken – sie fiel auf die Erde und konnte sich nicht mehr rühren.

So erzählte es jedenfalls Moco, mit tiefer Ehrfurcht in der Stimme. Natürlich wußte er, daß es ein Gewitter gewesen war, mit Blitz und Donner... aber er hatte noch nie gesehen, daß ein Gewitter einen Menschen lähmt.

Dr. Forster und Ellen sahen sich an und dachten das gleiche. Cliff Haller hatte seine eigene Ansicht.

»Ein Schock, was?« sagte er. »So etwas gibt es. Habe das schon mal gelesen.«

»Ich glaube eher an eine Bandscheibenverschiebung. Das plötzliche Hochzucken durch den Schreck, eine falsche Drehung im Rückgrat, und schon springt so ein Ding heraus und klemmt bestimmte Nerven ein. Es kann zu Versteifungen kommen und im extremen Fall zu solchen Lähmungen!«

»Das leuchtet mir ein.« Cliff blieb stehen. Moco, der ihnen vorausgelaufen war, zeigte auf eine besonders große und schön geflochtene Hütte. »Und was wollen Sie nun unternehmen? Chiropraktik? Einrenken des Wirbels?«

»So ähnlich.« Dr. Forster nickte.

»Prost Mahlzeit, Doc! Lassen Sie die Finger davon. Ellen, ich beschwöre Sie... hören Sie in diesem Fall auch auf Moco. Wenn wir diese Ynama berühren und sie schreit auf, haben wir den ganzen Stamm am Hals! Sollen sie an ihre Geister glauben.«

»Cliff, das ist unmöglich!« Ellen machte sich mit einem Ruck aus Hallers Griff los. »Ich bin Ärztin. Ich weiß, ich kann hier helfen, und ich werde helfen!«

»Auch auf die Gefahr hin, ein Schrumpfkopf zu werden?«

»Das wäre das letzte, was ich Moco zutraue.«

»Der Glauben an die Menschlichkeit und die Erziehung! Ellen, das ist doch Unsinn! Und wenn Moco zehn Jahre zivilisiert erzogen worden wäre – in dem Augenblick, wo er wieder bei seinem Stamm lebt, ist er ein Indio! Das hat er uns doch deutlich zu verstehen gegeben.«

»Und wenn ich Ynama heile, werden sie uns verehren wie die Götter... das ist die andere Seite der Logik.«

»Wenn! Bist du so sicher?«

»Das wird erst die Diagnose zeigen.«

Moco ging voran in die Hütte. Der große runde Raum war erleuchtet von einigen kleinen Tongefäßen, in denen Öl brannte. Der stinkende Rauch zog durch ein Loch in der Wand ab, aber es blieb eine die Kehle ätzende Luft zurück.

Ynama lag lang ausgestreckt auf einem Lager aus Pantherfellen. Sie war ein hübsches Mädchen, schlank und größer als die anderen Frauen des Stammes. Ihr langes schwarzes Haar war unter ihrem Kopf ausgebreitet wie ein Tuch. Neben ihr hockte auf einem Holzklotz der Medizinmann Jatupua. Er hielt ein mit Paradiesvogelfedern beklebtes langes Holzstück in der Hand und strich dann damit unentwegt über den nackten Leib der Kranken. Als die Weißen eintraten, blickte er nur kurz auf und setzte dann seine stumme Geisterbeschwörung fort. Moco ging ehrfürchtig auf ihn zu, beugte sich zu ihm hinunter und sprach schnell mit ihm in einer kehligen Sprache. Jatupua schüttelte den Kopf. Moco richtete sich auf.

Da ein Kopfschütteln international ist, fiel Ellen ein, bevor Moco etwas sagen konnte: »Erklären Sie ihm, daß wir auch Medizinmänner sind. Auch wir können mit Geistern umgehen ...«

Moco zögerte, dann übersetzte er es. Jatupua unterbrach das Streicheln des Körpers mit dem Federstab und antwortete.

»Er sagt«, meinte Moco bedrückt, »daß eure Geister nicht unsere Geister sind. Außerdem seid ihr weiß.«

»Aha!« Cliff lachte rauh. »Ihr seht, Freunde, das Rassenproblem ist keine Erfindung von Reinheitsfanatikern! Selbst im unbekannten Urwald geht's um die Hautfarbe!«

Ellen trat näher an Ynama heran. Mit gesenktem Kopf beobachtete Jatupua sie, und als sie die Hand ausstreckte, schlug er mit dem Stab Ellen auf den Arm. Sie zuckte zurück und sah sich um. Dr. Forster hatte die Apotheke geöffnet und suchte die vorletzte Ampulle mit dem Narkosemittel. Moco schob die Unterlippe vor und hielt Forsters Hand fest.

»Sie wollen ihr eine Spritze geben?«

»Ja. Ynama wird das Einrenken des Wirbels nicht spüren.«

»Sie hat noch nie eine Injektion bekommen. Sie wird schreien.«

»Erklären Sie ihr vorher, Moco, was geschieht. Und vor allen Dingen – entfernen Sie den Medizinmann.«

»Das ist unmöglich, Doktor. Jatupua ist mächtiger als ein Häuptling. Mir gehorchen die Menschen, ihm aber die Götter.«

»Dann sagen Sie Ynama, sie soll ihn wegschicken.«

»Er wird sie verfluchen.«

»Das wird sie überleben.«

»Und er wird euch hassen.«

»Auch das ist zu ertragen.« Dr. Forster hatte die Ampulle gefunden, köpfte sie und zog die Spritze auf. »Moco, Sie wollen doch, daß Ynama wieder laufen kann.«

»Ich habe dafür jeden Tag den Göttern geopfert.«

»Das sagen Sie als getaufter Christ?«

»Hier sind wir im Urwald, Doktor – da ist die Welt anders als in Manaus.«

Moco ging wieder zu Jatupua und spach auf ihn ein. Dann sprach er mit Ynama, und sie rief dem Medizinmann etwas zu, was wie ein Befehl klang. Jatupua erhob sich – er war klein und dick und reichte Cliff Haller nur bis zur Brust. Aber seine Augen funkelten wie glühende Kohlen, und sein breites Gesicht war nicht nur durch die wilde Bemalung eine verzerrte Fratze. Er stieß gurrende Laute aus und hob dann den Federstab hoch, umklammerte ihn mit beiden Händen und zerbrach ihn in der Luft. Ynama stieß einen hellen Schrei aus ... Moco wich bis zur Wand zurück.

»Jetzt geht's los«, sagte Cliff ernst. »Ich habe euch gewarnt!«

»Er verflucht uns«, stammelte Moco. Sein Gesicht spiegelte wirkliche Angst wider. »Er hat den höchsten Gott zur Rache gerufen.«

»Dann warten wir mal auf ihn, Moco! Wie kommt er zu uns? Als Riesenschlange?« Dr. Forster kniete mit der Spritze neben Ellen.

»Spotten Sie nicht«, flüsterte Moco. »Er läßt giftige Mükken über uns herfallen ...«

»Unser Doc wird ein Held!« Cliff behielt Jatupua im Auge. Der Medizinmann stand an der Tür und stieß grunzende Laute aus. Und mit jedem Laut wurde Moco kleiner, bis er auf der Erde lag, das Gesicht an den Boden gedrückt, niedergeschmettert von der herbeigerufenen Rache der Götter.

Ynama sah Dr. Forster und Ellen Donhoven mit flackernden Augen an. Aber sie stieß keinen Schrei aus, als Forster ihr die Nadel in den Oberschenkel stieß und das Betäubungsmittel injizierte. Dann lächelte sie plötzlich – es war der Augenblick, in dem sie in die Schwerelosigkeit glitt, in der sie sich wie eine Feder fühlte, um dann wegzusinken in das Vergessen.

»Führen Sie den Alten raus, Cliff!« sagte Forster. »Wenn er sieht, was wir jetzt mit Ynama machen müssen, glaubt er, wir wollten sie umbringen.«

»Ist's so schlimm?«

»Haben Sie schon mal das Einrenken eines Rückenwirbels miterlebt? Das geht nach dem Hebelgesetz. Dort, wo der Wirbel herausgesprungen ist, muß ich den Körper so biegen und gegen das Rückgrat drücken, bis er wieder einschnappt. Das sieht für einen Laien wie eine Marterung aus.«

»Ist's überhaupt die Bandscheibe?« fragte Cliff.

Ellen Donhoven hatte Ynama auf den Bauch gedreht. Sie betastete den Rücken und klopfte mit dem Mittelfinger auf eine Stelle. »Hier«, sagte sie. »Der sechste Lendenwirbel. Ganz deutlich spürbar. Wir müssen es versuchen.«

»Versuchen ... das klingt schon faul!« Cliff Haller faßte den noch immer grunzenden Jatupua an den Schultern und schob ihn aus der Hütte. Der Medizinmann wehrte sich nicht ... aber seine fast tierischen Laute verstärkten sich und lockten die anderen Männer heran. Bewaffnet mit Blasrohren und Pfeilen rannten sie herbei und umzingelten die Hütte. Haller ließ den Alten vor der Tür stehen und ging zurück in den runden Raum.

»Du hattest doch die verrückte Idee, indianische Pfeilgifte zu erforschen«, sagte er zu Ellen, die gerade Ynama auf die Seite drehte. »Du kannst es nachher, wenn eure Therapie schiefgelaufen ist, ausprobieren. Draußen stehen zweihundert Krieger, die euch vollpumpen mit dem unbekannten Saft.«

»Moco.« Dr. Forster richtete sich auf. »Sprechen Sie zu Ihren Leuten. Sagen Sie ihnen, daß wir Ynama helfen.«

Moco schwieg und schüttelte den Kopf. Er lag noch immer auf der Erde, mit dem Gesicht nach unten. Cliff verstand ihn... ein Häuptling ist nur so stark, wie es die Götter wollen. Erzürnt er sie, hat jeder des Volkes das Recht, ihn zu töten.

»Also los denn«, sagte Dr. Forster. Er kniete vor Ynama, drückte seine Knie gegen ihren Leib und bog den Körper wie eine Bogensehne um sich herum. Dabei drückte er mit der flachen Hand gegen den herausgesprungenen Wirbel. Ellen hielt den Kopf der betäubten Ynama hoch und holte ihr die Zunge aus dem Mund, damit sie nicht in der Narkose erstickte. Es war kein schöner Anblick, und Cliff drückte es so aus:

»Da hört man immer, wie elegant die Ärzte arbeiten. Wenn man euch zusieht, denkt man, man sitzt bei den Catchern!«

Dreimal ruckte Dr. Forster an dem gebogenen Körper Ynamas, es sah aus, als wolle er ihn brechen wie eine Gerte, dann hörte man einen deutlichen Knacks, und Forster ließ das Mädchen vorsichtig auf die Matte zurückgleiten.

»Gratuliere, Rudolf...«, sagte Ellen leise. Sie schwitzte plötzlich, und sie wußte, daß es nackte Angst war. »Hoffen wir, daß auch die Nerven wieder freiliegen.«

»Die Wirbel stehen gut.« Forster tastete noch einmal das Rückgrat ab. »Wenn sie aus der Narkose erwacht, müßte sie sich bewegen können.«

»Das wäre fabelhaft.« Cliff steckte die Hände in die Taschen. »Dann können wir machen mit den Indios, was wir wollen. Sie werden uns blindlings gehorchen.«

Sie verließen die Hütte und blieben draußen stehen. Der Ring der finsterblickenden Krieger erschreckte sie nicht mehr. Auch Jatupua schwieg jetzt. Er wartete auf die Niederlage der Weißen. Er wartete auf die Rache der Götter.

Im Inneren der Hütte war Moco neben Ynama gekrochen und hob ihren Kopf in seinen Schoß. Er streichelte ihr Haar und ihr Gesicht und sprach leise auf sie ein. Er küßte und umarmte sie, und in seiner Unklammerung wachte sie auf, bewegte sich und schlug die Augen auf.

»Gaio«, flüsterte sie. »Gaio, ich war bei den Göttern.«

»Und du bist geheilt? Du kannst dich bewegen, du kannst wieder gehen?«

»Ich weiß es nicht.«

Er hob sie hoch, und sie hing in seinen Armen, wenige Zentimeter über dem Boden. Ihre Augen flackerten vor Angst.

»Versuch es, Ynama ...«

»Ich habe Angst, Gaio.«

Er ließ sie auf die Füße gleiten und hielt sie noch immer fest. »Spürst du den Boden?«

»Ja.«

»Bewege die Beine.«

Ynama tat es – ein Schrei wollte sich ihrer Kehle entringen – sie warf den Kopf nach hinten und breitete die Arme aus:

»Ich fühle den Boden«, stammelte sie. »Ich fühlte ihn. Ich kann stehen ...«

»Und gehen ... Ynama ... und gehen ...« Moco ließ sie los und sprang drei Schritte zurück. Ynama schwankte, suchte Halt und fand keinen. Da straffte sich ihr Körper, und vorsichtig, ganz langsam tastend, schob sie den einen Fuß vor den anderen. Und dann noch einmal und dann wieder ... vier-, fünfmal ... bis sie etwas torkelnd herumlief, immer im Kreis, an der Hüttenwand entlang; und Moco stand an der Tür, hatte die Hände gefaltet und betete zu dem weißen Gott, den keiner hier im Wald kannte und der doch stärker war als alle anderen Götter.

Dann faßte er Ynama an der Hand und ging mit ihr hinaus ins Freie. Stumm starren die Männer Ynama und Moco an. Sie beobachteten ihren Gang, und sie lief vor ihnen herum, als sei sie nie gelähmt gewesen, und lachte dabei und klatschte in die Hände.

Jatupua, der Zauberer, verließ mit gesenktem Kopf den Kreis und entfernte sich. Niemand beachtete ihn mehr, keiner sprach ihn an. Die Götter hatten ihn ausgestoßen, seine Macht war verflogen wie Nebel. Auch als er ein kleines Boot nahm und vom Ufer abstieß, fragte ihn keiner, wohin er wolle... allein, eingehüllt in seinen Federmantel, hockte er in dem Einbaum und ließ sich wegtreiben. Die ganze Tragödie des Erfolglosen widerfuhr ihm... hier, im Urwald, wo nur die Stärke gilt, war sein Sturz in das Dunkel doppelt schnell und tief.

Nur Moco ging hinunter zum Fluß und sah dem wegtreibenden Boot nach. Sehr nachdenklich kam er zurück zu Cliff, Dr. Forster und Ellen.

»Ynama ist gesund, aber Jatupua habt ihr die Seele genommen. Er wird sich rächen«, sagte er. »Ein besiegter Zauberer ist ein toter Mann... er muß leben wie ein Käfer. Ich werde Jatupua töten lassen.«

»Nein!« Ellen hielt Moco fest. »Das dürfen Sie nicht. Das wäre Mord.«

»Hier gibt es andere Begriffe, Senhorita. Wenn wir Jatupua nicht töten, werden *wir* sterben. Er wird uns die Weißen auf den Hals hetzen.«

»Nur, weil er einmal blamiert wurde?« Dr. Forster lachte. »Moco, er wird doch nicht sein ganzes Volk deswegen opfern. Ich glaube, er baut sich etwas unterhalb des Dorfes eine Hütte und lebt als Einsiedler weiter.«

»Glauben Sie das, Doktor? Ich kenne meine Rasse besser. Ihm sind wir alle verhaßt, weil wir ihn ausgestoßen haben. Die Menschen hier denken wie die Tiere ... friß, sonst wirst du gefressen. Es ist eine andere Moral als bei Ihnen.« Moco lächelte schwach. »Lassen Sie uns vergessen, was war. Wir wollen fröhlich sein und Ynamas neues Leben feiern.«

Eine Stunde später fuhren heimlich zwei Boote dem Einbaum Jatupuas nach. Cliff bemerkte es, aber er schwieg. Hoffentlich finden sie ihn noch, dachte er kalt. Wie leicht kann sonst aus diesem Paradies eine Hölle werden ...

Am Abend saßen sie in ihrer Hütte und tranken aus Tonbechern das süße Palmenbier. Ellen lag schon auf ihrem Blätterbett und sah Cliff zu, wie er seine Taschen auspackte.

Eine Pistole. Drei Rahmen mit Munition. Lose Patronen. Die zusammengeknüllte Fotokarte. Ein Messer mit Scheide. Eine schmale, kaum fingerlange Kamera. Cliff wog sie in der Hand, warf sie spielerisch empor und fing sie wieder auf.

»Das ist das Wertvollste, was ein Mensch in den letzten Jahren bei sich trug«, sagte er nachdenklich. »Verdammt, ich muß es aus dem Wald bringen, und wenn es noch hundert Tote kostet. Was hier drin ist, Freunde, ist das Leben von einigen Millionen wert ... da hört man auf, zimperlich zu sein. Versteht ihr das?«

»Nur bedingt.« Dr. Forster streckte sich aus. »Ich schlage vor, Cliff, Sie machen sich allein auf die Wanderschaft wie der arme Jatupua. Sie haben Ihren Auftrag, und es ist unfair, andere hineinzuziehen.«

»Was reden Sie da, Rudolf?« Ellen Donhoven drehte sich zu Dr. Forster. »Ich bleibe bei Cliff, das wissen Sie doch.«

»Das ist das Verrückteste, was Sie sich je ausgedacht haben.«

»Es steht Ihnen immer noch frei, umzukehren«, sagte Cliff.

»Sie wissen genau, daß ich das nicht kann. Ich lasse Ellen mit Ihnen erst allein, wenn wir alle in Sicherheit sind. Vielleicht wird sie in einer anderen Umwelt vernünftiger. Sie werden immer ein Abenteurer bleiben, Cliff.«

»Irrtum. Das ist mein letzter Job.« Cliff Haller legte sich auch hin. Die Kamera steckte er in einen Lederbeutel, den er an einer Nylonkordel um den Hals trug. »Wenn ich den Film und den Bericht abgeliefert habe, werde ich den CIA verlassen und der letzten Tür einen Tritt geben, damit sie auch richtig zufällt.«

»Und was wollen Sie dann tun? Wovon wollen Sie leben?«

»Von meinem richtigen Beruf. Ich bin Lehrer.«

»Was sind Sie?«

»Professor an einem College.« Cliff hüstelte. »Ich habe neuere Geschichte unterrichtet.«

Drei Wochen blieben sie bei Moco und seinem Volk. Während Cliff Haller mit seinen neuen roten Freunden auf die Jagd ging und sich im Schießen mit dem Blasrohr übte, dem lautlosen Tod, der hier im Urwald hundertmal gefährlicher war als ein Maschinengewehr, das 3000 Schuß in der Minute herunterrasselte, zeigte Moco seinen beiden anderen Gästen mit Stolz verschiedene unbekannte Gifte, mit denen die Pfeile und Speere präpariert waren.

Er demonstrierte ihre schreckliche Wirkung an Tieren. Er ließ Schweine und Vögel schießen, ritzte mit vergifteten Holzsplittern Fischen die Haut auf, ließ einen Panther fangen und schlitzte ihm mit einem vergifteten Messer nur leicht das Fell auf.

Die Wirkung war immer tödlich. Manchmal in Sekundenschnelle, ein paarmal dauerte der Todeskampf der Tiere Minuten. Ellen überwand sich und redete sich ein, daß diese Tiere für die Forschung geopfert würden ... aber es war trotzdem schrecklich anzusehen, wie die Tiere durch das Gift alle Kraft verloren, sich auf die Seite wälzten und unter Zuckungen starben.

Zehn Tage lang sezierten Dr. Forster und Ellen die Kadaver, um Veränderungen an den Organen festzustellen. Sie fanden nichts.

Ab und zu war auch Cliff bei ihnen und schüttelte den Kopf. »Nun wißt ihr, daß es Nervengifte sind«, sagte er. »Na und? Was habt ihr davon? Unsere chemischen Gifte sind ebensogut. Lohnt es sich, dafür in den Urwald zu ziehen?«

An einem Abend, nach dem Essen, sagte Cliff Haller: »Ich wollte es euch nicht gleich sagen, aber man hat Jatupua nicht gefunden. Er ist wie vom Erdboden verschwunden. Seit zwölf Tagen suchen sie ihn. Es wird Zeit, daß wir aufbrechen, Leute. Ich rieche förmlich die Gefahr. Auch Moco hat Sorgen. Er spricht nur nicht darüber. Die Hälfte seiner Krieger ist ständig auf Streife. Sie kontrollieren ein Gebiet von dreißig Quadratkilometern. Das ist im Urwald ungeheuer viel. Den Fluß beobachten sie auf fünfzig Kilometer Länge. Gestern flog ein Hubschrauber über den Unterlauf. Die Männer dachten an ein riesiges Insekt, das die Götter schickten, und verkrochen sich. Jetzt ist Moco dabei, ihnen zu erklären, was die Weißen alles an Waffen haben. Heute morgen habe ich vierhundert Krieger an das Knallen von Gewehren gewöhnt... es hat mich vierundzwanzig Patronen gekostet. Leute, ich habe ein Kitzeln unterm Herzen... wir müssen hier weg, ehe es zu spät ist.«

»Und Moco und sein Stamm?« fragte Ellen.

»Er ist dabei, einen Plan zur Evakuierung des Dorfes zu machen. Er will neue Gebiete erschließen und mit seinem Stamm auf Wanderschaft gehen.«

»Und alles wegen uns. Cliff, ich glaube, wo ich auftauche, bringe ich Unglück.«

»Was für ein Gedanke, Baby.« Haller gab Ellen einen flüchtigen Kuß auf die Stirn. Es war seit Wochen die einzige Zärtlichkeit, die sie austauschten. Flüchtige Küsse, ein Berühren der Lippen nur, ein Kontakt bloß: Wir gehören zusammen. »Ynamas Heilung hat alles ins Rollen gebracht, und für Moco ist die Gesundheit Ynamas eine Wanderung zu neuen Gebieten, an einen anderen, unbekannten Fluß, wert.«

»Und wann sollen wir aufbrechen?« fragte Forster.

»Moco meint, in sechs Tagen. Mit siebzig Booten will er abfahren. In der Nähe des Rio Juruá trennen wir uns dann von ihm. Er zieht weiter nach Süden, zum Rio Babonà, in das Gebiet der Xeroanes. Es wird blutige Kämpfe geben, aber Mocos Männer haben vorzügliche Giftpfeile – ihr kennt sie ja.« Cliff versuchte ein Grinsen, aber es mißlang. »Immer dasselbe, meine Lieben. Ob in der alten Welt oder der unentdeckten: man schlägt sich tot wegen des Lebensraumes.«

In diesen Wochen baute General Aguria ein lückenloses Netz um das ganze Gebiet zwischen Rio Repartimento und Rio Juruá. José Cascal und Rita Sabaneta verhörten jeden Indianer, der aus den Wäldern an den Fluß kam, um Tauschgeschäfte zu machen. Die meisten nackten, manchmal auch mit Lumpen bekleideten Indios erhielten von Cascal Zigarren und eine keine Flasche Schnaps; für den Fall, daß sie drei Weiße sehen würden, zwei Männer und eine Frau, versprach er ihnen eine ganze Kiste voll Zigarren und vier große Flaschen Schnaps.

Aber der Wald schwieg. Cliff und seine Begleiter schienen von der Grünen Hölle aufgesaugt zu sein.

General Aguria, der mit einem Wasserflugzeug im Rio Juruá landete und Cascal besuchte, wurde immer unruhiger.

»Hoffentlich ist Ihre Vermutung richtig«, sagte er besorgt. »Wenn uns Haller wieder ein Schnippchen schlägt, ist es für uns tödlich. Seine Fotos sind einen ganzen Krieg wert!«

»Wo soll er hin?« Cascal fuhr mit dem Finger über die Karte. »Nach Süden, das wäre kompletter Irrsinn. Da schlägt er sich zwei Jahre durch den Wald. Den alten Weg zurück? Unmöglich, denn er muß damit rechnen, daß hier kein Loch mehr zum Durchschlüpfen ist. Also bleibt ihm nur der Weg zum Rio Juruá. Es sei denn, man holt ihn aus der Luft ab.«

»Genau daran habe ich gedacht.«

»Und genau das ist nicht mehr möglich. Wie soll er seine Position angeben ohne Funkgerät? Wo sollen ihn die Abholer in der Nacht suchen? Es geht hier nicht um ein Stückchen

Wiese, sondern um einige hundert Quadratkilometer. O nein, General, Cliff Haller kommt am Rio Juruá aus dem Wald! Wir müssen nur Geduld haben. Und mit unserer Ungeduld rechnet er. Er hat jetzt Zeit. Er kann Wochen mißachten. Und er denkt: Mit jeder Woche werden sie nachlässiger. Nach einem Monat, nach zwei Monaten schlafen sie im Stehen. Nach drei Monaten weiß keiner mehr, warum man überhaupt noch Wache schiebt. Und wenn wir soweit sind, dann kommt er – und weg ist er!« Cascal trank einen Schluck Fruchtsaft. »Behalten wir die Ruhe, General, denken Sie an die Katze, die stundenlang unbeweglich vor einem Mauseloch sitzen kann und dann mit spitzen Krallen zuschlägt.«

Bis auf diese Aussprachen war das Leben am Rio Juruá wie das Wohnen in einem Paradies. Rita war eine Geliebte, von der sich Cascal – das hatte er sich vorgenommen – auch nicht trennen würde, wenn hier seine Aufgabe erfüllt war. Ich nehme sie mit nach Manaus, dachte er. Ich werde sie vielleicht sogar heiraten. Ich bin ein Mann von 35 Jahren, da muß man daran denken, eine feste Heimat zu haben und ein Weib, das kocht, wäscht und den trüben Alltag aufheitert. Wer könnte das besser als Rita?

An einem Sonntag meldeten Arbeiter eines Vermessungstrupps, der durch den Urwald zog, um Land zu arrondieren, daß man einen alten, entkräfteten Indianer in einem Einbaum aus dem Fluß geholt hatte. Er konnte kein Wort Portugiesisch, und der Indianerdolmetscher übersetzte, daß der Alte Jatupua hieße, von einem Fluß Numumu käme – einem Fluß, der auf der besten Karte nicht verzeichnet war – und daß ihn drei Weiße von seinem Stamm vertrieben hätten. Zwei Männer und eine Frau. Weiße Zauberer, die die Götter beleidigt hätten.

Cascal machte einen Luftsprung, als der Militärbefehlshaber in Carauari ihm den Funkspruch brachte.

»Das sind sie!« schrie Cascal und küßte Rita vor allen Anwesenden. »Das sind sie! Am Rio Numumu ... wo ist das?«

»Keine Ahnung. Aber es muß ein Fluß sein, der näher am Rio Coari als am Rio Repartimento liegt.«

»Also doch!« rief Cascal und beugte sich über die Karte. »Cliff Haller schlug einen Bogen und marschiert auf den Juruá. Der einzige Weg, der ihm bleibt!« Er blickte hoch. »Weiß es der General?«

»Er ist vor zehn Minuten angerufen worden.«

»Und was sagte er?«

»Wenig.« Der Hauptmann grinste breit. »Nur ein Wort: Alarm!«

»Das genügt auch!« Hinter Cascal schellte das Telefon. Er wirbelte herum und nahm ab. Stumm hörte er auf die Stimme am anderen Ende der Leitung. Seine Augen glänzten wie im Fieber. Dann legte er auf und sah den Hauptmann, Rita und die anderen Soldaten mit einem vor Freude verzerrten Gesicht an.

»General Aguria war es. Die II. und III. Fallschirmjäger-Kompagnie sind bereits verladen und werden mit Hubschraubern in das Gebiet geflogen. Sie haben Schwimmer anmontiert und können also auf dem sagenhaften Rio Numumu wassern. Ich selbst werde in einer halben Stunde abgeholt und fliege in das Kampfgebiet.«

»Gratuliere«, sagte der Hauptmann. »Es ist ein großer Erfolg für Sie.«

»Man muß nur logisch denken können.« Cascal blickte zu Rita. Ihre Augen glühten, die vollen, sinnlichen Lippen zitterten. »Ich bringe ihn lebend«, sagte Cascal heiser. »Du kannst ihn dann zerreißen, Raubtier –«

Sie kamen von allen Seiten.

Die Späher Mocos meldeten, daß Männer aus summenden Riesenmücken an großen runden Flügeln in den Wald schwebten. Andere Wachen am Fluß meldeten mit Trommelzeichen, daß diese Mücken auf dem Fluß gelandet seien und langsam hinabfuhren.

»Jetzt ist es soweit«, sagte Cliff. »Sie haben uns im Netz. Drei Tage kommen sie zu früh... in drei Tagen wären wir untergetaucht und das Dorf verlassen gewesen.«

»Und jetzt wird es wieder Tote geben«, sagte Ellen voll Schauder.

»Es wird Tote regnen.« Cliff sah, wie Moco seine Krieger in einzelne Gruppen einteilte. Die Frauen und Kinder wurden in die Boote verladen, alte Männer lenkten und ruderten sie. Dann kam Moco zu Cliff und Ellen. Dr. Forster war unten am Ufer und verband zwei Indios, die sich beim schnellen Rückzug an spitzen Dornen verletzt hatten.

»Wir werden die Frauen und Kinder zum Rio Danauri bringen«, sagte Moco. Er war in diesen Stunden um Jahre gealtert. Tiefe Furchen durchzogen sein noch junges Gesicht. »Das ist ein überwachsener, verschlammter Fluß, wo niemand ihnen folgen kann. Dort werden sie auf uns warten.«

Aus dem Busch trafen immer neue Späher ein. Drei kleine Boote legten an. Hastige Worte wurden gewechselt. Moco nickte immer wieder und machte wilde Zeichen in die Luft.

»Sie haben uns umzingelt«, sagte er. »Aber sie kommen in weit auseinandergezogener Kette. Das ist ein Fehler. Ich werde meine Krieger auf die Bäume setzen und von dort aus jeden Soldaten, den sie sehen, mit dem Blasrohr töten lassen. Aus dem Wald droht keine Gefahr – dort kommen sie nicht weiter. Aber das Flugzeug auf dem Fluß. Wir können es nicht angreifen mit unseren Booten.«

»Den Hubschrauber übernehmen wir.« Cliff Haller steckte die Finger in den Mund und stieß einen grellen Pfiff aus. Dr. Forster am Ufer fuhr herum. Er nahm seine Apothekentasche und rannte zum Dorf hinauf. »Wir haben zwei Gewehre und drei Pistolen«, sagte Haller. »Es muß uns gelingen, mit gezielten Schüssen den Motor zu treffen. Dann sind sie hilflos. Es ist unsere einzige Chance.« Er wollte noch etwas sagen, aber dann blieb ihm das Wort im Munde stecken. Zwischen den Hütten tauchte Ynama auf, in der Hand ein langes Blasrohr und vor sich einen Köcher voller Giftpfeile. »Was soll denn das?« fragte Cliff. »Moco, schicken Sie Ynama zu den anderen Frauen.«

»Sie will nicht, Cliff.« Mocos Augen strahlten. »Bleibt Senhorita Ellen nicht auch bei Ihnen, mit der Pistole in der Hand? Ynama ist wie Ellen. Sie verläßt mich nicht.«

»Mir kommen die Tränen vor so viel Heldentum!« schrie Cliff. »Wir drehen hier keinen Hollywoodfilm – es geht um unser verdammt nacktes Leben! Moco, nehmen Sie Ihre Ynama und hauen Sie ab. Ihr Volk braucht Sie noch. Das Kommando hier übernehme ich.«

»Ich müßte mich anspucken, Senhor«, sagte Moco feierlich, »wenn ich jetzt zu den Frauen liefe. Dieser Kampf geht auch um mein Volk – und ich bin ihr Häuptling!«

»Und dafür haben Sie drei Jahre die Missionsschule besucht?« Cliff lachte rauh. »Moco, ich danke Ihnen.«

»Für was?«

»Für Ihre verfluchte Dummheit, aus lauter Freundschaft jetzt vor die Hunde zu gehen.«

Von weitem hörte man einzelne Schüsse, darauf ein helles Knattern: Maschinenpistolen. Moco winkte seinen Kriegern. Wie Geister verschwanden die bemalten Gestalten im Dschungel. Jeder hatte seinen Auftrag, jeder wußte, was zu tun war: Töten! Jeden töten, den er sah. Lautlos töten ... mit einem geblasenen Pfeil, dessen Spitze vergiftet war. Ein Pfeil, der aus dem Nichts, aus dem grünen, wogenden Dach des Waldes herunterschoß auf sein Opfer.

Langsam, mit lautem Knattern, näherten sich drei Hubschrauber auf dem Fluß. Mit ihren trägen Schwimmern schoben sie sich durch das Wasser.

Es war die letzte Meldung, die im Dorf eintraf. Dann riß die Verbindung zu den Kriegern am Fluß ab.

»Drei Hubschrauber also.« Cliff Haller zog die Augenbrauen hoch. »Das schaffen wir nie. Ich schlage vor, Ellen und Sie, Doc, schwenken irgend etwas Weißes, wenn die Kerle heran sind und lassen sich gefangennehmen. Ihnen wird man nichts tun, und dir erst recht nicht, Baby... sie wollen meinen Kopf.«

»Und du?« fragte Ellen.

»Ich versuche, allein durch den Dschungel weiterzukommen.«

»Du bist verrückt«, sagte sie. »Du bist total verrückt. Wir bleiben alle zusammen.«

Vom Fluß hörte man das Knattern der Flugmotoren. Fast gleichzeitig prasselten hinter Moco die Flammen aus den Hütten.

Moco verbrannte sein Dorf.

SECHSTES KAPITEL

Cascal hockte im zweiten Hubschrauber, in der schußsicheren Glaskanzel, hinter einem Maschinengewehr und beobachtete die Flußufer. Es waren Spezialflugzeuge, umgebaut und umgerüstet für den Urwald- und Indianerkampf. Sie trugen einen Tarnanstrich, grüne und gelbe Flecken, und wirkten wie Rieseninsekten. Neben und vor Cascal saßen noch fünf brasilianische Soldaten, ein junger Feldwebel der Luftflotte flog den Hubschrauber.

Cascal hatte das Funksprechgerät umgeschnallt und war in Verbindung mit allen Truppen. In seinen Kopfhörern überschlugen sich die Meldungen der verschiedenen Gruppen... Fallschirmjäger, die langsam gegen das Lager der Indianer vorrückten, die beiden anderen Hubschrauber, die mit ihren schweren Maschinengewehren den bis an die Ufer reichenden Urwald abkämmten, eine Gruppe Spezialisten, die man abgesetzt hatte, um den Rückweg abzuschneiden. Es waren erfahrene Guerillakämpfer, die im Dschungel zu Hause waren. Von allen Seiten zirpten die Berichte in Cascals Ohr.

»Wir sehen eine Menge Boote mit Frauen und Kindern. Sie wollen in einen Nebenarm flüchten. Wir setzen nach.«

»Feindberührung dreihundert Meter vor dem Lager. Bisher neun Tote durch Giftpfeile. Die Kerle hocken in den Bäumen, man sieht sie kaum.«

»Hier Leutnant Correires. Wir kommen nicht weiter. Vor uns ein Sumpf. Beim Versuch, ihn zu durchqueren, ertranken zwei Mann, sieben wurden von Pfeilen getötet. Uns gegenüber liegt eine starke Gruppe Indios! Wir versuchen, sie mit Gewehrgranaten auszuräuchern.«

»Hier Gruppe III. Haben zwei Gefangene gemacht. Sie sagen aus, daß ihr Häuptling Moco heißt.«

Cascals Augen wurden weit, dann stieß er einen Fluch aus. »Das ist doch nicht möglich«, murmelte er und wischte sich über die schweißnasse Stirn. »Moco? Ihn haben die Piranhas gefressen. Ich hab's doch selbst gesehen.« Er drückte auf die Sprechtaste und stellte somit die Verbindung zu allen Funkern her. »Ich höre soeben«, rief er ins Mikrofon, »daß dies der Stamm eines gewissen Moco ist. Ich kenne Moco. Er ist der gefährlichste Mann überhaupt am Fluß. Von General Aguria bevollmächtigt, befehle ich, daß dieser Stamm ausgerottet wird. Es werden keine Gefangene gemacht.«

Ein Befehl zum Mord. Ein Aufruf zur Vernichtung. Und niemand in der Welt würde sich darum kümmern. Keiner würde es erfahren. Und wenn man es erfuhr, schwieg man und schloß verschämt die Augen. Keine UNO würde sich damit beschäftigen, kein Sicherheitsrat, keine Menschenrechts-Kommission – es waren ja bloß Indios! Nur eine Stimme gab Cascal Antwort ... woher sie kam, war nicht festzustellen. Cascal tippte auf die Gruppe am Nebenfluß.

»Befehl verstanden. Auch Frauen und Kinder?«

Cascal starrte über den Fluß. Über dem gerodeten Ufer standen die Rauchwolken des brennenden Dorfes, die Flammen schossen meterhoch in den blauen Himmel. Wenn schon Vernichtung, dann ganz, dachte er.

»Ja!« sagte er klar und nüchtern ins Mikrofon. »Auch Frauen und Kinder. Sie sind auch Indios!«

Und die Stimme aus dem Dschungel: »Haben Berührung mit den Booten. Wir beginnen mit der Vernichtung.«

Cascal schaltete ab. Mit brennenden Augen sah er hinüber zu dem Landesteg, der ebenfalls in Flammen stand. Sie entkommen mir nicht, dachte er. Jetzt nicht mehr. Ein Ring aus Waffen ist um sie. Und Cliff Haller werde ich Rita vor die

Füße legen, wie ich es ihr versprochen habe. Sie kann dann mit ihm machen, was sie will. So, wie sie ihn haßt, wird sie ihn bei lebendigem Leib erst entmannen, ehe sie ihn tötet. Er hob die Schultern und visierte über sein Maschinengewehr das Ufer an. Langsam donnerte der Hubschrauber auf den brennenden Steg zu. Dann schoß er, schoß völlig sinnlos in die brennenden Hütten hinein, aber es war ihm eine große Genugtuung, jetzt das Knattern der MGs zu hören. Es berauschte ihn, teilzuhaben an dieser Vernichtung...

Cliff Haller und Dr. Forster hatten ihre Stellung im Gestrüpp am Flußufer bezogen. Moco und Ynama waren verschwunden... sie waren in den Wald gerannt zu den Kriegern, als die Hubschrauber den Fluß heraufkamen. Ellen Donhoven hockte in einem Loch hinter den brennenden Hütten. Es war eine Grube, in der die Indianerfrauen früher große Krüge mit Palmwein vergraben hatten, damit er dort in aller Ruhe gärte. Nun diente sie als Einmannbunker, und Cliff hatte Ellen befohlen, dort auszuharren, ganz gleich, was auch um sie herum geschah. »Zum letztenmal!« schrie er sie an, als sie in stummem Widerstand den Kopf schüttelte. »Du verkriechst dich in das Loch... oder, verdammt noch mal, ich schlage dich k. o. und lege dich hinein! Was willst du? Gehorchen – oder ein dickes Kinn?!«

Ellen starrte Cliff an, als gehe die Welt unter. Anders sah es um sie herum auch nicht aus. Dann fiel sie Cliff um den Hals, küßte ihn verzweifelt, warf sich herum, umarmte Dr. Forster und küßte ihn ebenfalls. Haller grinste breit.

»Wenn's ans Sterben geht, sind alle liebe Menschen!« Er gab Forster einen Stoß in die Seite. »Überleben wir den Dreck hier, sollte man endlich klären, wer von uns beiden denn nun Ellen besitzen soll.« Er sah sich nach Ellen um, aber sie war davongelaufen und hockte bereits in der Grube hinter den flammenden Hütten. »Los, Doc... an die Arbeit. Vor den Fallschirmjägern habe ich keine Angst – sie werden sich im

Wald festlaufen ... aber die verdammten Hubschrauber. Sie reißen die weiche Flanke auf. Können Sie überhaupt richtig schießen?«

»Ich habe zwei Jahre gedient, bei den Panzergrenadieren.«

»Na denn ...«

Sie liefen zum Ufer, immer am Waldrand entlang, gegen dessen grüne Wand sie unsichtbar waren. Am Fluß warfen sie sich unmittelbar am Wasser unter einen überhängenden Busch und hinter einen dicken, gefällten Stamm. Urstoff eines neuen Kanus, das nie mehr fertig werden würde.

»Aha!« sagte Cliff ruhig, als das erste Flugzeug auf seinen Schwimmern um die Krümmung des Flusses auftauchte. »Es sind Na 14. Alte umgebaute Kähne. Für den Indioeinsatz sind sie Gold wert ... wurden vor sieben Jahren aus der aktiven Luftwaffe herausgezogen. Sie haben den Tank hinten, wo die Kanzel aufhört und der Libellenschwanz beginnt. Sehen Sie die Stelle, Doc? Einen Meter nach vorn, von der Abknickung aus gerechnet.«

»Ich sehe es, Cliff.«

»Zielen Sie dahin. Das ist die verwundbare Stelle der Biester. Explodieren werden sie kaum, das wäre ein Zufall, aber wir lassen ihnen den Saft auslaufen. Achtung!«

Sie warteten mit angelegten Gewehren, bis die beiden ersten Hubschrauber gut in der Ziellinie waren. Dann schossen sie gleichzeitig ... viermal hintereinander, immer auf den gleichen Punkt.

»Gut!« sagte Cliff. »Gut, Doc! Sie sitzen!«

In diesem Augenblick schoß eine helle Stichflamme aus dem Heck des ersten Hubschraubers. Cliff Haller und Dr. Forster duckten sich unwillkürlich ... dann zerriß die Explosion mit einem unbeschreiblichen Donnerschlag das erste Flugzeug und wirbelte Glas, Stahlteile und Fetzen von Menschenleibern durch die heiße Luft. Die beiden anderen Hubschrauber stoppten sofort die Fahrt ... der letzte drehte ab und glitt weiter zum anderen Ufer, der zweite blieb liegen und trieb hilflos inmitten der Trümmer und zerrissenen Leichen. Das Wasser begann zu kochen... Tausende Piranhas stürzten sich über die Menschenteile und verschlangen sie.

Im Hubschrauber Nr. II starrte Cascal entsetzt auf die Vernichtung des Vordermannes. »Das war Haller!« schrie er dem Piloten zu. »Vor uns ist er! Los, ans Ufer... so schnell wie möglich!« Er schwenkte sein MG herum und schoß ein mörderisches Streufeuer... er mähte das Ufer ab und hieb dann mit beiden Fäusten auf das MG, als sich der Hubschrauber nicht rührte. Über ihm verlosch das Propellergedröhn. Das Zittern des Flugzeugrumpfes erstarb. Eine fast unheimliche Stille umgab ihn.

»Was ist denn?« schrie Cascal. »Zum Ufer, befehle ich!«

»Wir stehen still.« Der Feldwebel hinter dem Steuerknüppel drehte sich um. »Sie haben den Tank getroffen, er ist ausgelaufen...«

»Heißt das, daß wir hilflos auf dem Fluß treiben?« brüllte Cascal.

»Ja.«

»Keine Nottanks?«

»Nein.«

»Wir *müssen* ans Ufer! Und wenn wir schwimmen!«

Die Soldaten antworteten nicht. Auch Cascal tobte nicht weiter. Er sah ein, daß schwimmen unmöglich war. Wo der Hubschrauber Nr. I geschwommen war, brodelte das Wasser und schossen die silberglänzenden Leiber der Mörderfische aus den öligen Wellen. Selbst die schwimmenden Blechteile fielen sie an, weil sie mit Blut bespritzt waren und nach Fraß rochen.

»Dann rudern wir!« schrie Cascal nach Überwindung des ersten Entsetzens.

»Man wird uns von den Schwimmern schießen wie auf dem Schießstand.«

»Seid ihr alle Feiglinge?« tobte Cascal.

»Nein. Aber wir tun auch nichts Sinnloses«, sagte der Feldwebel laut.

Mit knirschenden Zähnen saß Cascal hinter dem schußsicheren Glas und starrte hinüber zum Ufer. Dort zerfiel das Dorf Mocos in prasselnden Flammen, dort lag irgendwo Cliff Haller und wartete auf neue Ziele, und er, Cascal, saß hier in einer gläsernen Kanzel, zur Unbeweglichkeit verurteilt, und mußte zusehen, wie Cliff vielleicht wiederum eine Möglichkeit erhielt, sich dem Zugriff zu entziehen. Gelang ihm der Durchbruch durch den Ring, konnte er erst wieder untertauchen in den Wäldern, dann begann die Jagd von neuem, das wochenlange Suchen, die quälende Ungewißheit. Und der Spott Ritas! »Er ist klüger als ihr alle –«, würde sie sagen. »Er ist eben ein Mann, der euch alle einsteckt! Eigentlich kann man nur solch einen Mann lieben!« Und ihre schwarzen Augen würden funkeln, und sie würde ihm auf die Hände schlagen, wenn er sie streicheln wollte.

Cascal knirschte mit den Zähnen und schaltete das Funkgerät wieder ein. Die Meldungen von allen Seiten überschlugen sich in seinen Kopfhörern.

»Gruppe I liegt fest. Große Verluste. Diese verdammten Giftpfeile. Sie kommen aus dem Nichts, und ein leiser Riß genügt. Nach fünf Minuten ist man hin!«

»Hier Gruppe III. Haben neunundzwanzig Indios getötet. Kommen auch nicht weiter. Ich bleibe liegen, um Leute zu schonen.«

»Hier Bombeiros!« Cascal horchte auf. Die ›Bombeiros‹, die ›Feuerwehr‹, wie sie sich nannte, war die Spezialtruppe, die erfahrene Gruppe der Guerillakämpfer. »Haben von der anderen Seite den Nebenfluß erreicht. Die Jungs gegenüber leisten ganze Arbeit. Vierunddreißig Boote mit Frauen und Kindern sind schon versenkt. Aber es wimmelt hier von Indios wie an einem Termitenhügel. Wir greifen ein. Wir sammeln sie auf –«

»Nicht aufsammeln!« Cascals Stimme überschlug sich vor Haß und Wut. »Töten! Töten! Tötet sie alle! Keiner soll überleben! Das ist ein Befehl von General Aguria!«

»Verstanden. Aber die Kinder –«

»Verdammt. Auch die Kinder!« Cascal hatte Schaum vor dem Mund. »Kinder sind die Feinde von morgen! Vernichten!«

Was sich am Nebenfluß abspielte, wird keiner je erfahren. Und die Soldaten, die hier auf die Frauen und Kinder der Indios schossen, schwiegen auch und vergruben den Anblick tief in ihren Herzen.

Als die ersten Boote vernichtet waren und die Frauen und Kinder sich umzingelt sahen, als auch am anderen Ufer die Guerillakämpfer auftauchten und Granatwerfer aufbauten, als seien sie auf dem Schießplatz bei einer Übung, geschah etwas Unheimliches auf dem Fluß.

Die Boote fuhren zusammen zu einer geballten Masse. Ein alter Mann mit einem Kopfschmuck aus Paradiesfedern stand aufrecht in seinem Kanu und breitete die Arme aus. Er schrie etwas über die Köpfe der Frauen hin ... und dann beugten sich die Indioweiber über ihre Kinder, rissen sie an sich und töteten sie. Das alles geschah lautlos ... die Soldaten an den Ufern standen wie gelähmt und sahen dem grausigen Schauspiel zu. Die Mütter ritzten ihren Kindern mit vergifteten Dolchen den Rücken auf, dann stießen sie sich selbst das Messer in die Brust. Kein Aufschrei flog von den Booten über den Fluß, kein Stöhnen, nicht der geringste Laut ... als die Kinder, von dem Gift nach Sekunden getötet, in den Booten lagen, starben über ihnen ihre Mütter mit der stummen Tapferkeit, die dem Weißen bis heute unverständlich bleibt. Lautlos entstand mitten auf dem Fluß ein Leichenberg ... von den trägen Wellen getragen, schob sich die geballte Masse der Boote flußabwärts.

»So etwas habe ich noch nie gesehen«, stotterte der Anführer der Guerillas, Oberleutnant Lukaneiros. »Das werde ich mein ganzes Leben lang nicht vergessen können – ein ganzes Volk tötet sich.«

»Sonst hätten wir's getan«, sagte hinter ihm ein Sergeant.

»Sie sind wie Skorpione. Auch Skorpione töten sich selbst, wenn sie keinen Ausweg mehr sehen.«

»Das ist ein Märchen, Sergeant.« Lukaneiros riß sich das Hemd über der Brust auf. »Könnten Sie sich töten?«

»Ich weiß es nicht.«

»Aber ich. Ich könnte es nicht. Ich hätte immer noch Hoffnung!«

»Hatten die Indios noch Hoffnung?«

Lukaneiros sah über den Fluß. Der riesige Klumpen der Toten trieb träge davon, immer noch geschlossen, als habe man die Boote zusammengebunden.

»Gehen wir«, sagte er rauh. »Hier ist unsere Aufgabe erledigt. Jetzt auf die Männer! Denkt daran, daß sie sich in den Bäumen wie Affen bewegen können.«

Die Soldaten tauchten wieder unter im Wald. Die Jagd auf die Krieger Mocos begann. Ein Kampf Mann gegen Mann – Schnellfeuergewehre gegen Giftpfeile.

Die Zivilisation entdeckte ein übriggebliebenes Paradies und brachte die Segnungen des 20. Jahrhunderts ...

Das Dorf war niedergebrannt, nur die Aschenberge glühten noch. Rundherum im Wald peitschten die Schüsse, auf dem Fluß trieben die beiden Hubschrauber, der eine bewegungsunfähig, der andere in sicherer Entfernung vom Ufer, und wagten keine weiteren Aktionen mehr. Cascal war grün vor Wut ..., aber außer durch den Sprechfunk zu den einzelnen Truppenteilen, denen er Befehle geben konnte, war er zur Untätigkeit verurteilt. Er hockte in seiner Glaskanzel und kam sich wie ein Gefangener in einem Luxusgefängnis vor.

Moco warf sich in diesen Minuten neben Cliff Haller und Dr. Forster hinter den dicken Baumstamm am Ufer und legte den Kopf gegen die Deckung. Sein ganzer Körper zitterte wie in einem Krampf. Er war plötzlich aufgetaucht, schweißglänzend, fast nackt, mit an vielen Stellen von Dornen aufgerissener Haut, aus denen das Blut rann.

»Sie müssen weg!« keuchte er und warf sich auf den Rükken. »Sofort! Sie müssen Ellen retten! Sie liegt noch in der Grube. Meine Krieger können die Soldaten noch so lange hinhalten, bis Sie im Dschungel sind. Aber Sie müssen jetzt los...«

Cliff Haller sah Moco forschend an. Ein schrecklicher Verdacht kam in ihm hoch und schnürte ihm die Kehle zu.

»Wo ist Ynama?« fragte er. Mocos Augen verschleierten sich.

»Tot.«

»Nein!« Dr. Forster ließ sein Gewehr fallen. »Wo denn?«

»Am Fluß...«

»Sie wollten sie doch zu den Frauen und Kindern bringen?«

»Dort war sie.«

Cliff Haller spürte, wie es ihm eiskalt über den Rücken rann. »Moco –«, sagte er heiser. »Mein Gott, Moco, was ist im Sumpf geschehen?«

»Mein ganzes Volk lebt nicht mehr.« Moco schloß die Augen. Sein Mund zuckte heftig. »Sie haben sich getötet... alle... alle Frauen und Kinder und Greise... es ist besser, als in die Hände der Weißen zu fallen...«

»Seid ihr wahnsinnig?« stammelte Dr. Forster. Das Entsetzen hielt ihn wie mit glühenden Zangen umklammert. Frauen und Kinder... alle vernichtet... vom Säugling angefangen... Niemand hätte ihnen etwas getan!«

Mocos Gesicht verzerrte sich. »Was wissen Sie drüben in Europa, was hier in den Urwäldern geschieht?! Ich kenne Stämme, die man ausgerottet hat, weil sie guten Boden für Pflanzungen besaßen. Die Männer erschoß man, die Frauen wurden vergewaltigt und dann umgebracht. Man hat welche gefunden, mit den Beinen zwischen Bäume gebunden, den Kopf nach unten hängend, und ihre Leiber waren aufgeschlitzt wie bei Schweinen. Die Kinder hat man bei den Füßen gepackt und mit den Köpfen gegen die Bäume geschleudert. Ihr Gehirn klebte an den Rinden. Und keiner von diesen weißen Mördern ist bestraft worden – keiner! Man spricht nicht einmal darüber.« Moco öffnete die Lider. Seine schwarzen Augen waren glanzlos, wie gebrochen. »Sollte mein Volk auch so enden? Nein! Sie starben wie tapfere Indianer. Und wir alle werden untergehen wie Krieger, nicht wie Feiglinge.« Moco richtete sich auf, sein Gesicht war eine starre Maske. »Ihr müßt weiter. Eine Stunde Vorsprung ist schon viel!«

Cliff Haller blickte hinüber zu den beiden Hubschraubern auf dem Floß.

»Moco, was machen Sie? Kommen Sie mit?«

»Nein, ich bleibe hier.« Mocos maskenhaftes Gesicht war wie aus rotem Stein.

»Sie wollen mit Ihren Kriegern untergehen?«

»Ja.«

Cliff nickte. »Wozu haben Sie nun drei Jahre auf der Missionsstation zugebracht? Hatte das einen Sinn?«

»Ja.« Moco nickte leicht. »Ich habe gelernt, mit einem Gebet zu sterben.«

»Und damit geht's leichter, meinen Sie?«

»Ich weiß es nicht. Aber ich werde es bald wissen...«

Rückwärts schoben sie sich aus der Deckung und liefen am Waldrand, geduckt und wie Böcke springend, hinüber zu dem niedergebrannten Dorf.

Ellen Donhoven fanden sie noch in der Grube, sie hockte in dem Loch, das Gewehr im Anschlag, und war bereit, sofort zu schießen. Nur Cliffs Ruf: »Ich bin's, Ellen!« rettete ihm das Leben.

»Raus!« schrie Haller. Er war bis zur Grube gekrochen und streckte beide Arme aus, um Ellen heraufzuziehen. Dr. Forster und Moco knieten am Waldrand und suchten das Ufer ab. Nur von dort konnte jetzt Gefahr kommen... auf den anderen Seiten war es den Indios gelungen, die Soldaten aufzuhalten.

Um weitere Verluste durch Giftpfeile zu vermeiden, lagen die brasilianischen Truppen im dichten Unterholz und warteten auf die Nacht. Es war die einzige Möglichkeit, sich zu sammeln. Solange es hell war, schossen die unsichtbaren Indianer ihre Giftpfeile auf alles ab, was sich bewegte.

Ellen kroch aus der Grube und erreichte, ohne gesehen zu werden, den Waldrand. »Gott im Himmel, ihr lebt alle!« rief sie in Verkennung der tatsächlichen Lage. »Ist der Angriff abgeschlagen?«

»Nein.« Cliff starrte vor sich hin. »Wir müssen weiter. Moco will uns einen Weg zeigen.«

»Wieder durch den Wald?«

»Ja – es ist der einzige Weg! Wir müssen ins Hochland hinein und dann zum Rio Coari. Dort bauen wir uns ein Floß und fahren den Fluß hinunter bis zum Amazonas. Es geht nicht anders – wir müssen noch einmal kreuz und quer durch die Hölle!«.

Ellen Donhoven sah Moco fragend an. Der Indio senkte den Kopf und nickte stumm. Auch Dr. Forster hob hilflos die Schultern.

»Und ... und wie lange wird dieser Marsch dauern?« fragte Ellen leise.

»Ich schätze drei Monate.« Cliff sagte es ohne Betonung, so wie man eine einfache Uhrzeit nennt.

»Drei Monate – das überleben wir nicht.«

»Wir werden es überleben, Baby! Wir werden die Zähne zusammenbeißen, bis sie uns abbrechen. Was meinen Sie, Doc – schaffen wir es?«

Dr. Forster hob die Schultern. Er war noch nie ein Schwächling gewesen, aber jetzt mußte er sich selbst verzweifelt Mut zusprechen. »Ich weiß es nicht, Cliff. Ich weiß nur eins: Wir müssen es wagen!«

»Und Moco bleibt bei seinem Stamm?« fragte Ellen.

Das Gesicht Mocos versteinerte sich wieder. »Ja«, sagte er rauh. Cliff blickte Dr. Forster verzweifelt an. Behalten Sie die Nerven, Doc! Verraten Sie sich nicht! Ellen soll nicht wissen, was in den letzten Stunden drüben am Nebenfluß geschehen ist. Auch wenn sie die tapfeste Frau ist, die ich je kennengelernt habe – so ist sie doch eine Frau!

»Ihr Stamm hat sich retten können? Das ist schön. Gratuliere, Moco.«

»Dank, Senhora –«, antwortete Moco heiser.

»Wo werden sie ihr neues Dorf aufbauen?«

»An einem schöneren Fluß, Senhora.«

Selbst Cliff Haller lief es kalt über den Rücken, als er das hörte. Er winkte Moco mit den Augen. »Wie sollen wir hier raus?« fragte er laut. Moco zeigte in den Dschungel.

»Dort liegt ein Boot. Es ist ein Nebenarm des Flusses. Links und rechts von ihm sind Sümpfe – die Soldaten können ihn also nicht erreicht haben. Mit dem Boot können Sie lautlos und unbemerkt den Einschließungsring durchbrechen, er ist hier nicht geschlossen. Aber Sie müssen schnell machen!«

Moco lief voraus. Nach ungefähr zweihundert Metern begann der Sumpf. Hier kannte Moco jede feste Stelle ... im Zickzack führte er Ellen, Cliff und Dr. Forster mitten durch den stinkenden Morast, oft bis zu den Hüften im fauligen Wasser. Aber immer hatten sie festen Grund unter den Füßen ... der Pfad konnte kaum einen Meter breit sein, denn als Cliff einmal mit dem Fuß zur Seite tastete, versank er sofort in einem saugenden Brei.

Dann war der kleine Nebenfluß da, grüngelb schlängelte er sich durch den dampfenden Dschungel. Ein schmales Boot lag am Ufer. Cliff blieb schwer atmend stehen.

»Das ist ein Wunder«, sagte er ehrlich. »Moco, wie finden Sie nur in diesem Satanssumpf einen Weg? Und nun noch das Boot.«

»Es ist gewissermaßen das Rettungsboot«, sagte Moco dumpf. »Ich brauche es nicht mehr. Ich schenke es Ihnen.«

»Moco – es ist Ihr Boot?« rief Ellen.

»Ja, Senhora.«

»Das können wir nicht annehmen.«

»Verdammt, wir können es!« rief Cliff hart. »Wir sind hier

nicht auf einem Kaffeeklatsch, wo man ein Sahnetörtchen ausschlägt. Wir nehmen es, und – Moco – Sie wissen, wie dankbar wir sind!«

»Das weiß ich.« Moco trug Ellen ins Boot und setzte sie auf eine Kiste. Cliff und Dr. Forster folgten. Bis zum Bauch trocknete der Morast an ihnen und begann widerlich zu stinken. »Sie finden alles, was Sie brauchen.« Moco zeigte auf das Gepäck im Boot. »Waffen, Munition, Frischwasser, Gift, Fallen, Blasrohre, Feuersteine und Lunten aus Moos ... es fehlt nichts für einen Indio.«

Der Abschied von Moco war kurz. Er küßte Ellen noch einmal die Hand und lief dann mit großen Sätzen zurück in den Sumpf, ehe Cliff und Dr. Forster noch etwas sagen konnten. Der Dschungel schlug über Moco zusammen, als verschlänge er ihn. In der Ferne bellten wieder Schüsse auf. Sie erinnerten daran, daß der Friede um sie herum nur ein Trugbild war. Überall lauerte der Tod.

Ellen hatte Moco nachgesehen, bis er im Sumpf untergetaucht war. Dann wandte sie sich zu Cliff Haller. »Er war so merkwürdig, Cliff! Das war ein ganz anderer Moco.«

»Wundert dich das? Er hat die Hälfte seiner Männer verloren ...«

Ellen starrte Cliff aus weiten Augen an. »Ist – ist das wahr?«

»Ja«, antwortete Dr. Forster an Hallers Stelle.

»Und wir – wir sind an ihrem Tod schuld. Cliff –, wären wir hier nicht aufgetaucht –, Cliff –, sie lebten noch –, das Dorf wäre nicht verbrannt –, die Frauen und Kinder brauchten keinen neuen Platz zu suchen. Nur wir, wir –«

»Halt den Mund, Baby!« schrie Haller grob. »Verdammt! Halt den Mund! Wenn! Wenn! Wenn! Das ganze Leben wird von diesen ›Wenns‹ verseucht! Es ist nun mal geschehen, verflucht noch mal!«

»Und wir sind schuld daran. Ich – ich werde das nie überwinden!«

»Von mir aus!« Cliffs Nerven streikten. »Überwinde es nicht, aber halte endlich den Mund! Doc! Stoßen Sie den Kahn vom Ufer ab. So ist's gut! Kinder, wir schwimmen wieder! Das allein gilt, das ist wichtig! Doc, nehmen Sie das Paddel. Immer mit mir im gleichen Rhythmus, dann kommen wir schnell vorwärts. Ich gebe den Takt an. Los denn. Eins-und, zwei-und, eins-und, zwei-und, eins-und, zwei-und ... Das geht ja fabelhaft!«

Das Boot trieb auf der Mitte des kleinen Nebenflusses und schob sich gegen die magere Strömung nach Westen.

Meter um Meter. Hinein in die neue Grüne Hölle.

Der Wald dampfte und knisterte. Papageien und andere Vögel kreischten. Aus den Sümpfen stürzten sich die Moskitos über die drei Menschen. Eine Stunde lang schwammen Alligatoren neben ihnen her. Ihre kleinen, kalten Augen musterten sie voll Interesse. Wann kippt das Boot endlich um, wann fallen sie ins Wasser?

Weiter! Weiter!

Den Fluß hinauf ins Unbekannte. In eine Welt, die auf keiner Karte steht.

Die Ufer rückten zusammen. Verwesende Bäume lagen im Wasser, die Lianen warfen ihre Schlingarme weit über den Fluß. Das Wasser wurde grünlich und fett wie eine Brühe. Dann wuchs der Urwald von beiden Seiten über dem Flüßchen zusammen und bildete ein festes Dach. Im Halbdunkel ruderten sie unter ihm durch.

»Hier kommen wir nie wieder raus!« sagte Forster einmal.

Haller fuhr herum, wie von der Tarantel gestochen.

»Halten Sie die Schnauze, Doc!« brüllte er. »Rudern Sie! Wir haben den Ring hinter uns, wir sind freie Menschen ..., das ist die Hauptsache.« Er wandte sich um zu Ellen. Sie saß hinten im Boot und starrte in das grüne Gewirr des Urwaldes. »Alles klar, Baby?«

»Ich denke an Moco«, sagte Ellen. »Welches Unglück haben wir ihm gebracht.«

Haller paddelte weiter. Ein Glück, daß sie nicht alles weiß, dachte er. Ich glaube, man sollte es ihr auch später nicht sagen. Sie würde es wirklich ein ganzes Leben lang mit sich herumschleppen.

Moco watete zurück durch den Sumpf zu seinem verbrannten Dorf. Einsam ging er durch die Trümmer und blieb kurz vor dem Aschenhaufen stehen, der einmal seine große Hütte gewesen war und in dem nur ein paar Tage lang mit Ynama das Glück gewohnt hatte. Plötzlich überfiel ihn die Erinnerung an Pater Josephus, den Missionar auf der Amazonas-Insel Pananim, der ihn drei Jahre lang gelehrt hatte, daß die Liebe das Größte auf Erden sei. Die Liebe, für die sich sogar ein Mensch namens Jesus ans Kreuz hat schlagen lassen, um seine Mitmenschen damit zu erlösen.

Gaio Moco kniete neben dem Aschenhaufen seiner Hütte nieder und betete, was er bei Pater Josephus gelernt hatte. Eine halbe Stunde betete er inbrünstig, dann fühlte er sich so leicht wie nie und verstand den Mann Jesus, der für sein Volk gestorben war.

Hocherhobenen Hauptes, die Hände ruhig an den Hüften gepreßt, ging er aufrecht durch das verbrannte Dorf zum Flußufer. Er sah die beiden Hubschrauber auf dem Wasser, und er sah auch, wie aus dem ersten Flugzeug der Lauf eines Maschinengewehres zu ihm herumschwenkte.

Moco lächelte verträumt. Für ihn war der Tod etwas Selbstverständliches. Er blieb am Ufer stehen und reckte sich auf. Schießt doch, dachte er. Schießt!

In seiner gläsernen Kanzel stieß José Cascal einen hellen Schrei aus, als der einsame Mann aus dem Dorf ans Ufer trat. »Moco!« rief Cascal. »Da ist Moco! Was will er! Will er verhandeln? Es gibt keine Verhandlungen, nur noch Vernichtung.« Er schwenkte das MG herum und zielte auf Mocos Gestalt. Haß und Wut berauschten Cascal wie Schnaps. Wie betrunken begann er unverständliche Worte vor sich hinzulallen und drückte dann den Zeigefinger durch. Die Maschinengewehr-Garbe ratterte los, der Körper Mocos wurde von den Einschlägen herumgerissen und zwei Meter weit nach hinten geschleudert. Für eine Sekunde schwebte er über dem Boden, dann fiel er zusammen, als sei er knochenlos – ein kleines Häufchen, ein Flecken auf dem sandigen Uferstreifen.

Cascal seufzte tief und ließ sich nach hinten fallen. Er ahnte, daß Mocos Tod das Zeichen dafür war, daß auch er jetzt wieder das Spiel verloren hatte.

»An Land!« befahl er. »Rudert an Land. Niemand stört uns mehr. Der Tod ist satt ..., er hat sich überfressen.«

Acht Tage lang suchten sie nach Cliff Haller, Ellen Donhoven und Dr. Forster. Sie waren wie von den Sümpfen verschlungen.

Zehn Hubschrauber überflogen vom Morgengrauen bis zur Abenddämmerung das ganze Urwaldgebiet. Sie sahen nichts.

Vierzehn Gefangene wurden verhört. Es war der Rest der Indios. Man folterte sie, brannte ihr Fußsohlen, stach ihnen angespitzte Hölzer in die Muskeln, quetschte ihnen die Hoden ... sie schwiegen. Vielleicht wußten sie wirklich nichts, aber Cascal bezweifelte das.

»Wir werden sie zwischen den Bäumen aufspannen wie gegerbte Häute!« brüllte Cascal. »Ich kenne ihre Methoden! Sie werden reden!«

Am nächsten Morgen waren die 14 Indios tot ..., sie hatten sich mit vergifteten Dornen, die sie zwischen den Zehen versteckt trugen, umgebracht.

Cascal brach die Suche nach acht Tagen ab. Beschämt, deprimiert, in seinem Ehrgeiz so verwundet, daß er innerlich verblutete, kehrte er an den Rio Juruá, nach Carababa zurück. Zuerst machte er seine Meldung in Carauari, wo General Aguria ihn erwartete. Der Rest der Soldaten war schon eingetroffen, sie hatten auch die Toten mitgebracht. Siebenundsechzig Leichen. Sie sahen schrecklich aus ... das Gift zersetzte ihre Körper.

»Ich weiß alles«, sagte General Aguria, als Cascal zu seinem

Bericht ansetzen wollte. »Wir haben einen Stamm vernichtet..., das ist immerhin etwas! Und Sie hatten recht mit Ihrer Annahme, daß Haller an dieser Stelle aus dem Wald kommen wird. Das ist schon eine Leistung, lieber Cascal. Ihr Pech: Haller ist cleverer als Sie! Er ist wieder entkommen. Machen wir uns daraus keinen Vorwurf – unsere Jungen haben getan, was sie konnten. Siebenundsechzig Tote – das ist ja wie eine richtige Schlacht!« Aguria drehte sich zu der großen Karte des Amazonasgebietes um, die an der Wand hing. »Cascal, wäre Haller nicht tausend Tote wert, gäbe das einen Skandal. Aber so ist jedes Opfer gerechtfertigt. Was, meinen Sie, nimmt er jetzt für einen Weg?«

»Ich weiß es nicht, General.« Cascal starrte auf die Karte. Land verfluchtes, dachte er. Satansland! »Es bleibt ihm nur der Weg nach Westen oder Süden. Aber das ist Wahnsinn, General. Dort wird er nie ankommen. Man kann nicht zu Fuß einen ganzen Kontinent aus Urwald durchqueren! Das übersteigt das menschliche Leistungsvermögen, auch wenn man Cliff Haller heißt!«

»Also wird er es hier erneut versuchen?«

»Ich weiß es nicht.« Cascal erhob sich müde. »General, ich bin bereit, vor diesem Problem zu kapitulieren.«

Vor der Hütte am Rio Juruá erwartete Rita Sabaneta die Rückkehr Cascals. Er sah sie schon von weitem am Fluß stehen. Sie hat ihr Sonntagskleid angezogen, dachte er. Sie hat sich geschmückt wie eine Braut. Sie weiß noch nichts von unserer Niederlage, sie hat nur gehört, daß wir zurück aus dem Urwald sind. Und zurück – das heißt für sie: Cliff ist bei mir.

Er hielt den Jeep oben auf der Straße an und kam zu Fuß zur Hütte hinunter. Rita lief ihm entgegen, mit ausgebreiteten Armen, fiel ihm um den Hals, küßte ihn mit glühenden Lippen und fast irrsinnig flackernden Augen und sah dann über seine Schulter hinauf zur Straße.

»Wo ist Cliff?« fragte sie. Ihre Stimme klang brüchig.

»Liegt er im Wagen? Lebt er noch? Nein. Bleib hier stehen, José! Ich will allein zu ihm gehen. Ganz allein! Aber du wirst mich lachen hören, wenn ich ihn anspucke!«

Sie löste sich von ihm und wollte zur Straße laufen. Cascal gelang es gerade noch, sie am Rock festzuhalten. Was jetzt kommt, ist schlimmer als meine Niederlage gegen die Indios, dachte er. Sie wird sich benehmen wie eine Furie.

»Cliff ist nicht im Wagen«, sagte er mit belegter Stimme.

»Nicht?« Rita wirbelte herum. »Du hast ihn dem General abgeliefert?!«

»Auch das nicht.«

»Was soll das heißen?« Ritas Augen begannen gefährlich zu funkeln. »Überall sprechen die Leute davon, daß die Soldaten einen großen Sieg errungen haben!«

»Das haben sie. Ein Stamm ist ausgerottet.«

»Und Cliff! Was ist aus Cliff geworden?!« Ihre funkelnden Augen weiteten sich unnatürlich. »Ihr habt ihn getötet, nicht wahr?! Ihr habt ihn einfach getötet! Ihr habt ihn umgebracht wie die Indios! Ihr Mörder! Mörder! Mörder!!« Sie stürzte auf Cascal, trommelte mit den Fäusten gegen seine Brust, und er hatte Mühe, dabei seinen Kopf aus der Reichweite ihrer Schläge zu halten.

»Cliff lebt!« schrie er Rita an, als ihr Geschrei verstummte. »Verdammt, er läuft frei herum!«

»Frei?« Ihr voller Mund verzog sich wie im Ekel. »Ihr habt ihn nicht gefangen?«

»Nein! Er ist uns entwischt.«

»Und die Ärztin und der deutsche Doktor auch?«

»Ja.«

»Ihr armseligen Würmer.« Sie riß sich von Cascal los. Wut und doch ein stiller Triumph verzerrten ihr Gesicht. »Zwei Kompanien schickt man aus, um einen Mann abzuholen – und er entkommt! Und ihr tragt noch den Kopf hoch, ihr steht noch in die Sonne, statt euch zu verkriechen in Löcher, wo man euch mit Mist zuwerfen kann?!« Plötzlich lachte sie, laut, hysterisch, grell, ein Lachen, das Cascals Herz durchschnitt, denn er begriff, daß sie ihn mit Hohn überschüttete und dieses Lachen ihn mehr erniedrigte als Schläge ins Gesicht. Er griff nach ihr, riß sie zu sich, aber da trat sie nach ihm, befreite sich mit einem Ruck und lief zurück zur Hütte.

Sie war schneller als Cascal. Als er hinter ihr den Eingang erreichte, schlüpfte sie gerade ins Haus und verriegelte die Tür. Cascal hieb mit beiden Fäusten gegen das Holz.

»Aufmachen!« schrie er. »Das verfluchte Luder – mach die Tür auf. Ich zähle bis drei, dann trete ich sie ein.«

»Versuch es!« rief Rita von innen. »Ich habe dein Gewehr in der Hand. Wie einen tollen Hund knalle ich dich ab!«

Cascal trat einen Schritt zurück. Was tun, fragte er sich. Wirklich die Tür einschlagen? Es darauf ankommen lassen, ob sie tatsächlich schießt?

»Mach auf«, sagte er sanft, als die Nacht über den Rio Juruá kroch. »Rita, favorita . . . mach auf! Ich gebe es zu, versagt zu haben. Es ist mir ein Rätsel, wie sie entkommen konnten. Aber einmal gibt der Wald sie frei, einmal müssen sie ja herauskommen . . . und wo das auch ist, überall im ganzen Land stehen wir bereit. Jede Urwaldstation wird Cliffs Steckbrief erhalten, auf seinen Kopf werden hunderttausend Escudos ausgesetzt.«

Cascal sprach wie mit Engelszungen und bebte dabei vor Wut. Endlich schloß Rita die Tür auf, und Cascal stürmte in die Hütte. »Ich könnte dich umbringen!« zischte er. »Oh, wenn ich nur den Mut aufbrächte, dir den Hals umzudrehen! Aber ich kann es nicht . . . wenn ich dich ansehe . . ., verflucht soll ich sein – aber ich liebe dich!«

In der Nacht lag er lange neben ihr und konnte nicht einschlafen. Zwischen ihnen lag als schmale, aber wirksame Grenze das Gewehr. Man konnte es überwinden, mit einem Handstreich gewissermaßen, aber Cascal versuchte es erst gar nicht.

Jetzt ticken überall die Funkgeräte, dachte er. In Rio, Manaus, Pará, Sao Luis, Cuiabá, Brasilia, Sao Paulo. In allen Funkbuden an den Urwaldflüssen. In allen Kurzwellensendern der Vermessungs- und Ingenieur-Trupps, die durch den Urwald ziehen. Auf allen Pflanzungen.

Es war ein raffinierter Funkspruch. Er lautete:

»Gesucht wird die deutsche Ärztin Dr. Ellen Donhoven, 28 Jahre alt, kurze blonde Haare, schlank, 1,68 groß, blaue Augen. Spricht englisch und gebrochen portugiesisch. In ihrer Begleitung befindet sich Cliff Haller, amerikanischer Staatsbürger, 1,85 groß, kräftig, blondes Haar, etwa 35 Jahre alt. Haller hat an der linken Halsseite eine schmale Narbe bis zur Schulter. Dr. Donhoven und Haller befinden sich auf einer Expedition durch den Urwald im Gebiete der Selvas. Sie sind seit einigen Wochen verschwunden. Für ihre Entdeckung hat die Regierung 100 000 Escudos ausgesetzt, die Hälfte bei Auffindung ihrer Leichen.«

Dieser elegante Steckbrief erschien auch in der Morgenausgabe aller Zeitungen von Rio de Janeiro. Auch in Brasilia, der neuen Hauptstadt, setzten die Redakteure ihn auf die erste Seite.

Zwei Stunden nach Erscheinen der Zeitungen fand in der amerikanischen Botschaft eine Besprechung im Zimmer des Militärattachés statt. Oberstleutnant Finley machte ein sehr besorgtes Gesicht.

»Gentlemen«, sagte er ohne Umschweife, »unser Freund Cliff scheint Erfolg gehabt zu haben. Sie jagen ihn mit allen Mitteln. Nicht diese Ellen ist das Goldtäubchen, sondern er! Bemerkenswert aber ist, daß Cliff schon wieder ein Weib im Schlepp hat! Er kann's nicht lassen! Ich garantiere, daß wir schon längst im Besitz von Cliffs Informationen wären, wenn er nicht wieder an einem Rock hängengeblieben wäre! Er wird's schwer haben, der Zentrale dafür eine Erklärung zu geben. Cook –?« Oberstleutnant Finley blickte auf einen kleinen, dürren Mann, der offiziell an der Botschaft als Sekretär für Wirtschaftsfragen angestellt war. »Was können wir zu Cliffs Unterstützung tun?«

»Warten und Whisky trinken«, antwortete Cook mißmutig.

»Das ist ungeheuer viel, Cook. Dahinter steht wirklich die ganze Macht der USA! Ein Milliardenpotential!«

»Alle V-Männer sind unterrichtet«, sagte der kleine, dürre Cook, dem der sagenhafte Ruf vorausging, der beste Organisator für den Aufbau eines Agentenringes zu sein. »Wenn Cliff sich beim Auftauchen an seine Instruktionen hält und einen von ihnen aufsucht, ist er zu fünfzig Prozent sicher. Immer vorausgesetzt, daß er sie erreicht und daß ihm diese Ellen einen klaren Kopf zum logischen Denken läßt.« Cook machte ein saures Gesicht und zerrte an seinem Schlips. »Ich habe schon vor zwei Jahren den Vorschlag gemacht, Cliff zwangsweise kastrieren zu lassen. Solange ich den Namen Cliff Haller kenne, lese ich in den Berichten nichts als Weibergeschichten. Wenn der Kerl tief einatmet, platzt ihm sofort vorn die Hose!«

Die Männer lachten. Oberstleutnant Finley blickte den kleinen Cook fast traurig an. »Ihren Humor in Ehren, Cook..., aber 100000 Escudos machen alle Leute am Amazonas wild. Hat Cliff überhaupt noch eine Chance?«

»Allein – jederzeit!«

»Und mit dem Weib nicht?«

»Wenig, Finley!« Cook trommelte mit seinen dürren Fingern auf den Tisch. »Einen einzelnen Mann kann man übersehen – aber nicht eine solche Frau! In ihrem Schlepptau ist Cliff immer zu erkennen. Das ist ja der Blödsinn!«

»Das sind ja schöne Aussichten.« Oberstleutnant Finley riß eine Packung Camel auf und reichte sie herum. »Wir können also gar nichts tun?«

»Nichts.« Cook paffte den Qualm gegen die Rotorflügel des Ventilators an der Decke. »Wir können nur beten, daß Cliff diese Ellen irgendwo im Urwald verliert.«

Als Gott die Erde schuf – so erzählen sich die Leute am Amazonas – und alles überblickte, sagte er zu sich: »Das ist mir gut gelungen. Aber die Menschen werden zu übermütig werden, ich muß ihnen eine besondere Hölle auf der Erde schaffen.«

Und so geschah es am achten Schöpfungstag.

Gott schuf den Urwald.

Cliff, Ellen und Dr. Forster kannten dieses Märchen nicht, aber sie hätten es ohne Widerrede als Wahrheit hingenommen.

Der grüne Dschungel fraß sie auf.

Vier Tage ruderten sie auf dem schmalen, überwachsenen Urwaldfluß. Vier Tage laugte die stehende, zum Auswringen feuchte Hitze sie aus. Das Atmen wurde zur Qual, die Luft war dick und gesättigt von Fäulnisgeruch. Wie aufs Land geworfene Fische japsten sie bei jedem Atemzug. Ein Stück Luft abbeißen, nannte Cliff das ... Galgenhumor, von Verzweiflung gesättigte Fröhlichkeit.

Ab und zu tauchten sie auf aus diesem Höhlengang aus zusammengewachsenen Luftwurzeln und Lianenwänden, kamen ins freie Wasser, sahen den blauen Himmel und die verfluchte glühende Sonne. Dann gönnten sie sich eine Pause und atmeten wie Blasebälge. Zweimal gelang es ihnen, auf freiem Wasser den Regen abzuwarten ... sie rissen sich die Kleider vom Leib und tanzten in den prasselnden Tropfen herum wie Irre. Auch Ellen machte keine Ausnahme ... nackt ließ sie sich vom Regen begießen, die Arme hochgereckt, und es kam ihr vor, als dampfe ihre Haut bei den ersten Tropfen und zische wie eine heiße Herdplatte. Dann lagen sie nebeneinander nackt in den rauschenden Wassermassen und schienen die Feuchtigkeit mit allen Poren aufzusaugen. Sie fühlten sich aufgehen wie trockene Schwämme.

Die Sonne kommt wieder, wußten sie. Es kommen die Stunden der heißen Dämmerung unter den Blätterdächern. Und der Körper wird alles wieder hergeben, was er jetzt aufgesaugt hat.

Wie lange halten wir das aus?

Wann ist unsere Kraft zu Ende?

Wann werden wir froh sein, zu sterben?

Drei Monate durch diese Hölle? Vier Monate?

Wie lange braucht eine Schnecke von Hamburg bis Moskau?

Das war keine Scherzfrage... das war bitterer Ernst. Denn sie waren Schnecken geworden, die hineinkrochen in die Unendlichkeit...

Nachts schliefen sie im Boot, alle unter einem Moskitonetz, das bei Mocos Ausrüstung gelegen hatte. Einmal am Tag fingen Cliff oder Dr. Forster Fische mit dem Handnetz und brieten sie an einem Holzspieß. Forster hatte dazu eine geniale Erfindung gemacht: den Bordherd. Aus einer Steinplatte und Flußsteinen konstruierte er am Heck des Bootes eine Feuerstelle, die funkensicher war. Wenn nicht gekocht wurde, trocknete er Holz für das nächste Feuer. Meistens übernahm Ellen diese Arbeit, nur das Funkenschlagen aus dem Feuerstein war Cliffs Sache..., Forster und Ellen hatten dazu kein Geschick. Ihre Funken trafen nie das trockene Moos.

Am fünften Tag versuchte Cliff mit Blasrohr und Pfeil zu schießen. Am Ufer liefen seit Stunden kleine schwarze Schweine neben ihnen her, schlammverkrustet, laut grunzend und von einer direkt ergreifenden Häßlichkeit.

»Eine völlig neue Rasse«, sagte Cliff und lud zum ersten Mal ein Blasrohr mit dem Giftpfeil. »Aber es sind Schweine. Das ist die Hauptsache. Im Wald muß es ja von den Biestern wimmeln. Ersetzen hier anscheinend die Kaninchen. Ellen, Baby... der Gedanke an ein Schweinesteak treibt mir einen Ozean durch den Mund!«

Sie ruderten nahe ans Ufer, und die Schweine starrten sie aus kleinen, bösen Augen an, liefen aber nicht weg. Ein Mensch? Was war das, ein Mensch? Sie hatten noch keinen gesehen. Sie kannten im Fluß nur die Alligatoren und die Mörderfische.

Cliff Haller blies mit vollen Backen. Lautlos zischte der Pfeil aus dem Rohr und blieb im Rücken des vorderen Schweines stecken. Das Tier blickte sich verwundert um, stieß einen dumpfen Laut aus und wollte weglaufen..., aber da wirkte schon das Gift, lähmte die Beine, das Schwein knickte ein, wühlte in ohnmächtiger Angst die Schnauze in den sumpfigen Boden und fiel dann zur Seite.

»Blattschuß!« sagte Cliff fröhlich.

»Ein fürchterliches Gift!« Dr. Forster ruderte näher ans Ufer. Die anderen Schweine trabten ohne Eile davon, nachdem sie ihren toten Kameraden beschnüffelt hatten. »Ich kann mir nicht denken, daß es im gebratenen Fleisch keine Rückstände hinterläßt.«

»Die Indios jagen nur mit Gift und überleben jede Mahlzeit.«

»Sie sind's gewöhnt, Cliff.«

»Dann müssen wir uns auch daran gewöhnen. Los, näher ran..., ich springe rüber und reiche euch das Schwein zu.«

Bei diesem Manöver geschah das Unglück.

Cliff hatte den toten, etwa vierzig Pfund schweren Körper hinübergereicht. Ellen und Dr. Forster standen in dem schwankenden Boot und nahmen ihn an. Die Haut des Schweines war glitschig von Dreck und Schlamm, und während Forster den Kopf gepackt hatte, wollte Ellen die Hinterbeine fassen. Sie griff mit beiden Händen zu, aber die Beine rutschten ihr durch die Finger, der Körper, dessen Kopf Dr. Forster festhielt, schlug gegen sie, wirkte wie eine Keule und schleuderte sie aus dem Boot. Mit einem Schrei fiel sie ins sumpfige Wasser, schlug mit dem linken Bein an der Bordwand auf und versank dann, als sei sie ohnmächtig geworden.

Gleichzeitig sprangen Cliff und Dr. Forster ihr nach, ergriffen sie, stemmten sie hoch und warfen sie über die Bordkante ins Boot. Dann zogen sie sich selbst hoch und wälzten sich hinüber. Keine Sekunde zu früh... denn kaum drei Meter von ihnen begann sich ein bemooster Baumstamm zu bewegen und glitt geschmeidig auf das Boot zu. Dort klappte das vordere Ende auseinander. Ein Riesenrachen mit blitzenden, spitzen Zähnen. Kleine grüne, funkelnde Augen unter hornigen Wülsten. Cliff nahm eines der Paddel und schlug mit aller Wucht auf den Kopf des Alligators. Aber der dicke Panzer ließ die Schläge nicht durch. Träge drehte das Raubtier ab.

Ellen war besinnungslos, aber als Cliff sie aufrichten wollte, zuckte sie in der Ohnmacht zusammen, als reagierten ihre Nerven auf starke Schmerzen. Dr. Forster tastete schnell ihren Körper ab. Als er an das linke Bein kam, stieß er einen Schreckenslaut aus.

Das Bein lag merkwürdig verdreht vor ihm, den Fuß zur Seite geknickt. Als er über den Unterschenkel tastete, fühlte er deutlich den Bruch.

»Mein Gott!« stammelte er. »Auch das noch! Gebrochen.«

Cliff wischte sich den grünen stinkenden Schlamm aus dem Gesicht: »Sicher?«

»Sehen Sie sich die Verdrehung doch an! Als sie ins Wasser fiel, schlug sie mit dem Bein an die Bordkante. Der Knochen ist glatt durchgebrochen, wie ein Stück Holz.« Er räumte alles weg, was unter und neben Ellen im Boot lag und tastete das Bein noch einmal ab. Es begann bereits anzuschwellen.

Cliff Haller handelte sofort. Er sprang noch einmal an Land und verschwand im dichten Unterholz. Nach wenigen Minuten tauchte er wieder auf, begleitet vom Gekreisch aufgeschreckter Halbaffen und buntschillernder Vögel. Er schleppte auf beiden Armen dicke, trockene Äste, warf sie ins Boot und wischte sich mit beiden Unterarmen den Schweiß vom Gesicht.

»Reicht das, Doc?«

Dr. Forster hatte das Bein Ellens vorbereitet. Die Stiefel waren ausgezogen, er hatte das gebrochene Bein in seinen Schoß gelegt und tastete noch einmal den Bruch ab.

»Es ist genug Holz für eine Schiene. Aber das ist das wenigste. Die Ohnmacht verfliegt, gleich wird Ellen ganz klar sein, und das Schlimmste steht uns bevor: Ich muß den Bruch einrichten!«

»Zum Teufel, dann tun Sie's, Doc!«

»Hat man Ihnen schon einmal einen gebrochenen Knochen bei vollem Bewußtsein eingerichtet?«

»Nein.«

»Sie gehen die Wände hoch, Cliff. Sie brüllen, daß der Putz von der Decke fällt.«

»Hier gibt es keinen Putz, Doc! Richten Sie ein!«

»Unmöglich.« Dr. Forster umfaßte stützend das Bein. »Sie kommt wieder zu sich.«

Ellen schlug die Augen auf. Bis sie begriff, was vorgefallen war, sah sie erstaunt um sich, dann aber wollte sie sich aufrichten. Forster drückte sie zurück.

»Was ist denn los?« fragte sie und wunderte sich, daß ihre Zähne klapperten, als läge sie auf Eis. »Ich bin ins Wasser gefallen, weil mir das Schwein aus den Fingern glitt. Was ist denn?«

»Bleib ganz ruhig liegen, Baby.« Cliff grinste verlegen. »Der Doc und ich überlegen gerade, wie wir dich wieder betäuben können.«

»Betäuben? Warum?«

»Das linke Bein ist gebrochen, Ellen –«

»Das linke?«

»Ja.« Dr. Forster bewegte ganz leicht den Fuß. Ellen stöhnte laut auf und wurde weiß im Gesicht. Haller ballte die Fäuste und starrte Forster giftig an.

»Lassen Sie das, Sie Idiot!« brüllte er.

»Und Sie denken, man könnte den Bruch ohne Narkose einrichten!«

Ellen hob den Kopf und sah auf ihr Bein hinunter. Dann warf sie sich zurück und starrte in den blauen, glutheißen Himmel. Ihre Finger krallten sich in die Bordkante des Bootes.

»Versucht es!«

»Unmöglich!« Forster schüttelte energisch den Kopf. Wenn sie aufschreit, verliere ich die Nerven, dachte er. Und sie wird schreien . . ., es ist ein unmenschlicher Schmerz.

»Aber Sie können doch nicht wochenlang das Bein in der Hand halten!« schrie Cliff ihn an. »Wie lange dauert denn so ein Einrichten?«

»Unterm Röntgenschirm ist das eine Kleinigkeit.«

»Na also!« Cliff Haller zog den Kopf in die Schultern. »Dann knipsen Sie doch Ihr Röntgengerät an, Doc! Man sollte Ihnen tatsächlich den Schädel einschlagen!« Er kniete sich neben Ellen auf den Bootsboden und umfaßte ihr bleiches Gesicht mit beiden Händen. »Schmerzen, Baby?«

»Ja, Cliff . . ., jetzt fängt es an. Das ganze Bein brennt.«

»Wir werden dir eine schöne Schiene machen. Die schönste am ganzen Amazonas. Aus Ebenholz und dunkelgrünen Riesenblättern. So wertvoll ist noch kein Bein geschient worden. Baby, du darfst nur keine Angst haben.«

»Ich habe keine Angst! Rudolf ist Spezialist für Knochenbrüche. Er war zwei Jahre in der Unfall-Chirurgie.«

»Na also.« Cliff schielte zu Forster. »Sei schön brav, Baby, und nimm uns nichts übel.«

Er beugte sich über sie und küßte sie, bevor sie eine Antwort geben konnte. Dr. Forster tippte Haller auf den Rücken.

»Solche Betäubungen reichen für einen Bruch nicht aus! Haben Sie nichts anderes zu tun, als jetzt Süßholz zu raspeln?«

»Warten Sie's doch ab, Doc!« knurrte Cliff. Er streichelte Ellen noch einmal über die Augen, blickte sie zärtlich an, hob dann die Faust und schlug ihr gegen das Kinn. Es gab einen dumpfen Laut, und Ellen streckte sich.

»Sie Vieh!« stammelte Dr. Forster. »Sie verfluchtes Vieh!«

»Nun fangen Sie endlich an!« schrie Cliff und umfaßte wieder zärtlich Ellens Kopf. »Ein zweites Mal tu ich's nicht!«

Er schob den Arm unter ihre Schultern und hielt sie fest. Dr. Forster umklammerte den Fuß Ellens, drehte ihn und tastete mit der linken Hand die Bruchstelle ab. Cliff Haller zuckte zusammen.

»Sie Dreckskerl!« keuchte er. »Das ganze Bein knirscht ja.«

»Aber jetzt steht der Bruch.« Forster hielt das Bein fest. Schweiß lief ihm über die Augen und in den Mund. »Hören Sie endlich auf, den zärtlichen Traumengel zu spielen. Bringen Sie mir die Äste und die Blätter. Und die Lianen zum Verschnüren.«

Ohne Widerrede gehorchte Cliff. Er ließ Ellen los und brach die Äste auf die Länge, die Dr. Forster brauchte. Sie schienten das Bein, umwickelten es mit den kühlenden, fleischigen Blättern eines Strauches, den niemand kannte; aber Cliff dachte sich, daß die in den Blättern aufgesogene Feuchtigkeit lindernd wirken würde. Dann verschnürten sie alles mit Lianen.

Am anderen Ufer sahen ihnen aus den Büschen kleine rotbraune Männer zu. Sie hockten nahe am Fluß, unbeweglich, als seien sie verfaulte Baumstümpfe. Um ihre nackten Körper hatten sie einen geflochtenen Leibriemen geschnallt. An den Gürteln schaukelten faustgroße Gebilde. Sie sahen aus wie kleine Kokosnüsse mit schwarzen Haaren. Aber es waren Menschenköpfe.

Schrumpfköpfe.

SIEBENTES KAPITEL

Die Betäubung durch Cliff Hallers verzweifelten Schlag hielt genau so lange, wie Dr. Forster brauchte, um das gebrochene Bein Ellens zu schienen. Noch während des Verbindens wachte sie auf, rührte sich aber nicht. Forster blickte schnell zu Cliff, der Ellens Bein in seinen Schoß gelegt hatte.

»Eine blendend regulierte Anästhesie«, sagte Forster sarkastisch. »So genau kann man im Krankenhaus nicht steuern.« Er beugte sich über Ellen und bemerkte in der Tiefe ihrer Augen die flackernde Angst. »Wie fühlen Sie sich, Ellen?«

»Wie man sich nach einem k. o. fühlt, Rudolf. Mir brummt der Schädel.«

»Und das Bein?«

»Im Augenblick nichts. Doch ja –, wenn ich den Muskel anziehe – es sticht –«

»Ruhig liegen, Baby«, knurrte Haller. »Es wird noch verdammt viel Schmerzen geben, wenn wir weiterfahren.« Er legte das Bein vorsichtig auf einen Ballen. Es war ein zusammengerolltes Netz, das Moco als lebensnotwendiges Werkzeug in das Kanu gelegt hatte. »Wie lange dauert so ein Bruch, bis man wieder gehen kann?«

»Sechs Wochen.«

»Scheiße!«

»Na, na, Cliff!« Dr. Forster schüttelte grinsend den Kopf. »Es ist eine Dame hier.«

»Trotzdem.« Haller kroch nach vorn ins Boot und nahm das Paddel auf. »Sechs Wochen, da wollte ich schon in Rio sein.«

»Und sechs Wochen auch nur, wenn das Bein völlig ruhiggestellt ist.« Forster setzte sich hinter Ellen Donhoven an das Heck des Kanus und tauchte sein Paddel in das grünliche Wasser. »Was haben Sie vor, Cliff?«

»Wir suchen uns ein schönes Plätzchen, wo wir sechs Wochen faulenzen können.«

»Hier am Fluß?«

»Ein Fluß ist im Urwald so viel wert wie bei euch Ärzten eine deftige Herzspritze. Wo Wasser ist, ist Leben! Los denn – suchen wir uns ein flaches Ufer!«

»Und mich fragt keiner?« Ellen richtete den Oberkörper auf, aber Dr. Forster beugte sich sofort vor und drückte sie mit dem flachen Paddel hinunter.

»Liegenbleiben!« kommandierte er. »Ellen, Sie sollen sich nicht bewegen, das wissen Sie doch.«

»Es gibt nichts Unfolgsameres als Ärzte im Krankenbett«, rief Cliff von vorn. »Alles, was sie sonst ihren Patienten sagen, vergessen sie bei sich!« Er wandte den Kopf und lachte Ellen an. Es war wieder das unwiderstehliche, jungenhafte Lachen, das Ellen stets wehrlos machte und in ihr das Wissen festigte: Mein Gott, ich liebe ihn... so sehr ich mich dagegen auch wehre. »Hast du einen anderen Vorschlag, Baby?«

»Nein. Nur eines weiß ich: Ich werde nie mehr in einen Urwald gehen!«

»Ein frommer Wunsch.« Haller lachte laut. »In den nächsten zwei Monaten werden wir mittendrin sein!«

»Zwei Monate – eine Ewigkeit«, sagte Ellen. Es klang resigniert.

»Und dabei ist es für diesen Teil der Erde ein normaler Zeitraum.« Dr. Forster fiel in den Rhythmus von Hallers Paddel ein. Leicht und fast lautlos glitt das Kanu den Fluß hinauf. Er wurde schmaler, die Ufer rückten näher zusammen, das Wasser stank nach Verwesung. »Haben Sie überhaupt eine Ahnung, Cliff, wohin wir fahren?«

»Nur grob, Doc. Nach Nordosten.« Haller hob die Schultern. »Ich lasse mich überraschen, wann der Fluß zu Ende ist und wir über Land weitermüssen.«

Die kleinen rotbraunen Männer am Ufer glitten in den Wald zurück wie Affen. Sie gaben merkwürdige, tierische Laute von sich, die über weite Strecken zu hören waren. Es klang wie das Kreischen von aufgescheuchten, wütenden Papageien. Haller ließ sich von diesen Lauten täuschen.

»Papageien!« rief er, als neben ihnen das Kreischen herflog und sie begleitete. »Seht ihr welche?«

»Nein.«

Die kleinen Männer rannten neben dem Boot her, als würden sie keine Müdigkeit kennen. Ein schmaler Pfad am Ufer diente ihnen als Weg. Ab und zu kreischten sie, legten dabei die hohen Hände vor den Mund wie einen Trichter und nickten lachend, als ihnen aus der Ferne ein anderes Kreischen antwortete. Dann rannten sie weiter, mit merkwürdig vorwärtsschnellenden Sprüngen, die sie den Raubkatzen abgeschaut haben mußten. Sie waren vollkommen nackt und hatten nur ihr Geschlecht mit einem Strick aus Lianen hochgebunden.

Nach ungefähr einer Stunde Fahrt verengte sich der Fluß derart, daß Cliff und Forster mit ausgestreckten Paddeln fast das Ufer berühren konnten und die Luftwurzeln der Bäume wie Girlanden über ihnen hingen. Und genau hier, an der engsten Stelle des Flusses, war von Ufer zu Ufer, von Baum zu Baum, ein engmaschiges Netz aus geflochtenen Lianen gespannt... ein riesiges Spinnennetz, das nichts, was größer war als eine Ratte, durchließ. Cliff Haller drückte das Paddel sofort als Bremse in den Fluß, das Kanu blieb stehen und drehte sich in der trägen Strömung des stinkenden Wassers.

Dr. Forster warf das Paddel ins Boot und griff nach dem Gewehr. Auch Cliff Haller hatte die Waffe schußbereit über seine Knie gelegt. Ellen Donhoven, die brav auf dem Rücken lag und sich nicht rührte, klopfte mit der Faust gegen die Bootswand.

»Was ist los?« rief sie.

»Wir sind Fliegen geworden, die gleich von einer Spinne ausgesaugt werden!« antwortete Cliff mit bitterem Humor. »Vor uns ist ein Netz gespannt, und wir hängen drin. Doc, nicht schießen! Sehen Sie die Kerle?«

»Nein, Cliff!« Dr. Forster beobachtete angestrengt das zum Greifen nahe Ufer. Er sah nichts – nur das Kreischen der Papageien war um ihn.

»Es sind kleine rotbraune Kerle.« Haller rührte sich nicht, saß wie versteinert. »Eine Art Pygmäen. Das ist neu, Doc. Bisher kannte man Pygmäen nur in Zentral-Afrika. Von südamerikanischen Zwergenvölkern habe ich noch nichts gehört. Sie etwa?«

»Ich habe mich bis zu dieser verdammten Expedition noch nie eingehend mit Brasilien beschäftigt.« Forster sah sich um. »Ich kann nichts erkennen.«

»Sie blicken zu hoch, Doc!« rief Haller sarkastisch. »Die Kerle hocken auf dem Boden wie Wurzeln...«

Das Gekreisch hörte plötzlich auf. Die Stille fiel so unverhofft über sie her, daß sie zusammenzuckten. Beklemmend legte sie sich über ihre Herzen.

»Von wegen Papageien«, sagte Haller knirschend. »Das waren die Zwerge. Da – sehen Sie, Doc! Um Himmels willen, bleiben Sie ruhig sitzen. Die haben genausoviel Angst wie wir. Sie haben noch nie einen weißen Menschen gesehen.«

»Das nehmen Sie an, Cliff.«

»Es ist sicher – sonst wären wir längst mit Giftpfeilen gespickt!«

An beiden Ufern tauchten die kleinen braunen Männer auf. Es wimmelte aus dem Urwald heraus, als ziehe ein Ameisenheer über den Weg. Über hundert Männer waren es, die nackt und scheu, ihre langen Blasrohre in den Händen, am Ufer standen und mit breitem Grinsen auf den flachen, kleinen Gesichtern zu dem Kanu starrten. Ein älterer Mann, der außer um den Bauch auch noch um den Hals eine Kette aus

Schrumpfköpfen trug, winkte mit beiden Armen und hüpfte herum, als trete er dauernd auf Nägel. Cliff Haller zog die Schultern hoch.

»Ein schöner Mann«, sagte er mit Galgenhumor. »Vor allem seine Schmuckstücke sind vertrauenerweckend. Wie die Kerle grinsen! Als sei der Weihnachtsmann zu ihnen gekommen!«

Dr. Forster atmete hörbar auf. »Cliff, Sie elender Nihilist – *das* ist es! Sie sehen in uns Geister. Sie wollen uns gefallen. Sie unterwerfen sich. Schießen Sie!«

»Verrückt! Wenn sie nichts kennen – aber was Töten ist, das wissen sie.«

»In die Luft schießen, Cliff. Das Krachen allein wird sie umwerfen. Wir sind die Götter, die den Donner bringen.«

»Da könnten Sie recht haben, Doc!« Cliff sah sich anerkennend um. »Und wenn's schiefgeht?«

»Dann sind wir in ein paar Sekunden tot. Sehen Sie eine andere Chance?«

Cliff Haller antwortete nicht. Zögernd hob er sein Gewehr, streckte den Lauf in den Himmel und sah hinüber zu dem tanzenden Mann mit den vielen Schrumpfköpfen. Der Pygmäe unterbrach sein Hüpfen und stand am Ufer mit ausgebreiteten Armen.

»Jetzt!« rief Cliff. Seine Stimme war fast unkenntlich vor Erregung. »Wenn man Sie mit Pfeilen eindeckt, erschießen Sie erst Ellen, bevor Sie sterben! Diese eine Sekunde bleibt Ihnen immer!«

Forster nickte stumm. Er legte den Lauf seines Gewehres Ellen an die Schläfe. Sie sah ihn an, mit großen, abschiednehmenden Augen, und es war ein Blick, den Forster in sich brennen spürte wie eine Flamme. Ein merkwürdiges Geräusch war um ihn, und erst, als er den Atem anhielt, wußte er, daß er mit den Zähnen geklappert hatte.

Cliff Haller schoß. Der Schuß donnerte aus dem Gewehr und hallte in der Stille des Waldes wider. Dann tönte er noch dreimal, von allen Seiten, als schösse man aus verschiedenen Richtungen. Ein Echo, das selbst Cliff erschrecken ließ.

An den Ufern, zu den kleinen, braunen Männern, waren die Götter gekommen. Kaum war der Schuß gefallen, lagen sie wie vom Blitz getroffen mit dem Gesicht auf der Erde und heulten wie geprügelte Hunde. Sie zuckten mit allen Gliedmaßen und schienen sich in den weichen Boden wühlen zu wollen.

Cliff drehte sich lachend zu Forster und Ellen um. »Das war eine gute Idee, Doc!« schrie er. Er mußte schreien, denn der Druck in ihm suchte eine Erlösung. »Dieses Mal haben Sie uns das Leben gerettet. Los, schießen wir noch einmal... viermal... erst Sie, dann ich und so fort.«

Sie hoben die Gewehre und schossen über die Liegenden hinweg in den Wald. Die Kugeln surrten in die Bäume, rissen Zweige ab und schlugen irgendwo ein.

Viermal wälzten sich die kleinen braunen Männer über den Boden, nach jedem Schuß heulten sie schaurig auf, dann lagen sie am Ufer, nebeneinander wie dunkle Perlen auf einem Kettenfaden. Sie rührten sich nicht mehr, sie schienen wie versteinert.

»An Land!« rief Cliff fröhlich. »Wenn ich dem Häuptling mit seinem Tiffany-Schmuck eine herunterhaue, wird er es als Segen auffassen. Kinder, wir haben den Platz gefunden, wo wir Ellens Bruch ausheilen können. Spielen wir die Götter!«

Sie ruderten an Land und sprangen ans Ufer. Die Pygmäen lagen noch immer auf dem Gesicht, und als Cliff einen von ihnen berührte, zog er sich zusammen wie ein Regenwurm. Sie wagten nicht, den Göttern, die den Donner vom Himmel holten, ins Auge zu sehen. Cliff Haller ging zwischen ihnen herum wie in einer Herde Igel, trat ein paarmal leicht diesen oder jenen Pygmäen in die Seiten und erzeugte damit ein helles Wimmern.

»Das ist auch nicht der Sinn der Sache!« rief er. »Los!

Aufstehen! Wir fressen keinen.« Er bückte sich, packte den Häuptling mit seinen Schrumpfkopfketten am Nacken und zog ihn empor. Er stellte den kleinen, vor Angst starren Mann auf die Beine und klopfte ihm gegen die nackte, zuckende Brust. Der Pygmäe kniff die Augen zusammen. Als Cliff ihm zwei Ohrfeigen gab, blinzelte er. Diese Art von Verständigung schien er zu kennen. »Sicherlich ist er verheiratet!« stellte Cliff fest. »Es ist doch überall das gleiche!«

Der Häuptling starrte Cliff aus weiten Augen an. Dann nahm er wahr, daß der weißhäutige Gott lächelte, und er lächelte scheu zurück.

»Na also«, sagte Haller und tätschelte dem Häuptling die Wange. »Irgendwie verständigen sich die Jahrhunderte immer.« Er umarmte den Pygmäen, drückte ihn an sich und gab ihm einen Kuß auf die Stirn.

Der kleine Mann schien das als etwas Schreckliches zu empfinden. Er fiel auf die Knie und heulte wieder los, aber Cliff zog ihn vom Boden und machte eine weite Armbewegung über den Fluß in den Wald.

Der Häuptling schien zu verstehen. Er riß seine Schrumpfkopfkette vom Hals und legte sie Cliff um, band die Kette von seinen Hüften los, trug sie zu Dr. Forster und brüllte dann einige Laute in einer Sprache, die wie ein kehliges Rülpsen klang. Schaudernd legte sich Forster die Kette um den Hals.

»Nicht so zimperlich, Doc!« sagte Haller und schob einen neuen Patronenrahmen in sein Gewehr. »In der Anatomie haben Sie beim Studium eigenhändig Köpfe aufgemeißelt, und jetzt frieren Sie?«

»Das hier sind Ermordete, Cliff!«

»Dafür leben wir jetzt auch in der Steinzeit. Kommen Sie, wir holen Ellen aus dem Boot. Sie muß ja vor Angst verrückt werden.«

Eine halbe Stunde später trugen acht Pygmäen in einer Art Hängematte aus Lianen die auf zwei lange, dicke Äste geschnallte Ellen ins Innere des Urwaldes. Dr. Forster und der

Häuptling folgten ihr, die hundert anderen nackten Zwergmenschen wimmelten hinterher. Am Schluß ging Cliff, das Gewehr schußbereit in den Händen. Er traute dem Frieden nicht. Die Begeisterung war ihm zu wild. So kann man auch einen Sonntagsbraten nach Hause bringen, dachte er grimmig.

Aber er irrte sich. Das Volk der Ulurari-Pygmäen war glücklich und stolz.

Die Götter des Blitzes und des Donners kamen in ihr Dorf.

Die Götter zeichneten sie aus.

Die Götter machten sie unbesiegbar. Die Köpfe der anderen Stämme würden ihnen gehören.

Die Götter wählten sie zum Herrn des Waldes und des Flusses.

Nur eines wußten Cliff, Dr. Forster und Ellen Donhoven nicht: Die Ulurari waren nicht mehr bereit, ihre Götter wieder herzugeben. Sie waren zu ihnen gekommen, und dort sollten sie auch bleiben. Ein paar hundert Augen würden sie bewachen, damit sie nicht auch zu den anderen Stämmen gingen.

Man sieht: Auch Götter haben ihre Probleme.

Das Dorf der Pygmäen bestand aus kleinen Rundhütten. Wie Maulwurfshügel sahen sie aus, und Cliff sagte sofort: »In solch einem Bungalow bekomme ich Platzangst. Wir Götter werden den Kleinen mal zeigen, wie man Häuser baut. Passen Sie auf, Doc, das wird ein neues Wunder, wenn ich mit der Axt zu arbeiten anfange.«

Zunächst wurde für Ellen eine Unterkunft besorgt. Cliff bestimmte die größte Hütte dafür, es war die Behausung des Medizinmannes. Der Alte, der nun ausziehen mußte, schien mit dem Wohnungswechsel nicht einverstanden zu sein. Er umtanzte seine Hütte und rasselte mit Lederbeuteln, in denen kleine Menschenknochen lagen. Cliff löste die Auseinandersetzung auf Götterart: Er zeigte auf ein großes Stück Fleisch, das an einer Liane zum Trocknen in der prallen Sonne hing, legte das Gewehr an, zielte und hoffte, daß er nicht daneben schoß. Aber der Schuß saß. Die Liane wurde zerfetzt, und das Fleischstück fiel auf den Boden.

Solch ein Wunder überzeugte den Medizinmann und regelte das Wohnproblem. Die Pygmäen schoben Ellen in die Hütte, und Dr. Forster kroch hinterher.

»Wann werden sie merken, daß wir Menschen sind wie sie?« flüsterte Ellen. Sie tastete nach Dr. Forster. Er nahm ihre Hand und hielt sie fest.

»Hoffentlich erst nach sechs Wochen... Wir sind doppelt so groß wie sie und gegen sie weißer als der Flußsand. Das werden sie nie begreifen.« Dr. Forster streichelte beruhigend Ellens Hand. »Und außerdem werde ich in den nächsten Tagen einige von ihnen heilen. Das wird sie zu neuen Verehrungen hinreißen.«

»Ohne Medikamente, Rudolf?«

»Ich habe noch meine Gürteltasche, Ellen.«

»Und was ist drin?«

»Penicillin, Augensalbe, Salmiak, Hustentropfen, Magentropfen, zwei krampflösende Mittel, Pyramidon und eine Flasche Kölnisch Wasser.«

»Ungeheuerlich, Rudolf. Damit kann man nicht Gott spielen.«

»Man kann, Ellen. Allein mit Salmiak und Kölnisch Wasser!«

Am Abend bereits hatte Cliff Haller ein neues göttliches Wunder vollbracht. Er hatte in zwanzig Minuten einen dicken Baum gefällt, mit Mocos Axt. Als der lange Stamm umfiel, lagen die kleinen Männer samt ihren Frauen und geradezu winzig anzusehenden Kindern wieder flach auf dem Boden.

Die zerstörende Kraft der Götter war ihnen unbegreiflich.

In vier Tagen stand das Haus für Cliff, Dr. Forster und Ellen. Für die Pygmäen war es eine Art Hochhaus, ein Riesentempel, den sie nur ehrfürchtig auf allen vieren wie Hunde betraten. Dreißig Frauen flochten das Dach aus Ästen und Blättern. Cliff war in seinem Element, er fühlte sich wohl als Gott ..., kommandierte herum, und wenn ihn auch keiner verstand, seine Zeichen waren international. Wenn er mit seiner tiefen Stimme losbrüllte, war es den Pygmäen, als grollten wieder die Gewitter in den Wolken.

Dr. Forster war unterdessen auf der Suche nach Kranken, um auf seine Weise seine Gotthaftigkeit zu beweisen. Was er sah, war erschreckend. Kinder mit den typischen Zeichen von Mangelerkrankungen, rachitisch und mit Geschwüren übersät. Familien, denen der Tod durch Lungenschwindsucht aus den hohlen Augen schrie. Augenkrankheiten durch Infektion von Insektenstichen ... fast in jeder zweiten Hütte lebte ein Blinder. Es krochen Kinder herum, in deren vereiterten Augenhöhlen die Mücken und Fliegen wie summende Kugeln saßen.

Dr. Forster sah sehr schnell, daß er in den meisten Fällen mit den Medikamenten seiner Gürteltasche nicht helfen konnte. Er wusch ein paar vereiterte Augenhöhlen aus, schmierte Penicillinsalbe hinein und ließ die Kinder dann wieder laufen. Während der Behandlung hingen sie in seinen Armen wie betäubte Katzen und rührten sich nicht; dann, wenn er sie von sich wegstieß, rannten sie heulend davon, wurden von den Müttern aufgefangen und weggeschleppt.

Dr. Forster wunderte sich, daß er später die Kinder nicht wiedersah und sagte es Cliff. »Es ist, als ob sie die Kinder verstecken.«

»Vielleicht mästen sie sie, weil eine Götterhand sie berührte.«

Am Abend kam Cliff in das Haus und starrte Dr. Forster mit verkniffenem Mund an.

»Doc, wenn ich Ihnen sage, was ich erfahren habe, rühren Sie keinen Patienten mehr an«, sagte er heiser. »Wissen Sie, wo Ihre behandelten Kinder sind? Sie werden es nie erraten.

Ihre eigenen Eltern haben sie getötet und ihre Köpfe in den Hütten an die Wand gehängt.«

»Das... das ist nicht wahr«, stammelte Dr. Forster entsetzt. Sein Gesicht verzerrte sich vor Grauen.

»Der große Gott hat ihren Kopf behandelt. Was macht man also? Man schneidet den Kopf ab und hängt ihn auf als ein Heiligtum. Für die Pygmäen ist das logisch gedacht.«

»Das... das muß man ihnen abgewöhnen«, stotterte Forster.

»Werden Sie kein Missionar, Doc!« Haller wischte sich mit beiden Händen über das Gesicht. »Wir müssen die Zeit bis zu Ellens Heilung überstehen, weiter nichts. Und wenn sie ihren Frauen die Brüste abschneiden und uns zum Geschenk bringen..., wir nehmen sie an, Doc! Wir müssen alles tun, um Ruhe zu haben und die Götter zu spielen.«

Der Bruch an Ellens Bein heilte anscheinend gut. Es stellten sich keine Komplikationen ein, die Schienung hielt besser, als es Dr. Forster erwartet hatte, die Lianen und großen Blätter, die nach ihrer Austrocknung wie eine Gipsbinde das Bein umschlossen, waren besser als jedes normale Verbandsmaterial. Die große Gefahr, daß der Bruch schief eingerenkt war und man später das Bein noch einmal brechen mußte, um es gerade zu richten, schien gebannt zu sein. Ohne Röntgenkontrolle, nur auf den Tastsinn seiner Finger angewiesen, war das eine große Leistung Dr. Forsters. Cliff Haller meinte dazu: »Wozu sind Sie Chirurg, Doc?! Jeder muß sein Handwerk verstehen. Sie heilen Knochen, ich grabe Geheimnisse aus.«

Die Pygmäen taten alles, um ihre weißen Götter bei guter Laune zu halten. Sie brachten Fleisch in riesigen Mengen, Früchte und Wurzelgemüse, vergorenen Palmsaft und Wasser. Mit dem Wasser war Cliff vorsichtig. Er kochte es erst ab, ehe er es zum Trinken freigab. Bis auf diese gute Verpflegung aber kümmerten sich die kleinen rotbraunen Menschen nicht um ihre Götter. Solange Cliff und Dr. Forster in der großen

Hütte blieben, waren sie ungestört . . ., nur wenn sie ausgingen, folgten ihnen im Abstand von drei Metern immer sechs oder acht Krieger – wie eine Leibwache, die den kostbarsten Besitz des Stammes beschützen soll. In Wahrheit waren es Wächter, die darauf zu achten hatten, daß die Götter immer im Gebiet des Stammes blieben, und die den Befehl hatten, alle fremden Stämme sofort mit Giftpfeilen zu beschießen, sobald sie sich den Göttern näherten.

Cliff erkannte das schnell und verzog das Gesicht.

»Sie haben eine merkwürdige Art der Gastfreundschaft«, sagte er zu Forster. »Sie betrachten selbst die Götter als ihr Eigentum. Es wird ein Problem werden, wenn Ellen wieder laufen kann und wir die Zwerge verlassen.«

In der zweiten Woche deuteten alle Anzeichen darauf hin, daß die Pygmäen ein Fest feiern wollten. Die Männer schmückten sich mit Vogelfedern, die Frauen bemalten sich mit gelber Asche. Zwei junge Mädchen, klein wie Kinder, aber körperlich voll entwickelt, wurden mit rötlichem Lehm beschmiert und mit Blumengirlanden behangen. Im Hause des Häuptlings wurde um die gleiche Zeit ein Jüngling hergerichtet. Der Medizinmann bemalte den Körper des Jungen mit groben Strichen aus Pflanzenfarben; besondere Sorgfalt widmete er dem Geschlechtsteil . . . es wurde rundherum mit einer leuchtendroten Farbe angestrichen.

Und dann dröhnten dumpf die langen, hohlen Baumtrommeln, formierten sich die Männer zu einem Block aus nackten, zuckenden Leibern, dem der Block der aschebeschmierten nackten Weiber gegenüberstand, drei Sänger neben der Trommel stimmten ein schauriges Geheul an, das wie bei einer Sirene auf- und abschwoll. Cliff und Dr. Forster, die erschreckt vor die Hütte liefen und die Gewehre entsicherten, starrten entgeistert auf die beiden Menschenreihen, die sich mit rhythmischen Zuckungen auf sie zubewegten.

Vor den Männern tanzte der nackte Jüngling mit seinem leuchtendroten Geschlecht – vor den Weibern hüpften die beiden Mädchen in ihrem Lehmpanzer, der nur die Brüste und den Unterleib freigab.

»Verdammt –«, sagte Cliff und stützte sich auf sein Gewehr. »Das sieht so aus, als wollten sie uns etwas Gutes tun. Die Mädchen sind für uns ..., der Junge für Ellen.«

»Na, dann Prost!« sagte Dr. Forster sarkastisch.

»Man muß die Kleinen verstehen. Auch Götter lieben, denken sie.«

»Und hinterher werden die Mädchen und der Junge umgebracht.«

»Ganz sicher. Aber sie wissen es, und es ist ihnen eine Ehre.«

Die Pygmäen umtanzten jetzt die große Götterhütte. Die beiden Mädchen knieten vor Cliff und Forster, während der Jüngling wartend vor ihnen stand. Führt mich zu ihr, sagte sein Blick. Ich will die weiße Göttin glücklich machen!

»Denkste, mein Sohn!« sagte Cliff und grinste breit. Er hob die Hand und schüttelte sie. Dieses Nein verstanden selbst die Pygmäen. Sie kreischten auf, stürzten sich auf den armen Jüngling und wollten ihn zerreißen. Im letzten Augenblick feuerte Cliff in die Luft, die kleinen Männer fielen wieder zu Boden, die Frauen krochen zu einem Ballen zusammen wie Würmer.

Cliff faßte den verstörten Jungen an der Hand und zog ihn in die Hütte. »Du bleibst jetzt hier«, sagte er zu ihm. Er setzte ihn in eine Ecke und deutete auf den Platz. »Hier! Und keine Bewegung.« Und zu Ellen gewandt, die das alles noch nicht verstand, rief er: »Baby, wenn er sich vom Fleck rührt, ballere ihm eins vor die Füße. Die lieben Gastgeber haben ihn abgestellt, damit er dein sexuelles Brachland beackert. Sie tun wirklich alles für ihre Götter.«

Ellen richtete sich auf und legte ihre Pistole griffbereit neben sich. »Was ist denn draußen los, Cliff?«

»Ein tolles Fest. Für uns stehen zwei Jungfrauen bereit.«

»Willst du die auch in die Hütte holen?«

»Das gäbe Komplikationen.« Cliff grinste und lief zurück zur Tür. Dort erschien Dr. Forster und winkte.

»Alles vorbei. Sie haben das Fest abgebrochen.«

»Das ist ein schlechtes Zeichen.« Cliff blickte ernst auf Ellen hinunter. »Wir haben ihr Geschenk verschmäht. Weiß der Teufel, was die Steinzeit-Zwerge sich nun ausdenken!«

Sie traten vor das Haus und sahen sich um. Der Platz war leer. Die Männer und Frauen hatten sich in ihre Hütten verkrochen, nur der Häuptling und der Medizinmann saßen am Rande des Tanzfeldes wie kleine Erdhügel. Hinter ihnen, zwischen zwei Bäumen, schienen Häute aufgespannt zu sein. Cliff Haller wurde bleich und faßte Dr. Forster am Arm.

»Doc..., sehen Sie nur..., hinter den Kerlen...« Seine Stimme verlor allen Klang. »Sie haben die unglücklichen Mädchen getötet und zwischen Bäume gehängt. Kommen Sie... wir werden ihnen zeigen, was wir davon denken.«

Sie luden ihre Gewehre durch, klemmten sie unter die Achsel und gingen langsam auf die grauenhafte Richtstätte zu. Der Häuptling und der Medizinmann beugten sich tief mit den Köpfen zur Erde. Cliff gab beiden einen Tritt, sie kollerten wie Holzpuppen ein paar Meter weit über den Boden.

Die Mädchen waren schrecklich zugerichtet, ein Anblick, bei dem selbst Cliff ein Würgen überfiel. Über das Gesicht Forsters lief ein Zittern.

»Wir begraben sie, Doc –«, sagte Haller leise. »Holen Sie Mocos Spaten.«

Eine Stunde lang hoben sie das Doppelgrab aus, legten die zerhackten Mädchenkörper hinein und schaufelten die Grube wieder zu. Dann steckte Dr. Forster ein Kreuz auf den kleinen Hügel – er hatte es aus zwei dicken Ästen und Lianenschnüren gezimmert.

Am nächsten Morgen war das Kreuz geschmückt. Am Querbalken hingen, wie zum Trocknen aufgehängt, frisch abgeschlagene Köpfe. Krieger der Pygmäen hatten sie von einem Streifzug ins Nachbargebiet mitgebracht.

»Es ist schwer, Missionar zu sein«, sagte Cliff sarkastisch zu Dr. Forster. »Ihr Kreuz ist zu einer neuen Kultstätte geworden.«

In der fünften Woche unternahm Ellen die ersten Gehversuche. Gestützt auf Cliff und Forster humpelte sie in der Hütte herum, ging dann ein paarmal über den Platz und ließ sich später erschöpft auf das Lager zurückfallen.

»In einer Woche läufst du wie ein Reh!« sagte Cliff anerkennend. »Und in einer Woche ziehen wir weiter. Ich habe die Karte studiert. Wir müssen hier in der Nähe des Rio Coari sein. Unser Mistfluß muß da entspringen, wo auch der Coari herkommt. Gelingt es uns, ihn zu erreichen, haben wir das Leben zurückgewonnen. Dann schwimmen wir geradewegs zum Amazonas und nach Manaus.«

»Und in die Arme von Cascal«, sagte Ellen.

»Nein. Für die Menschen da draußen sind wir verschollen, verkommen, tot! Vom Urwald aufgefressen. Wir werden den Amazonas hinunterschwimmen wie Ferienreisende, und keiner wird uns beachten. Gefährlich wird es erst wieder in Manaus.«

Nach weiteren acht Tagen war Cliff aufbruchbereit. Er hatte den Jüngling, der wie ein Sklave um sie herum war, so weit unterrichtet, daß er ihm durch Zeichen und Laute klarmachen konnte, was er wollte. Jetzt erklärte er ihm, daß sie weg wollten. Er zeichnete mit einem Ast ein Kanu auf den Boden, in dem vier Menschen saßen. Dann zeigte er auf Ellen, sich, Dr. Forster und den jungen Pygmäen.

Der kleine Mensch nickte ängstlich. Er verstand. Die weißen Götter wollten weiterziehen. Die große Ehre des Stammes erlosch. Demütig kniete er in seiner Ecke und beobachtete Cliff und Dr. Forster, wie sie ihr Gepäck zusammenschnürten.

Dann warteten sie die Nacht ab. Ein glitzernder Sternenhimmel war über ihnen, als sie leise die große Hütte verließen und zunächst im Schatten der Hauswand stehenblieben.

Das Dorf schlief. Es brannte kein Feuer, nur die vielfachen Laute des nächtlichen Urwaldes umschlossen die niedrigen runden Hütten.

Der Jüngling winkte. Er führte sie einen anderen Weg zum Fluß als den, welchen sie gekommen waren. Er schlug einen weiten Halbkreis, trabte ihnen auf einem schmalen Pfad voran und fuchtelte mit den Armen durch die Luft, wenn Cliff sichernd stehenblieb und in die Nacht lauschte.

»Wir müssen ihm voll und ganz vertrauen«, flüsterte er Ellen und Forster zu. »Er hat uns jetzt in der Hand.«

Der Pfad mündete wieder auf den Weg, der zum Fluß führte. Und hier, vielleicht dreihundert Meter vom Dorf entfernt, hörten sie plötzlich schrille Schreie und sahen dann einen Feuerschein, der den Nachthimmel erhellte.

»Jetzt haben sie die Flucht entdeckt!« schrie Cliff. Er packte Ellen und schob sie vor sich her.

»Rudolf!« rief Ellen und zerrte an Cliff mit einer Eisenklammer harten Hand. »Wo ist Rudolf? Sie kommen nicht mehr mit!« »Er ist hinter uns! Verdammt... weiter! Es hat doch keinen Sinn, stehenzubleiben!«

»Rudolf!«

Ellen stemmte die Beine gegen den Boden. Cliff riß sie weiter, und als sie sich wehrte und loßreißen wollte, schlug er ihr mit der freien Hand ins Gesicht.

»Er bleibt zurück!« schrie sie. »Wir können doch Rudolf nicht allein lassen!«

Der Weg zum Fluß. Nur noch hundert Meter.

Ob das Kanu noch am Ufer liegt? Nach sechs Wochen?

Oder hatten es die Pygmäen zerstört? War es im Wasser verfault? Spannte sich das Netz noch immer über den Fluß? Mußten sie jetzt zu Fuß in die unbekannte Hölle flüchten?

Cliff Haller zog Ellen hinter sich her. Zweimal fiel sie hin, und jedesmal zerrte er sie wieder hoch, schob das Gepäck wieder auf ihren Rücken und rannte weiter.

Dr. Forster sahen und hörten sie nicht mehr. Er war, als sie den Hauptweg zum Fluß erreicht hatten, gestolpert und hatte sich den Fuß böse verstaucht. Humpelnd, von den Schmerzen zerrissen, schwankte er weiter, stützte sich auf den kleinen Menschen, der bei ihm blieb und wußte in diesen Minuten, daß hiermit sein Leben abgeschlossen war.

Er hörte Ellen seinen Namen rufen, aber er gab keine Antwort. Lauf – Ellen, dachte er. Lauf ... kümmere dich nicht um mich ... rette dich mit Cliff, werde glücklich mit ihm ..., ich weiß, daß du ihn liebst und nicht mich ..., ich habe keine Chance gegen diesen Mann, ich bin nur ein Trottel von Wissenschaftler, ein gutmütiger Kumpel ...

Lauf, Ellen, lauf ...

Vom Dorf kamen sie gerannt wie die wilden Affen. Ihr Gekreisch zerfetzte einem das Herz. Sie schwangen brennende Äste.

Er blieb stehen und gab dem Jüngling einen Stoß vor die Brust. »Los!« schrie er den Kleinen an. »Rette dich.« Er zeigte nach vorn, wo Cliff und Ellen in der Dunkelheit verschwunden waren. »Warum rennst du nicht weg?!«

Der Jüngling schüttelte stumm den Kopf. Er setzte sich vor Dr. Forster auf die Erde und legte die Hände gegeneinander.

Cliff und Ellen erreichten in diesem Augenblick den Fluß. Das Kanu lag nicht mehr an der Landestelle, nur ein paar leichte Rindenboote der Pygmäen, zierlich wie Kähne in einem Zwergenmärchen, schaukelten im Wasser. Das Netz war eingezogen, der Fluß war frei.

»Hinein!« schrie Cliff und stieß Ellen zu den Booten.

»Rudolf! Wir können nicht ohne ihn flüchten. Cliff, ich flehe dich an ... laß uns warten!« Sie wehrte sich, als Haller sie in eines der kleinen Boote hob und mit einem kräftigen Ruck die Lianen-Leine vom Pflock riß.

»Er wird ein anderes Boot nehmen!« keuchte er und stieß vom Ufer ab. »Er ist unmittelbar hinter uns. Da ...«

Aus dem Wald bellten ein paar Schüsse. Ellen richtete sich auf und legte beide Hände als Trichter vor den Mund.

»Rudolf!« schrie sie hell. »Hierher! Hierher! Hier sind Boote!«

Dr. Forster lehnte an einem Baum und wartete auf die Schar der schreienden Pygmäen. Er konnte keinen Schritt mehr laufen, das Knöchelgelenk schwoll an, und jeder Schritt war wie das Eintauchen in glühendes Pech. Er wußte jetzt, daß ihm nur wenige Minuten blieben, und er nutzte sie mit einer Kaltblütigkeit aus, die ihm niemand zugetraut hätte.

Jetzt ist Ellen am Fluß, dachte er fast glücklich. Sie sind gerettet. Sie werden weiterleben, wenn der Urwald sie wieder freigibt. Ich habe mein Versprechen gehalten: Ich werde Ellen beschützen, solange es mir möglich ist.

Es war ein merkwürdiges Gefühl, das durch die Adern zum Herzen und zum Gehirn kroch – jetzt, da sein Leben nur noch nach Minuten zählte ...

Dr. Forster hob sein Gewehr. Ich werde euch noch einige Minuten Vorsprung verschaffen, dachte er. Nutzt sie aus, Ellen und Cliff. Wartet nicht auf mich. Rettet euch!

Er legte an, als die geballte Masse der kleinen kreischenden Menschen auf ihn zurollte. Fackelschein erhellte zuckend die verzerrten Gesichter.

Die Götter verlassen das Dorf. Haltet sie fest! Solange sie bei uns sind, sind wir unbesiegbar. Holt sie zurück!

Dr. Forster zielte. Dann drückte er ab und fegte den ersten Krieger vom Weg. Als die Kugel in den kleinen braunen, glänzenden Körper schlug und der Mann zur Seite wirbelte, blieben die anderen stehen und bildeten eine starre Wand wie in den Boden gerammte Hölzer.

Noch sechsmal schoß Dr. Forster, und die Getroffenen fielen um, als habe man sie über dem Boden abgesägt. Dann stellte Forster das Gewehr auf die Erde, lehnte seine Brust über den Lauf und drückte ab.

Der Schlagbolzen machte plopp, aber kein Schuß löste sich. Das Magazin war leer.

»Mein Gott, warum das noch?« stammelte Dr. Forster mit

weiten, entsetzten Augen. Sein Gesicht verzerrte sich in unendlicher Qual. Er sah das grauenhafte Bild der hingeschlachteten beiden Mädchen vor sich, die man zwischen die Bäume wie Häute gespannt hatte, und starrte in die stumme, braune, vom Fackelschein umloderte Mauer der kleinen Menschen, die sich jetzt in Bewegung setzte wie eine Prozession.

Forster schloß die Augen. Er nahm sich vor, stumm zu sterben und betete innerlich, daß es schnell gehen möge. Ein Gewimmel von Händen griff nach ihm, zerrte ihn vom Baum, sein verstauchter Fuß schoß den Schmerz bis unter die Kopfhaut, er knirschte vor Pein mit den Zähnen... aber dann spürte er, daß niemand ihn aufschlitzte, daß sich keine spitzen Steinmesser in seinen Körper gruben, sondern daß man ihn hochhob, daß sechs oder acht oder zehn kleine, braune Körper unter ihn krochen, ihn stützten und wegtrugen und feierlich mit ihm auf ihren Rücken zurück ins Dorf marschierten. Dort legte man ihn in der großen Hütte auf sein altes Lager und ließ ihn dann allein.

Nur noch einmal wurde er gestört – der Medizinmann kam herein und legte ihm einen abgeschlagenen Kopf zu Füßen.

Den Kopf des Jünglings.

Ein Dorf opferte seinem Gott, der bei ihm geblieben war.

Dr. Forster schlug beide Hände vor das Gesicht.

Er durfte weiterleben, aber sein Schicksal war der Urwald geworden.

Man hörte nie wieder von ihm. Er tauchte nie wieder auf.

Auch später, als man dieses unbekannte Gebiet durchkämmte und aus der Luft erforschte, zeigte sich keinerlei Leben im Dschungel. Die Zwergenmenschen wurden nie gefunden. Aber man nimmt an, daß Dr. Forster noch heute als Gott der Pygmäen lebt.

Er war erst 31 Jahre alt.

Zwei Monate später tauchten am Rio Coari ein Mann und eine Frau aus dem Dunkel der Grünen Hölle auf.

Wie Gespenster schwankten sie an den großen Fluß, fielen am Ufer in den Sand und blieben dort liegen, als seien sie beim Anblick der Freiheit aus Freude gestorben.

Sie lagen bis zum nächsten Morgen am Ufer, in einem Schlaf totaler Erschöpfung, die schon mehr einer Ohnmacht glich.

Cliff Haller wachte als erster auf, kroch an das Wasser und wälzte sich im Fluß wie ein Tier. Es war eine flache, ausgespülte Bucht ohne Piranhas und Alligatoren, nur zwei dicke Wasserschlangen lagen träge in der Sonne. Cliff hinderten sie nicht an seiner wilden Sehnsucht nach kühlendem Wasser ... sie schwammen zum Ufer und überließen ihm den Tümpel.

Nachdem er sich über zehn Minuten im Wasser gewälzt hatte, watete er an Land, warf sich neben Ellen auf die Erde, umarmte sie, hob ihren Kopf hoch und küßte sie. Er küßte sie so lange, bis sie aufwachte und mit einem hellen Aufschrei die Arme um seinen Hals warf.

»Gerettet!« schrie Cliff und wälzte sich mit ihr durch den Sand. Er benahm sich wie ein Irrer, lachte und küßte sie, sprang dann auf und riß sie zu sich empor. Mit einer weiten Armbewegung umfaßte er den Urwald und den mächtigen, breiten Fluß. »Das Leben!« schrie er. »Ellen, Baby – so sieht das Leben aus! Wir sind neu geboren worden!«

In den nächsten Tagen bauten sie sich eine Blätterhütte und begannen dann Bäume zu fällen und ein Floß zu zimmern. Cliff entdeckte eine Gruppe von Balsabäumen, deren Holz so leicht wie Kork war und als unsinkbar galt. Er baute zunächst ein kleines Floß mit großem Ruder und fuhr auf Erkundung den Rio Coari hinab. Nach sechs Stunden kam er wieder, erschöpft, ausgepumpt, besiegt von der Strömung des Flusses.

»Vier Meilen von hier ist eine kleine Siedlung«, sagte er, als er gegessen hatte und neben Ellen unter dem Blätterdach lag. »Zivilisierte Indios und ein paar Weiße. Ich nehme an, Landvermesser. Dahinter wird der Fluß so breit, daß man mit der Strömung mitgerissen wird, man kann tun, was man will.

Das ist gut, Baby. Wir werden in einer Nonstopfahrt zum Amazonas kommen.«

Nach drei Wochen war das große Floß fertig. Cliff kappte die Lianen, legte den Arm um Ellen und hob die rechte Hand an den Kopf.

»Wir taufen es Rudolf«, sagte er feierlich, als das Floß in den Fluß rutschte und das Wasser über ihm zusammenschlug, ehe es wieder auftauchte. Es war das erste Mal, daß er Forsters Namen wieder erwähnte. Ellen nickte stumm und drückte den Kopf an Cliffs Brust.

Drei Tage brauchten sie, um das Floß mit Lebensmitteln, Frischwasser und Brennholz zu beladen. Cliff fing wilde Schweine in Fallgruben, zerlegte sie, und Ellen briet sie über dem offenen Feuer, damit das Fleisch sich hielt. Aus ausgehöhlten Kürbissen machte Cliff Töpfe und Wassergefäße, konstruierte Vorratskisten aus Rundhölzern, die er mit Lianen zusammenband und in die sie das gebratene Fleisch stapelten.

Dann war endlich die Stunde gekommen, in der sie das Floß vom Ufer abstießen und in die Mitte des Rio Coari trieben. Cliff lenkte mit dem großen Ruder in der Gabel am Heck des Floßes, und es gelang ihnen schneller, als sie gedacht hatten, in die Strömung zu kommen. Mit einer Geschwindigkeit, als triebe sie ein Motor an, schossen sie den Fluß hinunter.

Ellen lief nach hinten zu Cliff, umarmte ihn und küßte ihn. Plötzlich weinte sie und kauerte sich zu seinen Füßen.

»Ich hätte nie geglaubt, daß wir jemals wieder aus dem Wald herauskommen«, schluchzte sie. »Ich hatte abgeschlossen, Cliff... ich war schon tot!« Sie sah sich um, sah den breiten Fluß, die vorbeigleitenden grünen Ufer, den blauen Himmel und die verdammte, verfluchte, geliebte, gehaßte, gelobte Sonne. »Und jetzt fahren wir... wir fahren, Cliff... wir leben wirklich... und alles, alles ist vorbei!«

»Alles, Baby.« Cliff Haller biß die Zähne zusammen. Noch haben wir Manaus nicht hinter uns, dachte er. Noch sind wir nicht in Rio. Noch fliegen wir nicht im Jet nach Florida.

Ich habe die beiden Filme noch bei mir ... ich habe sie die ganze Zeit bei mir gehabt, in einem Lederbeutel auf der Brust. Die Filme, die Millionen wert sind, die einen Staat erschüttern können. Die Filme, die zwei Leben wie unsere Leben wert sind.

Die Jagd, Baby, ist noch nicht zu Ende. Wir sind von einer Gnadenlosigkeit nur zurückgekehrt in eine andere Gnadenlosigkeit. Und sie ist gefährlicher als die kleinen Pygmäen – hinter ihr stehen Tausende Gehirne, die wie Computer arbeiten.

Erst wenn wir wieder drüben in Florida sind, gehört unser Leben wieder uns.

Sie trieben drei Wochen auf dem Rio Coari, bis sie endlich durch den Coari-See den Amazonas erreichten.

Sie fuhren nur nachts ... tagsüber schliefen sie an einsamen Ufern, unter überhängenden Bäumen, füllten ihre Eßvorräte auf und sammelten das Regenwasser für den Durst.

Zweimal legte Cliff in der Nacht nahe einer Siedlung an, ging an Land und kam dann mit Sachen beladen zurück. Er brachte eine Axt mit, zwei Decken, eine kleine Zinkwanne, einen Flaschengaskocher, Salz und Pfeffer, zwei Küchenmesser und eine Brieftasche mit 2000 Escudos.

Auch auf dem Amazonas ließen sie sich nur des Nachts treiben, bis sie in der kleinen Urwaldstadt Codajás an Land gingen.

In einem Magazin, das die Kautschuksammler und andere Abenteurer ausstattete, kaufte Cliff sich von dem gestohlenen Geld einen neuen Tropenanzug und für Ellen eine Leinenhose und ein weites Leinenhemd. Zum ersten Mal seit Monaten rauchte er wieder eine Zigarette. Es war wie ein Fest. Allein saß er draußen auf der Bank vor dem Magazin und inhalierte den Rauch wie Medizin. Erst jetzt, dachte er, bin ich wirklich zurück.

Ich rauche eine amerikanische Zigarette.

Wie Touristen, nur ein wenig unbequemer, aber sonst mit allem versorgt, ließen sie sich weitertreiben bis kurz vor Manaus. Das Floß versagte nie, die Lianenverschnürungen hielten. Am Tage herrschte jetzt auf dem Amazonas ein reger Schiffsverkehr ... die Nähe der großen Stadt Manaus machte sich bemerkbar. Schleppkähne mit wertvollem Edelholz schwammen träge stromabwärts, kleine Motorboote schwirrten um sie herum wie Mücken. Nachts aber war der Amazonas still, verträumt wie ein Märchenfluß, in dem sich der Mond spiegelte. Das war dann die schönste Zeit von ihrer Reise ... sie glitten mit ihrem Floß wie durch flüssiges Silber.

Manaus.

Die brodelnde Urwaldstadt. Aus dem Boden gestampft von den Glücksrittern wie die Goldgräberstädte in Kalifornien und Alaska.

Eine Stadt, hingespuckt in den Dschungel, am Zusammenfluß von Amazonas und Rio Negro.

Cliff Haller und Ellen betraten Manaus völlig unauffällig. Ihr Floß hatten sie bei Salgada verlassen und mit allen noch vorhandenen Lebensmitteln und Geräten im Strom versenkt. Cliff hieb die Lianen los und ließ die einzelnen Stämme wegtreiben. Dann kauften sie sich zwei Maulesel und jeder einen breiten Strohhut und ritten wie hundert andere Einwohner der Stadt entgegen.

Die erste Telefonzelle, die sie sahen, zog Cliff magisch an. Er fühlte sich jetzt so sicher, daß er seinen persönlichen Triumph nicht mehr zurückhalten konnte.

Um 15.43 Uhr klingelte bei General Aguria das Telefon. Aguria blickte unwillkürlich auf die Uhr, weil ihm die Vermittlung sagte, ein anscheinend Verrückter wolle ihn sprechen.

»Was gibt es?« schrie Aguria in den Hörer. »Wer sind Sie?«

»Hier spricht Haller«, sagte Cliff genußvoll. »Cliff Haller. Ich habe das Rennen gewonnen, General. Die Fotos sind auf dem Wege nach Washington. Ich wollte Ihnen nur noch eines sagen: In Ihren verdammten Urwald gehe ich nicht wieder! Leben Sie wohl, General.«

Aguria legte den Hörer langsam zurück, als sei er aus Blei. Er wischte sich über das Gesicht, seufzte tief und nahm den Hörer wieder auf.

»Sergeant«, sagte er zu der Vermittlung. »Das Ministerium in Rio, den Chef der Abwehr und Senhor Cascal. Die Nummer haben Sie. Zuerst Cascal...«

Er wartete etwa vier Minuten, dann klingelte es. Cascals nüchterne Stimme meldete sich.

»Was gibt's, Herr General?« fragte er. »Soll ich rüberkommen zum Kartenspiel?«

»Ja, José. Ich habe eine wundervolle Pokerkarte hier. Cliff Haller ist in Manaus...«

Aguria hörte, wie drüben Cascal laut aufschnaufte und dann wortlos die Verbindung abbrach.

Der Jäger hatte sein Wild wiedergefunden.

ACHTES KAPITEL

Thomas Callao kannte jeder in Manaus. Früher oder später kam man mit ihm in Berührung, denn Callao war Sarghändler und Leichenbestatter. Sein Geschäft, in dessen Schaufenster ein Luxussarg aus Mahagoni mit weißen Seidenkissen stand, machte einen soliden Eindruck und wurde garantiert nur von denjenigen betreten, die jemanden zu begraben hatten. Wer geht schon in ein Sarggeschäft, ohne einen zwingenden Grund zu haben?

So lebte Thomas Callao zufrieden und geachtet in der Urwaldstadt, verrichtete seinen Beruf mit Würde, sargte ein und schmückte die Friedhofskapelle, sprach den Hinterbliebenen sein tiefes Mitleid aus und tröstete sie mit Bibelsprüchen, was stets dankbar angenommen wurde. Mit allen Polizisten stand er auf du und du, kannte die Offiziere der Garnison Amazonas, den Bürgermeister, die reichen Leute der Stadt, die Richter und Staatsanwälte, war Mitglied des Golfklubs, Förderer des Fußball-Vereins und einer der Befürworter zur Wiedereröffnung der großen Oper von Manaus.

Thomas Callao gehörte zur Stadt Manaus wie der Amazonas-Fluß, und wenn man jemanden gefragt hätte, wie lange er schon hier wohne, hätte man die Antwort bekommen: »Wer weiß es? Er war schon immer da.«

Das stimmte nicht. Thomas Callao wohnte erst seit sieben Jahren am Rande des Urwaldes, und er hieß auch eigentlich gar nicht Callao, sondern Robert Carpenter, war nicht in Belém geboren, sondern in einem kleinen Nest in Utah, hatte in Massachusetts studiert und war später zum CIA gekommen wie eine Nonne zum Kind. So drückte er es wenigstens selber aus. Durch Zufall hatte er geholfen, einen japanischen Agenten zu entlarven, und das hatte ihm so gut gefallen, daß er bei dem Verein geblieben war. Er erlernte alles, was man braucht, um ein anderer Mensch zu werden, und er wurde Thomas Callao, zog nach Manaus und leitete von hier aus den Spionageeinsatz in ganz Südamerika. Die Tarnung als Sarghändler war die beste Idee gewesen..., wer Leichen begräbt, ist für normale Denker völlig harmlos, und daß ständig fremde Menschen in seinem Laden aus- und eingehen, ist ebenfalls selbstverständlich, denn wo geboren wird, wird auch gestorben, und Hinterbliebene gibt es immer eine ganze Menge.

Bob Carpenter staunte nicht schlecht, als an diesem Tag ein Mann und eine zierliche Frau mit langen blonden Haaren sein Geschäft betraten und sich nicht sofort um die in Reih und Glied nach Preisgruppen aufgestellten Särge kümmerten, sondern sich unauffällig umsahen, die Ladentür von innen schlossen und das seitlich der Tür baumelnde Schild ›Vorübergehend geschlossen‹ an die Scheibe hängten. Auch das kam öfter bei Callao vor, wenn er einige Beerdigungen hintereinander hatte und seinen Laden schließen mußte. Die Leute in Manaus spotteten dann immer: Unsere Doctores haben mal wieder fleißig gearbeitet.

»Nanu!« sagte Carpenter an der Tür seines rückwärts liegenden Büros. »Ist es schon zwölf Uhr mittags?«

»Fünf nach zwölf!« Cliff Haller nahm den großen Strohhut vom Kopf. »Mach den Mund zu... du siehst in dieser Haltung nicht gerade sexy aus!«

»Cliff!« stammelte Carpenter. »Mein Gott, Cliff, du bist es!« Er rannte auf Haller zu, umarmte ihn und drückte ihn an sich. Er war genauso groß wie Cliff, nur etwas schlanker und seiner Stellung gemäß eleganter mit seinem weißen Hemd und seinem mittelblauen Anzug. »Cliff, ich begrabe Tote, aber ich bin nicht zuständig für Wiederauferstehungen! Die nächste Kirche mit Pfarrer, die Wunder annehmen, ist drei Straßen weiter. Sankt Josephus!«

Cliff lachte dröhnend, schob Carpenter weg und drehte sich zu Ellen um. »Das sind meine Freunde«, rief er. »Verdammt, ich fühle mich wieder wie zu Hause.« Er zog Ellen an der Hand zu Carpenter und nickte ihm zu. »Bob, zieh kein schiefes Gesicht, sondern sei lieb und brav, wenn du ohne blaues Auge den Sonntag erleben willst: Das hier ist die zukünftige Mrs. Haller.«

»Ich platze vor Begeisterung.« Carpenter gab Ellen die Hand. »Willkommen, Lady, in unserem Kreise. Wachsen noch mehr solch herrliche Orchideen im Urwald wie Sie?«

»Stop!« Cliff legte Carpenter die Hand flach auf den Mund. »Ellen ist Ärztin. Dr. Ellen Donhoven. Ich habe ihre Expedition aufgelesen, als sie drauf und dran war, den Intrigen eines Mistviehs vom brasilianischen Geheimdienst geopfert zu werden.«

»Cascal!?«

»Du kennst ihn?«

»Seit deinem Verschwinden habe ich von der Zentrale alle Unterlagen bekommen.« Carpenter grinste breit. »Weißt du, daß du offiziell seit vier Wochen tot bist? Man hat dir post mortem sogar einen Verdienstorden verliehen. Wie ich den Alten in Washington kenne, wirst du ihn wieder zurückgeben müssen. Nur wenn unsereiner ins Gras gebissen hat, weiß man da oben, was für Kerle wir waren.«

»Kommt ins Büro«, sagte Carpenter. Er ging voraus, zapfte aus einem eisgekühlten Trinkbehälter Orangensaft ab und schob die Gläser Cliff und Ellen über den Tisch. Es war für sie ein ungewohntes, herrliches Gefühl, wieder in einem Sessel zu sitzen. »Ich werde gleich der Zentrale durchgeben, daß Cliff Haller bei mir ist und gefragt hat, ob seine Beförderung zum Oberstleutnant eingetroffen ist. Wenn nicht, will er wieder in den Urwald.«

»Stop!« Cliff hob die Hand. Er nestelte seinen Lederbeutel

aus dem Hemd und öffnete ihn. Zwei tropenverpackte, kleine Filmrollen legte er auf den Tisch. Carpenter sah sie mit hochgezogenen Brauen an. »Das muß sofort an die Zentrale, Bob.«

»Fotos von Ameisenbären?«

»Fotos, alter Junge, die unsere Politiker für ein Jahr kreiseln lassen. Das sind die heißesten Bilder der letzten Jahre.«

»Darum also die Jagd auf dich! General Aguria hat die ganze Garnison auf Trab gebracht, bis es hieß, du seist im Wald umgekommen. Die Leute in Rio und die Zentrale fragten dauernd an, was denn um Gottes willen los sei. Wie kann ich das wissen, fragte ich zurück. Aber wir alle ahnten, daß du einen dicken Hund in der Pfanne hast. Was ist's?«

»Raketenbasen mitten im Urwald. Richtung: USA!«

Carpenter riß die Augen auf. »Du bist verrückt, Cliff.«

»Auf den Filmen ist die Wahrheit, Bob! Ich habe zwei Raketenrampen gesprengt ... als Visitenkarte, daß ich dort war.«

»Ist das nicht typisch?« Carpenter sah Ellen tadelnd an. »Ellen steigen Sie aus, noch heute, heiraten Sie ihn nie, diesen Irren! Sie haben keine Minute Ruhe in Ihrem Leben! Jeder schleicht sich in einem solchen Fall beim Gegner ein und verduftet wieder wie ein Windhauch ... aber was macht er?! Er gibt seine Visitenkarte ab. Macht ein Feuerchen! Und dann spielt er tote Fliege und verschwindet monatelang.« Carpenter nahm die kleinen Filme, holte aus dem Schrank eine Blechbüchse, auf der ›Die gute Marmelade von Gonzales‹ stand und warf die wertvollen Rollen hinein. Cliff Haller grinste.

»Ellen, sieh dir ihn an. Bilder, die die Sicherheit für 200 Millionen Amerikaner bedeuten, steckt er in eine Marmeladenbüchse! Und er behauptet, *ich* sei verrückt.«

»Mir scheint, alle von eurer Sorte sind so«, sagte Ellen. »Aber, Mr. Carpenter, zu Ihrer Beruhigung: Ich habe mich daran gewöhnt. Ich würde gähnen und vor Langeweile umfallen, wenn Cliff plötzlich anders würde. Ich liebe ihn.«

»Darauf trinken wir einen.« Bob Carpenter klatschte in die

Hände. »Ich habe Zeit bis drei Uhr. Dann muß ich einen Großvater begraben. Kinder, ihr wißt nicht, wie ich mich freue, daß Cliff aus diesem Mistwald wieder herausgekommen ist.«

Um drei Uhr nachmittags begleiteten sie Carpenter bis zu seinem schwarzen, mit silbernen Palmenblättern geschmückten Leichenwagen. Cliff hatte zuviel Whisky getrunken, er schwankte leicht und stützte sich auf Ellen. Er war so glücklich, wieder in der normalen Welt zu sein, daß er wie ein kleiner Junge lauter dummes Zeug anstellte. Carpenter blinzelte Ellen zu.

»Bringen Sie Cliff ins Bett«, sagte er leise zu ihr. »Seine Euphorie kann leicht gefährlich werden. Morgen ist alles anders. Cascal ist in Manaus...«

»Himmel noch mal!« Ellen zuckte hoch. »Und er hat, bevor wir zu Ihnen gingen, General Aguria angerufen.«

»Dieser Supermann!« schrie Carpenter. Er wandte sich an Cliff und riß den hin und her Taumelnden zu sich herum. »Mußte das sein, Cliff?! Willst du die Meute wieder auf dich hetzen?«

»Ja.« Haller nickte mehrmals. »Es lenkt sie von den Filmen ab. Bob... sorge dafür, daß sie sicher nach Washington kommen. Mit Cascal werde ich allein fertig.«

»Ist er nicht ein Held?« sagte Carpenter bitter. »Ellen, wenn Sie ihn wirklich heiraten wollen, sorgen Sie dafür, daß er bald aus dem Verkehr gezogen wird. Sie werden sonst wenig Freude an Ihrem Honigmond haben...«

General Aguria hatte bereits mit Rio, dem Generalkommando und der Abwehr telefoniert, als Cascal in der Kommandantur erschien.

Aguria begrüßte Cascal mit schiefem Lächeln.

»Cliff Haller ist also in Manaus«, sagte Aguria, als Cascal sich gesetzt hatte und eine Zigarette ansteckte. »Die Filme hat er los. Cascal, ich weiß, was Sie einwenden wollen, aber dieses

Mal glaube ich Cliff! Er war am Telefon so sicher. Das ist kein Bluff! Wir haben das Rennen verloren.«

»Was bedeuten Filme, General?« Cascal lächelte seinem Zigarettenrauch nach. »In jedem Trickfilm-Atelier kann man eine Raketenbasis aufbauen. Dann sind die Raketen so lang wie ein kleiner Finger, auf dem Filmbild aber hochhausgroß. Wenn uns die Amerikaner die Bilder zeigen, werden wir lachen und ihnen unterstellen, daß die Firma Walt Disney gut gearbeitet hat. Gefährlich ist nur und immer noch Cliff Haller. Er *weiß*, wie es dort aussieht, er ist Augenzeuge! Cliff in Verbindung mit den Filmen ist tödlich für uns . . ., die Filme allein sind lächerlich.«

Aguria starrte Cascal nachdenklich an. Das Arbeiten seiner Gedanken las man in seinen Augen.

»Sie meinen also, Cascal . . .?«

»Ja, ich meine, daß wir Cliff liquidieren müssen.«

»Wissen Sie, was das nach sich zieht? Jetzt ist alles alarmiert . . ., von Washington bis zur Botschaft, vom Pentagon bis zu den Spezialeinheiten. Wenn wir Cliff jetzt angreifen, gibt es keine Ausrede mehr!«

»General, es wird immer und ewig, zu allen Zeiten und in allen Situationen Unfälle geben.«

»Auch einen Unfall glaubt uns keiner mehr. Cliff steht da im Glorienschein seines Erfolges. An so etwas macht sich kein Unfall heran.«

»Und wenn der Unfall zu Ellen kommt?«

»Die deutsche Ärztin? Was soll denn das?«

»Cliff ist ihr Geliebter. Wenn wir Ellen töten, treffen wir Cliff mitten ins Herz!«

»Sie sind ein Satan, Cascal!«

»Ich denke nur nüchtern, General.« Cascal lächelte versonnen. »Es ist der logischste Weg: Wir werden Ellen Donhoven durch einen Unfall ausschalten. Ein Unfall, bei dem Cliff merkt, daß er gestellt war. Was wird Cliff tun? Wie reagiert ein Verliebter? Er wird auf Rache sinnen und aus der Reserve kommen. Er wird sich genauso benehmen, daß wir in Notwehr gehandelt haben, wenn das Wild erlegt ist! Wir werden beweisen können: Freunde, angefangen hat er. Wir haben uns nur verteidigt.«

»Und wo wollen Sie das Theaterstück spielen, Sie Teufel?«

»In Manaus oder Rio, weiß ich es im voraus?« Cascal schlug die Beine übereinander. Wie ein eleganter Großindustrieller sah er aus, gepflegt, intelligent, reserviert. »Ich muß ihn erst finden.«

»Das wird in kurzer Zeit keine Frage mehr sein.« Aguria warf sich ächzend in seinen Sessel. Er dachte noch immer an das Ministerium in Rio. Sie werden mich in die Wüste schikken, dachte er und war zutiefst beleidigt über die Pläne seiner Generalkameraden. Erst die Raketenbasis, dann die Verfolgung... und nichts als Mißerfolge. Es gibt Menschen, die eine Pechsträhne mit sich herumschleppen wie einen Dauerschnupfen. »Alle Hotels, Gasthöfe und Pensionen werden überwacht und haben Anweisung, sofort die neuen Gäste zu melden. Die Ausfallstraße zur Küste wird kontrolliert. Der Flugplatz ist abgeriegelt. Hier kann keine Wanze ungesehen abfliegen, alle Pässe werden durchleuchtet, um Fälschungen zu erkennen. Mehr kann man nicht tun.« Aguria zog das fette Kinn an und betrachtete den stillen Cascal. »Angenommen, wir erfahren in der nächsten Minute, wo Cliff sich aufhält – was werden Sie dann tun?«

»Nichts.«

»Das ist wohl ein Witz, was?« Aguria verzog sein Gesicht. »Ein schlechter, ich kann nicht lachen.«

»Nein. Ich werde nichts tun.« Cascal faltete die Hände über seinen angezogenen Knien. »Ich werde Rita die Meldung weitergeben. Das ist alles. Wissen Sie, was einen Teufel übertrifft?«

»Eine hassende Frau...«

»Sehr gut, General. Rita ist ein hassender Vulkan! Das meinte ich, als ich vorhin von einem ›Unfall‹ sprach. Cliff

Haller wird an einer brennenden Eifersucht zugrunde gehen und mit ihm diese deutsche Ärztin. Eine rein menschliche, völlig unpolitische Tragödie. Es wird keinen Politiker geben, der interveniert, wenn eine Frau der Anlaß zu ungewöhnlichen Entscheidungen wird. Haller wird nicht das Opfer seines Berufes, sondern seines Unterleibes werden!«

Aguria atmete heftig, stoßweise und schwitzte wie in einer Sauna. Mit einem Ruck riß er den Uniformkragen auf.

»Cascal, Sie Höllenhund, Sie haben das Mädchen darauf dressiert, was?«

»Nein. Das hat Cliff selber getan. Dafür hasse ich ihn auch. Denn – lachen Sie nicht, General – ich liebe Rita. Und ich werde sie erst ganz für mich haben können, wenn es keinen Cliff Haller mehr gibt.«

Das Klingeln des Telefons unterbrach ihn. Aguria erhob sich ächzend und ging zum Schreibtisch.

»Ja?« bellte er ins Telefon. Dann schwieg er, seine Augen begannen zu glänzen, und mit einem tiefen Seufzer legte er den Hörer zurück. »Cascal ... Ihr Theaterstück hat bereits begonnen. Auf das Stichwort hin ist er da, der große Gegenspieler!«

Cascal beugte sich vor. Seine Hände zuckten, als sie sich um das Kognakglas legten. »Cliff?«

»Ja. Nicht persönlich, aber immerhin ... Das Flugbüro meldet: Cliff Haller und Dr. Ellen Donhoven haben für morgen zwei Plätze nach Rio gebucht. Flug 4 um 10 Uhr 25, 1. Klasse. Immer nobel.« Aguria senkte den Kopf. »Wo hat er das Geld her? Wachsen im Urwald die Escudos auf den Bäumen? Und, verdammt, wo befindet er sich jetzt?!«

»Bei seinem V-Mann«, antwortete Cascal gemütlich. »Ich möchte nicht die Agenten zählen, die in Manaus leben. Aber sie zu entdecken, ist Zufall. Morgen also, um 10 Uhr 25.« Cascal sprang plötzlich auf. Es war, als liefe jetzt in ihm ein Uhrwerk ab wie in einer Zeitbombe. »Ich werde im gleichen Flugzeug sein.«

»Und Rita?« fügte General Aguria hinzu.

»Und Rita! Sie wird der schönste Racheengel sein, den es je gab.«

Flug Nr. 4 war aufgerufen. Eine DC-6 der Air Brasilia, Endziel Rio de Janeiro.

Rita Sabaneta lehnte an der Wand der Flughalle und starrte auf die Türen zum Parkplatz. Cascal stand neben ihr und rauchte ruhig einen langen, gebogenen Zigarillo. Ein hübsches Paar, elegant und anscheinend auf einer Vergnügungsreise in die Stadt, die wie ein Märchen sein sollte.

Rio de Janeiro.

»Wo bleibt er?« zischte Rita, als aus dem Lautsprecher zum zweiten Mal die Stimme erklang: Alle Reisende für Flug 4 bitte zur Maschine. »Er hat etwas gemerkt. Er kneift!«

»Es liegen keine Abmeldungen vor.«

»In zehn Minuten steigt die Maschine auf, José.«

»Das sind noch zehn Ewigkeiten. Du weißt, was Cliff in zehn Minuten alles unternehmen kann.«

»Ich platze. José, ich zerplatze!« Rita Sabaneta ballte die Fäuste und versteckte sie hinter ihrem Rücken. Sie schabte damit gegen die Wand, als wolle sie ein Loch hineinbohren. Cascal sah sie schnell an und kaute auf dem Mundstück seines Zigarillos.

»Reiß dich zusammen!« sagte er grob. »Du weißt, wie du dich zu benehmen hast. Keinen Skandal auf dem Flughafen! Du bist die große Dame, die Cliff Haller nicht kennt!«

»Ich halte das nicht durch, José.« Rita schnaubte durch die Nase wie ein wütender Puma. »Wenn ich ihn sehe, kratze ich ihm das Gesicht blutig. Zum Auftakt.«

»Das wirst du nicht tun. Du wirst ihn liquidieren, wie wir es besprochen haben. Er entkommt dir nicht mehr!«

Die Fluggäste betraten durch Ausgang VI das Flugfeld. In der Sonne stand silberblitzend die Maschine. Zwei Stewardessen begrüßten die Gäste am Ende der Treppe. Die kleinen Elektrowagen mit dem Gepäck flitzten hin und her.

»Da ist er!« sagte Cascal. Er spürte selbst, wie seine Stimme in diesem Augenblick rauh und zittrig klang.

Durch die Eingangstür kam mit schnellen Schritten Cliff Haller. An seiner Seite Ellen Donhoven in einem modischen, eng anliegenden, hellroten Kostüm. Die blonden langen Haare, die über ihre Schultern wehten, bildeten dazu einen herrlichen Kontrast. Cliff trug einen neuen weißen Anzug, wie ihn die reichen Pflanzer bevorzugen. Er sah so männlich aus, wie ein Mann nur aussehen konnte.

Als Cascal kurz zu Rita blickte, setzte sein Herz einige Schläge aus. Das war mehr als der Blick einer hassenden Frau ..., das waren die Augen einer Hypnotisierten, der man befohlen hat: Du siehst einen Engel! Du stehst im Paradies! Freue dich!

Cliff Haller lief hinter Ellen durch das Tor VI, nachdem er sein Ticket gezeigt hatte, warf sein Gepäck auf eines der an ihm vorbeirollenden Wägelchen und legte beim Laufen den Arm um Ellens Schulter.

»Ich bringe ihn noch auf der Gangway um«, knirschte Rita und stieß sich von der Wand ab.

»Du wirst tun, was ich dir gesagt habe.« Cascal hielt sie am Ärmel fest. »Ich habe dir Cliff geliefert – nun halte du dein Versprechen.«

Sie nickte stumm, riß sich los und lief Haller nach. Cascal vermochte ihr kaum zu folgen, und sie mußten sich auch beeilen, denn sie waren die letzten Fluggäste. Hinter ihnen dröhnte aus den Lautsprechern noch einmal die Stimme der Flugleitung.

»Flug 4 nach Rio de Janeiro startet in fünf Minuten. Zu spät kommende Reisende können nicht mehr zur Maschine gelassen werden. Achtung! Achtung! Flug 4!«

Cliff und Ellen waren schon in der Maschine, als Rita und Cascal die Treppe erreichten und hinaufhetzten. Als sie das Flugzeug betraten, sahen sie, daß Cliff in der zweiten Reihe von vorn saß. Sie suchten sich ihre Plätze in der hintersten

Reihe, auf der anderen Seite des Mittelganges, wo sie Cliff gut beobachten konnten. Er saß zurückgelehnt in seinem Polstersitz und unterhielt sich mit Ellen.

»Wir bleiben drei Tage in Rio«, sagte er gerade. »Dann fliegen wir in die Staaten. In vier Wochen bist du Mrs. Haller. Kannst du es noch so lange aushalten, Baby?«

»Schwer. Nur mit größter Willensanstrengung.« Ellen lächelte ihn an. Wie eine Madonna sah sie aus, und es war völlig unglaublich, daß sie monatelang zu Fuß, in einem Einbaum und mit einem Floß durch den Urwald gezogen war und den Tod hundertfach erlebt hatte.

»Du bist verdammt hübsch«, sagte Cliff und küßte die Innenfläche von Ellens Hand. »Ich habe große Lust, mit dir nach hinten in den Packraum zu gehen!«

»Cliff!«

»Wenn ich der Chefstewardeß fünfhundert Escudos gebe, hört und sieht sie nichts!«

»Cliff, hör auf!« Sie lachte ihn an und gab ihm eine leichte Ohrfeige. »In ein paar Stunden sind wir in Rio und haben ein Zimmer ...«

Er nickte, küßte sie ungeniert auf den Mund und bestellte bei der verständig lächelnden Stewardeß einen Whisky.

Wenig später stand Cliff auf und ging nach hinten zur Toilette. Zwangsläufig mußte er dabei an Cascal und Rita vorbei. Erst drei Reihen vorher sah er sie, und sofort wußte er, daß Rio de Janeiro nicht Abschluß des großen Abenteuers, sondern nur ein neuer Akt des Dramas werden würde. Er sah sich schnell um; Ellen las in einer amerikanischen Illustrierten. Dann ging er die drei Schritte weiter und blieb vor Rita und Cascal stehen.

»Sie an«, sagte er leise, »auch auf Hochzeitsreise nach Copacabana?«

»Nein.« Rita Sabanetas Nasenflügel bebten. Die Fetzen ihres Taschentuches fielen vor ihr auf den Boden. »Zu einem Totenfest.«

»Hören Sie nicht auf sie, Cliff«, fiel Cascal ein. »Sie haben ihren Haß auf sich gezogen. Es ist auch schwer, das zu vergessen, was Sie ihr angetan haben.«

»Und Sie sind dabei, Cascal, und halten ihr das Händchen. Welch ein trauliches Paar!« Cliff lehnte sich an Ritas Sitz. Er bewunderte in diesem Augenblick Cascal. Wie leicht wäre es gewesen, aus dem Hinterhalt zu schießen. Statt dessen flog er in der gleichen Maschine mit nach Rio, zeigte sich seinem Feind und gab ihm Gelegenheit, sich auf die kommende Auseinandersetzung, bei der es nur einen Ausgang geben konnte, vorzubereiten. Das war kein Beweis von Mut oder Kaltblütigkeit, sondern mußte einen anderen Grund haben.

»Ich werde in der amerikanischen Botschaft wohnen. Cascal, wollen Sie das Gebäude der USA stürmen?«

»Warten Sie es ab, Cliff.« Cascals Augen waren trübe vor Wut. »Sie wissen anscheinend nicht, was bei uns möglich ist.«

Nachdenklich ging Cliff davon, blieb ungewöhnlich lange auf der Toilette und überdachte seine Situation. Als er wieder durch die Sitzreihen nach vorn ging, beachtete er Rita und Cascal nicht mehr und schritt an ihnen vorbei, als seien es Fremde.

Cliff setzte sich langsam neben Ellen und nahm ihr die Illustrierte weg. Erstaunt blickte sie ihn an. Seine Augen erinnerten sie wieder an die gefahrvollen Situationen im Urwald – sie hatten den Ausdruck eines zu allem entschlossenen Tieres. Erschrocken faßte sie nach seinen Händen.

»Cliff, was ist los?«

»Cascal und Rita sind im Flugzeug. Neun Reihen hinter uns. Nein, dreh dich nicht um. Tu so, als hätte ich dir nichts gesagt. Sie begleiten uns nach Rio.«

»Ich schlage Alarm. Cliff, ich lasse den Flugkapitän rufen! Die Polizei soll am Flugzeug stehen, wenn wir in Rio landen.« Ellen wollte aufspringen, aber Cliff drückte sie in den Sitz zurück.

»Das wäre sinnlos! Was wollen wir vorbringen? Cascal und

Rita werden sich als harmlose Reisende ausgeben. Daß er vom brasilianischen Geheimdienst ist, wird er mit Recht leugnen. Und ich kann niemals zugeben, daß ich Angehöriger des CIA bin. Wir zerstechen also Luftblasen, Baby.«

»Aber irgend etwas müssen wir doch tun!«

»Stimmt! Wir verhalten uns ganz ruhig.«

Ellen nickte. Ihre Kehle war trocken vor Angst. »Sie wollen dich töten, nicht wahr?«

»Es scheint so.«

»Ich schreie, Cliff. Ich schreie um Hilfe...!« stammelte Ellen.

»Es nützt nichts. Cascal ist ein Brasilianer in einem brasilianischen Flugzeug. Man würde höchstens dich wegtragen als eine Frau mit einem hysterischen Anfall.«

Die Maschine flog ruhig und leise brummend nach Süden.

Alles war so normal wie auf tausend anderen Flügen, und doch war es anders. Nur ahnte es niemand.

Im Flugzeug saß der Tod.

Er aß Hähnchen und trank Wein, rauchte einen Zigarillo und las einen englischen Kriminalroman.

Cliff Haller und Ellen Donhoven würgten an ihren Bissen.

Auch die besten Nerven versagen, wenn der Tod im Nakken sitzt.

Die Maschine aus Manaus glitt in einer sanften Kurve auf den Flugplatz von Rio, setzte auf und rollte mit gedrosselten Motoren zu dem weißen, langgestreckten Flughafengebäude. Die Gangway stand schon bereit, und die Kofferwagen flitzten heran. Eine große schwarze Limousine parkte etwas abseits auf dem Betonfeld. Ein Regierungswagen. Anscheinend flog unerkannt ein hoher Beamter mit. Für Cascal würde man einen solchen Aufwand kaum treiben.

Cliff Haller löste seinen und Ellens Gurt, als die Maschine aufgesetzt hatte. Dann griff er in die Jackentasche, umklammerte die kleine Pistole und schob mit dem Daumen den Sicherungsflügel zurück.

Die erste Gelegenheit für Cascals Aktivität bot sich an: Wenn er jetzt schoß, gefährdete er niemanden mehr.

Aber Cascal dachte gar nicht daran, einen Skandal auszulösen. Als die Tür aufklappte, verließen er und Rita als erste das Flugzeug. Cliff Haller faßte Ellen an der Hand und drängte zur Tür. Als sie auf die Gangway traten, sahen sie unten drei Männer in weißen Anzügen stehen. Sie hatten ihre Strohhüte in den Nacken geschoben, und einer von ihnen, ein kleiner, dürrer Mann mit einem verhutzelten Gesicht, fächelte sich mit einem Taschentuch Kühlung zu. Es waren schließlich 45 Grad in der Sonne.

»Aha!« rief Cliff fröhlich. »Die ganze Bande steht da. Der gute Finley und sogar der Liliputaner Cook. Ellen!«, er legte den Arm um ihre Schulter und zog sie an sich. »Was du da unten siehst, sind die Kerle, die einmal zu mir gesagt haben: ›Cliff, alter Junge, geh mal in den Urwald südlich von Tefé und sieh dich dort um‹, und das hat so geklungen, als ob ich an der nächsten Ecke Zigaretten holen sollte! Hallo!« Er winkte, Finley und Cook winkten zurück. Der dritte Mann, ein Hauptmann Leeds, war neu in Rio. Er sollte Cliff Haller, der dringend Urlaub und Erholung nötig hatte, ablösen. Interessiert blickte er dem Mann entgegen, von dem man im CIA solche Wunderdinge erzählte.

»Willkommen in Rio!« sagte der kleine Cook, als Haller vor ihm stand. Finley aber strahlte übers ganze Gesicht, als hole er seinen Sohn ab.

»Alter Junge!« sagte er mit Rührung in der Stimme. »Als Bob Carpenter funkte, daß du lebst, habe ich mich vor Freude besoffen. In Washington haben sie schon begonnen, deinen Namen in die Ehrentafel zu meißeln – bis Cliff Ha sind sie gekommen, dann kam der Befehl: › Stop, der Kerl lebt noch!‹ Immerhin weißt du jetzt, was der Alte von dir hält! Du bist der erste Lebende, der auf der Ehrentafel steht, wenn auch nur halb.«

Der kleine Cook hatte unterdessen Ellen Donhoven begrüßt. Formvollendet küßte er ihr die Hand und stellte sich vor. Von Carpenter in Manaus waren sie über alles informiert, auch davon, daß Cliff wegen dieser Frau seinen Job an den berühmten Nagel hängen wollte. »Darüber reden wir noch«, hatte Cook zu Oberstleutnant Finley gesagt. »Könnt ihr euch Cliff als Farmer vorstellen? Nach sechs Wochen frißt er vor Langeweile seinen Hut.«

Finley und Leeds behandelten Ellen wie eine alte Bekannte. »Ihnen geht ein Ruf wie Donnerhall voraus«, sagte Finley in seiner direkten Art. »Wer mit Cliff quer durch den Urwald zieht und das durchhält, kann als Wundertier ausgestellt werden. Wenn man Sie so ansieht... Miß Donhoven, woher nehmen Sie die Kraft?«

»Ich liebe Cliff –«, sagte Ellen einfach.

Finley nickte mehrmals. »Man soll es nicht für möglich halten, was ein Mensch dann alles in sich aktivieren kann. Freunde, euch erwartet bei mir ein kaltes Büfett mit allem, was Ihr euch nur wünschen könnt.« Er faßte Ellen und wimmelte Cliff mit der anderen Hand ab. »Nein, alter Junge, Ellen gehört jetzt mir! Gönne einem versauerten Junggesellen ein paar angenehme Stunden!«

Er zog Ellen mit sich fort zum Flughafengebäude. Cook, Leeds und Cliff folgten ihnen.

»Er wickelt sie um den Finger«, sagte Cook fröhlich. »Wenigstens versucht er es.«

Cliff sah auf den kleinen Mann hinunter, der ihm bis zur Brust reichte.

»Carpenter hat Alarm gegeben. Du willst den Verein verlassen?«

»Ja.«

»Wegen Ellen?«

»Ja.«

»Und darum wickelt Finley jetzt. Er will zeigen, welch gute Kerle wir doch alle sind.« Cook grinste breit. »Du könntest doch niemals Tomaten anbauen.«

»Nein, aber Mais.«

»Verrückt! Ein Cliff Haller im Schaukelstuhl. Das fällt nicht einmal Walt Disney ein.«

Haller blieb stehen und zeigte auf Rita und Cascal, die langsam vor ihnen zum Eingang der Flughalle gingen. »Dort geht mein Liquidationskommando«, sagte er ohne Erregung. Der kleine Cook riß die Augen auf.

»Wer?«

»Das ist Cascal. Und neben ihm Rita.«

»Uff!« Cook schob sich den Strohhut weit in den Nacken. »Das Häschen vom Fluß?«

»Ja. Sie sind mit nach Rio geflogen, um mich umzubringen.«

Leeds starrte Cliff Haller an. Er erlebte es zum ersten Mal, daß ein Mensch über die Bedrohung seines Lebens sprach, als erzähle er eine Anekdote.

»Und ... und was unternehmen Sie nun, Cliff?« fragte er.

»Nichts. Ich warte und lasse ihn kommen.«

»Auf jeden Fall werden wir Cascal Tag und Nacht beschatten.« Cook schien die Lage genauso real einzuschätzen wie Haller: »Du fliegst am nächsten Montag nach Florida«, sagte er. »Es ist alles organisiert.«

»Flugkarte auch für Ellen?«

»Natürlich. Wir sind ja gar nicht so ...«

Cliff Haller beobachtete, wie Cascal und Rita am Eingang der Flughalle von einem Mann in einem dunklen Anzug abgeholt wurden. Die schwarze Limousine fuhr durch ein Sondertor vom Platz. Cliff ahnte, daß auch der hohe Beamte mit ihm in Verbindung stand. Der gegnerische Geheimdienst marschierte auf. Er tat es nicht mehr im Dunkeln, er versteckte sich nicht, man kannte sich ja bereits genau. Es war ein offener Krieg, von dem niemand in der Welt jemals etwas erfuhr. So blutig der Kampf auch war – die Spielregeln beherzigte jeder: Kein Aufsehen. Keine Öffentlichkeit. Agenten sterben im Nebel...

»Am Montag?« sagte Cliff. Er beschleunigte seine Schritte, um an die Seite Ellens zu kommen. Cook und Leeds folgten ihm. »Noch vier Tage Zeit für Cascal, mich zu töten. Er muß sich verdammt schnell etwas einfallen lassen.«

NEUNTES KAPITEL

Im Zentralbüro des brasilianischen Geheimdienstes in Rio de Janeiro war die Stimmung weniger lässig als bei den Amerikanern. Während Cliff Haller und Ellen sich in der Villa des kleinen Cook unter die Brause stellten und den fauligen Geruch von Urwald und Dschungel zum x-tenmal von sich spülten und sich einseiften, als könnten sie die vergangenen Monate damit von sich abwaschen, saßen ein paar tausend Meter weiter einige ernste Männer um einen ovalen Tisch, rauchten schweigend, tranken Kognak und hörten auf den Bericht, den José Cascal vortrug.

Cascal hatte sich für diesen Auftritt gut vorbereitet. Jedes Wort war genau überlegt. Die Schuld am Versagen aller Sicherheitsmaßnahmen schob er geschickt dem Geheimdienst selbst zu. »Es ist unmöglich, daß ein Projekt wie die Raketenbasis unbemerkt bleibt«, sagte er am Schluß seiner Verteidigung. »Die Zeiten, in denen man Versteck spielen kann und die anderen herumlaufen wie blinde Kühe, sind vorbei. Wo mehr als zwei Augen etwas sehen, gibt es keine Geheimnisse mehr. Der Fehler liegt allein in der Dimension, Senhores: Einzelne Raketen, verteilt über größere Gebiete, das läßt sich verdunkeln, aber eine ganze Basis mit eigenem Flugplatz ... wie soll man so etwas schützen?«

Die Generale sahen schweigend auf die große Karte des Tefé-Gebietes, die wie eine Decke den Tisch bedeckte. General Aguria kaute an der Unterlippe. Für ihn war die Karriere beendet. Er erwartete auch keine Gnade. Ein Posten irgendwo in einem Urwaldkommando, das war schon eine Auszeichnung, mehr, als er erhoffen durfte. Früher waren unfähige Offiziere einfach verschwunden. Wohin, danach fragte niemand, denn vieles Fragen war gefährlich.

»Ich habe nur Befehle ausgeführt, weiter nichts«, verteidigte er sich müde. »Ich bekam die Pläne und realisierte sie.«

»Senhores!« Der Chef des Geheimdienstes, ein Mann, den alle nur unter dem Namen Dariques kannten und von dem jeder wußte, daß er falsch war, fächelte sich mit einem Blatt Papier Kühlung zu. »Uns interessiert nur: Was sagen wir den Amerikanern?« Er schwenkte wieder den Zettel. »Hier ist der offizielle Protest aus Washington. Blitzschnell arbeiten die Burschen dort! Neben der Note haben sie sogar schon einige Fotos der Basis an unser Außenministerium gefunkt. Übrigens gute, klare Aufnahmen. Dieser Haller ist ein absoluter Könner!« Er warf einen Seitenblick auf Cascal. Über Cascals Gesicht zuckte es wie Wetterleuchten. Der Haß zerfraß ihn von innen wie Säure. »Das ist die Lage: Die USA verlangen die sofortige Zerstörung der Basis und eine offizielle Vollzugsmeldung.«

»So tief es uns trifft, so sehr unsere vaterländischen Herzen auch dabei bluten werden – wir zerstören die Basis!«

»Und das... das... diese Entehrung will man auf sich nehmen?« stotterte einer der Generale. Seine Mundwinkel zitterten, als unterdrückten sie mit letzter Kraft das Weinen.

»Nein. Das ist der Teil der Forderung, den wir den USA nicht erfüllen. Die Basis wird nächste Woche gesprengt, in aller Stille; dann kann von mir aus die Kommission landen und den Trümmerhaufen besichtigen. Wir werden verhindern, daß sie die Herkunft der Waffen erfahren. Das wird unser kleiner Triumph der Niederlage sein!«

»Und was geschieht mit Cliff Haller?« fragte Cascal in die Stille hinein, die den Worten Dariques folgte. Eine Stille wie nach einer Begräbnisrede. Die Gedenkminute für den verlorenen Traum von Macht und nationaler Größe.

»Haller?« Dariques winkte ab. »Er interessiert uns nicht

mehr. Sollen sich seine zukünftigen Gegner mit ihm herumschlagen!«

»Er allein hat unser Vaterland geschädigt!«

»Hinter ihm standen die USA, Cascal. Wie hinter Ihnen Brasilien stand. Sie haben verloren. Vergessen Sie nicht die sportliche Note unseres Berufes: Im Kampf den Gegner mit allen Mitteln schlagen ... nach dem Kampf die faire Anerkennung des Siegers.« Dariques lehnte sich zurück und trank einen Schluck Kognak. »Ich wünschte, ich hätte *einen* Cliff Haller in meinem Dienst. Washington hat einige hundert von seiner Art.«

»Ich werde ihn töten!« sagte Cascal laut. Die Köpfe der schweigend rauchenden Offiziere fuhren zu ihm herum. Dariques beugte sich vor.

»Ich gebe Ihnen dazu keinen Auftrag, Cascal!«

»Das habe ich erwartet. Trotzdem werde ich ihn töten.«

»Sie handeln dabei auf eigene Faust.«

»Ja.«

»Sie begehen einen Mord, Cascal, einen simplen Mord! Niemand wird Sie schützen, wenn man Sie als Täter festnimmt. Sie werden wie ein gemeiner Mörder behandelt werden. Und da es ein USA-Bürger ist, wird man, um ein gutes Gesicht im diplomatischen Verkehr zu behalten, den Mörder zum Tode verurteilen. Das ist im voraus sicher.«

»Es schreckt mich nicht, Senhores.« Cascals Gesicht war fahl, wie mit Staub überzogen. Die schwarzen Augen brannten. »Man wird den Mörder nicht bekommen.«

»Das wissen Sie so genau, Cascal?«

»Ja. Ich brauche Cliffs Tod, um selbst weiteratmen zu können. Verstehen Sie das, Senhores? Solange er lebt, ist er wie ein Stein auf meinem Herzen.« Er wischte sich über das Gesicht. Seine Hände zitterten dabei und waren feuchter als seine Stirn. »Brauchen Sie mich noch?«

»Nein.« Dariques nickte Cascal zu. »Sie können gehen. Wissen Sie, daß Haller nur noch vier Tage in Brasilien bleibt?«

»Nein.« Cascal, der schon auf dem Weg zur Tür war, drehte sich noch einmal um. »Nur noch vier Tage?«

»Ja. Und er wird bewacht wie ein hundertkarätiger Diamant. Schlucken Sie Ihre Rache hinunter, Cascal, und verdauen Sie sie wie einen fetten Kloß.«

»Unmöglich, General.« Cascal schüttelte den Kopf. »Vier Tage sind genug, um auch einen Cliff Haller umzubringen.«

Mit schnellen Schritten verließ er das Konferenzzimmer. Dariques schwieg, bis die Tür wieder zugefallen war. Dann sagte er langsam:

»Daran wird er zugrunde gehen, Senhores. Aber es ist der einfachste Weg... Cascal erspart uns damit einige Unannehmlichkeiten.«

Zwei Tage lebten Cliff und Ellen wie in einem richtigen Paradies. Die Villa des kleinen Cook lag an einem Berghang, umgeben von einem Park mit blühenden Büschen und verträumt rauschenden Palmen. Ein Swimming-pool war in eine saftige Wiese gegraben worden, und wenn man abends auf der Terrasse stand, hatte man einen märchenhaften Blick über die Millionen Lichter von Rio, das aus dieser Entfernung wie ein Zaubergarten wirkte. Ellen Donhoven war so ergriffen von der Schönheit dieser Stadt, daß sie am ersten Abend stundenlang auf der Terrasse saß und sich nicht losreißen konnte von diesem Bild glitzernder Faszination. Glücklich lehnte sie sich gegen Haller, als er hinter sie trat und die Arme um ihre Schultern legte.

»Waren wir wirklich in der Hölle?« fragte sie leise. »Cliff, ich kann's gar nicht glauben. Es liegt alles so weit zurück.«

»Gestern waren wir noch in Manaus am Amazonas. Vor zehn Stunden noch flog der Tod im selben Flugzeug wie wir.«

»Cascal! Auch er ist jetzt so weit weg –«

Haller schwieg. Manchmal ist sie noch wie ein Kind, dachte er zärtlich. Sie hat ihren Dr. med., sie ist eine verdammt mutige Person, die allein in den unerforschten Urwald zog, um Pfeilgifte zu entdecken und zu analysieren. Sie hat einen verfluchten Dickkopf und kann schießen wie ein Mann, und als ihr Freund Dr. Forster im Urwald blieb, war sie tapferer, als ich es vielleicht gewesen wäre. Himmel noch mal, sie ist eine ungewöhnliche Frau, das Seltsamste und Schönste, Wildeste und Zärtlichste, was ich jemals in einem Rock erlebt habe, aber jetzt ist sie wie ein Kind, das vor einem Weihnachtsbaum sitzt und die Kerzen bewundert.

»Er ist ganz in der Nähe, unser Freund José«, sagte Cliff und küßte Ellens Augen. Sie hatte den Kopf weit nach hinten gelegt. »Unmöglich. Wir sind doch im Paradies, Cliff.«

»Das mit einer Mauer umgeben ist, und der Drahtverhau darauf ist mit Starkstrom geladen.«

»Glaubst du, daß sie uns noch immer verfolgen, Cliff?« fragte Ellen.

»Solange wir in diesem Land sind, haben wir keine Ruhe. Dafür sorgt schon Rita.«

»Du hast sie geliebt, nicht wahr, Cliff?«

»Ich kannte dich noch nicht«, wich er aus.

»Wenn du mich nie gesehen hättest – wie wäre es weitergegangen mit dir und Rita?«

»Ich weiß es nicht. Vielleicht wie immer . . .«

»Ein Händedruck, ein paar liebe, unnütze Worte, ›leb wohl, Baby, es war wunderbar‹, und dann das große Vergessen. So ist's doch?«

»Ja. Wenn aus jedem Flirt eine Affäre würde – verdammt, das Heulen und Zähneklappern wäre lauter als in New York der Verkehr um 17 Uhr.«

»Und was wird aus uns, Cliff?«

»Was für eine Frage, Ellen. Wir heiraten.«

Cliff streichelte ihren Körper, und der gab unter dem dünnen Kleid Antwort mit einem zuckenden Beben. Ellen Donhoven spürte eine Hitzewelle durch ihren Körper fluten. »Willst du die ganze Nacht hier draußen sitzen und mit Rio poussieren?« fragte er.

»Nein, Cliff.« Sie stand auf und dehnte sich. Seine Hände hielten noch immer ihre Brüste umspannt. »Ich liebe dich, Cliff.«

»Das gehört sich auch so.« Er lachte sein jungenhaftes, entwaffnendes Lachen, hob sie auf seine Arme und trug sie ins Haus. Mit den Füßen stieß er die Türen auf und zu, und sie sprachen kein Wort mehr miteinander, bis sie sich auf dem Bett aneinanderklammerten und in einer gemeinsamen Flamme verbrannten.

Über Rio lag eine jener Nächte, die den Verstand rauben kann.

Für Cliff und Ellen war das Paradies vollkommen.

Der Abend darauf sah Cliff Haller und Ellen Donhoven im Hause des Botschafters. Brasilien feierte irgendeinen Gedenktag seiner wildbewegten Geschichte, und Botschafter Ralf Pitters hatte zum Beweis der freundschaftlichen Verbundenheit zwischen Brasilien und den USA die Spitzen der Gesellschaft von Rio de Janeiro in seine Residenz geladen. Eine Pracht für sich waren die Generale, unter ihnen auch General Aguria. Ordenbehangen, glitzernd, wie aus dem Bilderbuch, standen sie in kleinen Gruppen mit den anderen ausländischen Diplomaten zusammen und diskutierten über unwichtige Alltagsdinge. Keine Silbe fiel über die Raketenbasis im Urwald von Tefé, mit keinem Wort wurde ein politisches Problem berührt.

Der kleine Cook, überall zu finden und ebenso schnell wieder verschwunden, hatte gleich bei Cliffs Eintritt in die amerikanische Botschaft Ellen von ihm losgeeist.

»Das könnte dir so passen, die schönste Frau des Abends wie eine Uhrkette herumzuschleppen!« sagte der Kleine. Er machte eine linkische Verbeugung vor Ellen, schob ihren Arm aus Cliffs Handgriff und zog die Verblüffte mit sich fort.

Cliff bummelte unterdessen hinüber zum Swimming-pool, ließ sich von einem der zahlreichen Diener ein Glas Sekt bringen, umkreiste die im matten Licht von Lampions lachenden oder flirtenden Gruppen in ihren tiefen Gartensesseln, blieb ein paarmal stehen, um eine besonders schöne Frau zu mustern und trödelte dann weiter, tiefer in den Park hinein, wo aus der Dunkelheit das Flüstern und Kichern hinter Büschen verborgener Paare der lauen Nacht eine neue Melodie gaben.

Plötzlich blieb er stehen. Sein Körper wurde steif, das Gesicht versteinerte sich. Die Hände in den Taschen seines Anzuges ballten sich zur Faust.

»Cliff Haller«, ertönte eine Stimme hinter ihm. Gleichzeitig drückte sich ein runder, metallischer Gegenstand in Cliffs Rücken. Er brauchte nicht zu raten, was es war. »Behalten Sie die Hände nach guter, alter amerikanischer Art in den Taschen und gehen Sie weiter.«

»Cascal.« Cliff blickte in den herrlichsten Sternenhimmel, den er je gesehen hatte. »Eine so schöne Nacht, und Sie machen so häßliche Dinge. Wie sind Sie überhaupt hereingekommen?«

»Das Problem, mit Ihnen wieder hinauszukommen, ist wesentlich größer.« Die Stimme Cascals klang ruhig und sicher. Sie befanden sich in einem Teil des weiten Parks, wo die Lampions und die in den Rasen gesteckten bunten, flakkernden Windlichter sie nicht mehr erreichten.

»Muß das sein?« fragte Cliff Haller.

»Es muß.«

»Sie können mich auch zehn Schritte weiter abknallen, Cascal. Dort ist es völlig dunkel, und ich nehme an, als Profi haben Sie einen Schalldämpfer auf dem Lauf.«

»Genau wie Sie es machen würden, Cliff. Jetzt ist das Glück bei mir. Ich kann es gebrauchen nach der ewigen Pechsträhne. Wissen Sie, daß ich vogelfrei bin?«

»Wie soll ich das verstehen?«

»Ich werde Sie nicht im Auftrag des Geheimdienstes umbringen – für den sind Sie der sportliche Sieger. Unsere Abrechnung ist absolut privat.« Cascal drückte den Lauf seiner Pistole härter in Cliffs Rückgrat. »Gehen Sie langsam weiter und pfeifen Sie eine lustige Melodie.«

»Bitte. Was soll's sein? Was hören Sie gern? Etwas aus der West-Side-Story? Oder den Old Man River? Aber ich warne Sie, Cascal – ich bin nicht ausgesprochen musikalisch. Ich treffe nicht immer den richtigen Ton.«

»Ist das eine Spezialität von Ihnen?« Cascals Stimme troff von Spott. Er fühlte sich sicher, er war jetzt der Sieger.

Langsam gingen sie durch den Park, im Gleichschritt, wie zwei strafexerzierende Soldaten. Sie erreichten die Mauer, die das große Grundstück der Residenz umzog, eine drei Meter hohe Wand, deren Kamm mit eisernen Spitzen gespickt war. Cliff Haller grinste und nickte dann mit dem Kinn hinauf. »Elektrisch geladen. Da kommen Sie nie rüber, Cascal.«

»Warten Sie's ab. An dieser Stelle ist die Mauer nur noch einen Zentimeter dick. Von draußen haben wir ein Loch herausgebrochen und nur noch von innen den Putz stehenlassen, damit die Posten bei ihrem Rundgang nichts merken konnten. Wenn ich das Signal gebe, fällt der Putz zusammen.«

»Dann blasen Sie das große Halali, Cascal. Ich frage mich nur: warum solche Umstände? Machen Sie den Finger krumm und wenn das leise Plopp vorbei ist, haben Sie keine Probleme mehr.«

»Ich muß ein Versprechen erfüllen, Cliff.« Cascals Miene verzog sich zu einer Fratze. »Glauben Sie mir: Ohne dieses Versprechen lägen Sie längst auf dem Gesicht.« Er stieß einen hellen Pfiff aus, der Haller zu einem breiten Grinsen reizte. Das ist alles so unwirklich, dachte er. So lächerlich. So kolportagehaft. Und doch ist es der Vorhof zum Tod.

Er überlegte, was er unternehmen konnte, um sich aus dieser prekären Lage zu befreien. Jenseits der Steinwand hörte Cliff jetzt Geräusche. Ein leises Hämmern und Schaben, dann ein Stoß... die Mauer brach auf fast einen Meter fünfzig Höhe zusammen, ein Loch war entstanden, durch das ein Mensch bequem hindurchschlüpfen konnte. Cascal winkte mit der Pistole.

»Hinaus, Cliff!«

Haller sprang durch das Mauerloch. Aber aus seinem Plan, gleich weiter mit einem gewaltigen Satz sich in den Schutz der Nacht zu tauchen, wurde nichts.

Neben dem Loch stand ein Mädchen. Lange schwarze Haare, mit roten Blumen verflochten wie zu einem Fest. Brennende, große Augen, deren Blick sich an Haller festsaugte. Ein vor Aufregung zitternder, schlanker und doch üppiger Körper. Eine Hand, die sich ihm mit einer Pistole entgegenstreckte. Grellrot bemalte Lippen, die wie zu einem stummen Schrei geöffnet waren.

»Rita!« entfuhr es Cliff. Er blieb stehen.

Eine Sekunde, ein Wort, mit denen er sein Leben verschenkte.

»Ja«, sagte Rita. Ein Stoß in den Rücken ließ Haller vorwärtstaumeln. Cascal war durch das Mauerloch nachgekommen. »Nun bist du da. Ich habe es mir gewünscht – als das schönste Geschenk, das José zu unserer Hochzeit bringen kann. Er hat Wort gehalten ... Ich werde ihn dafür heiraten.«

»Seid glücklich und bekommt viele Kinderchen.« Cliff lehnte sich an die Mauer. Die Ahnung von einem schrecklichen Ende verkrampfte nun doch seinen Hals und ließ seine Stimme verzerrt klingen. »Findest du nicht, daß das eine merkwürdige Einladung zur Hochzeit ist?«

»Komm mit«, befahl Rita und winkte mit der Pistole. Sie ging voraus. Cliff folgte ihr schweigend und ohne weitere Verzögerung. Er wußte in seinem Rücken Cascals schußbereite Waffe.

Zehn Schritte weiter wartete ein unbeleuchteter Wagen auf dem Pfad, der sich durch den lichten Wald wand. Rita riß die Tür auf und sah Haller mit flatternden Augen an.

»Steig ein!«

»Man wird mich spätestens in einer Stunde vermissen.«

»So lange dauert es nicht, Cliff«, sagte Cascal. »Außerdem wird man denken, Sie wären mit einem schönen Mädchen im Park.«

»Fehlspekulation, Cascal. Ich habe Ellen bei mir.«

Rita gab ihm einen Stoß, er fiel auf die Polsterbank und schlug mit dem Kopf an die gegenüberliegende Tür. Der Angriff erfolgte so plötzlich, daß er sich nicht mehr um sein Gleichgewicht kümmern konnte.

»Ich hasse sie!« schrie Rita ihm ins Gesicht. Ihr heißer Atem wehte über ihn. Mit der flachen Hand schlug sie ihm viermal auf die Augen, bis er ihren Arm ergriff und wegstieß. »Das ist für sie. Für sie! Diese blonde, kuhäugige Hure! Oh, wie wird sie schreien und jammern, wenn sie dich finden, Cliff. Ich möchte dabeisein, wenn sie zusammenbricht, wenn sie deinen Namen ruft, aber du wirst keine Antwort mehr geben können, denn du wirst nur noch ein Gerippe sein, ein ekliges, abgenagtes, blankes Gerippe...«

Cliff Haller setzte sich zurecht. Ritas Stimme überschlug sich und erstarb in einem Schluchzen. Cascal legte den Arm um sie, vergaß aber nicht, gleichzeitig auf Haller zu zielen.

»Beruhige dich«, sagte er zärtlich. »Mein Gott, beruhige dich. Du hast ihn ja jetzt. Du kannst mit ihm machen, was du willst. Behalte die Nerven, favorita...«

»Ich würde sie an Ihrer Stelle zu einem guten Arzt fahren«, sagte Cliff mit zugeschnürter Kehle. »Sie ist verrückt geworden.«

»Das stimmt – verrückt vor Haß. Und nur Sie werden sie heilen können. Ihr Todesschrei, Cliff, wird die Medizin für Rita sein.« Cascal setzte sich neben Haller und drückte ihm die Pistole gegen die Schläfe. Cliff schielte auf Cascals Finger, er war bis zum Druckpunkt gekrümmt.

Der Wagen raste in einem Bogen um die Stadt herum, hinaus zu den dreckigen Hügeln von Pico di Tijuca, wo an den Hängen die Elendshütten aus Wellblech und Pappe, Unterkünfte der Ärmsten der Armen von Rio de Janeiro, kleben. Die Slums des Paradieses.

»Die Blumen in deinem Haar erinnern mich an den Rio Tefé«, sagte Cliff bedächtig. »An einem frühen Morgen war es, der Wald und der Fluß dampften in der Morgensonne, da kam ich von der anderen Seite des Flusses und brachte dir einen Korb unbekannter Blüten mit. Sie waren blutrot und trugen auf ihren inneren Blättern weiße Flecken, die aussahen wie geöffnete Lippen. Ich habe dich ausgezogen...«

»Schweig!« schrie Rita. Ihre Stimme überschlug sich wieder. »Du verfluchter Hund, schweig!«

»... ich zog dich aus, legte dich ins nasse Ufergras und streute die Blumen über dich. Dann liebten wir uns. Verdammt – das war eine heiße Stunde – und als wir auseinanderfielen, waren die Blumen zerquetscht, wie mit einem roten Brei warst du eingerieben, und du rochst wie eine einzige, riesige Rose.«

»Stopf ihm den Mund, José!« keuchte Rita. Der Wagen schleuderte lebensgefährlich um die engen Kurven der Bergstraße. »Er soll aufhören! Aufhören! Aufhören!«

Cascal schlug wortlos Cliff Haller auf den Mund. Die Lippe platzte auf, und Cliff leckte das hervorquellende Blut weg.

»Das zahle ich Ihnen zurück«, sagte er zwischendurch. »Das war ein gemeiner, unfairer Schlag.«

Von da ab lag dumpfes Schweigen in dem durch die Nacht rasenden Wagen. Die Elendsquartiere lagen hinter ihnen – jetzt begannen wieder die Villen der Reichen. Sommersitze im kühlenden Höhenwind. Parkähnliche Gärten, durch die Bäche rannen und aus denen Quellen sprudelten. Eine Pracht üppiger Bäume und Büsche, Fruchtbarkeit aus Sonne und Wasser. Vornehme Stille. Ein paar Laternen in den Gärten und an den Einfahrten. Nichts störte den Sternenhimmel, Rios zweiten Stolz nach dem Zuckerhut.

Vor einer dunklen Villa hielt Rita den Wagen an und stieg aus. Cliff beugte sich vor und starrte aus dem Fenster.

»Haben Sie beim Roulette gewonnen, Cascal?« fragte er. »Dieser Klotz kostet unter Brüdern zwei Millionen Dollar! Oder erwartet mich noch eine Überraschung?«

»Nur Ihr Tod – aber der dürfte keine Überraschung mehr sein. Steigen Sie aus.« Cascal klinkte die Tür auf. Cliff stieg aus und streckte sich, als habe er stundenlang krumm gelegen. Auf der Straße erwartete ihn Rita und starrte an ihm vorbei ins Leere. Cascal schloß das schmiedeeiserne Tor auf und machte eine einladende Handbewegung. Cliff zögerte. Verrückte Angst kroch ihm den Buckel hoch. Hundertmal hatte er sich in Situationen befunden, aus denen ein Entrinnen pure Glückssache war. Aber er war immer wieder herausgekommen, er hatte es geschafft, mit Haken und Ösen und oft auch mit Leichen, wenn's sein mußte – und nie, verflucht, nie hatte er diese gemeine Angst gespürt, die ihn jetzt lähmte. Die Ausweglosigkeit war diesmal vollkommen. Jeder Schritt, den er jetzt ging, führte näher zum sicheren Tod. Wem eine solche Erkenntnis beschert wird, der hat das Recht, Angst zu spüren.

Cascal grinste breit. Er ahnte, wie es Cliff zumute war. Rita stand hinter Haller, verbarg sich hinter seinem breiten Rükken, verkroch sich wie ein Hündchen. Die Erinnerung an die berauschende, glückliche, tobende Stunde am Ufer des Tefé unter der Morgensonne, im dampfenden Gras, als die Blüten zwischen ihren Körpern zu Brei zerrieben wurden, diese tosende Stunde der Wildheit, in der sie brüllten wie sich paarende Tiere, zerriß ihren Haß wie einen dünnen, morschen Schleier. Dahinter leuchtete die Liebe auf, die irrsinnige Liebe zu diesem Mann, der noch genau vierundfünfzig Schritte hatte bis zu seinem Tod.

»Kopf hoch, Cliff!« sagte Cascal hämisch. »Sterben Sie wie der Mann, als der Sie immer gelebt haben und dessen Kaltblütigkeit stets ein Vorbild für Ihren Nachwuchs war. Sie haben doch nie Angst vor dem Sterben gehabt.«

»Nein. Nie.« Haller ging langsam in den dunklen Park. Er

hörte aus dem Finstern einen Bach rauschen. »Aber ich konnte mich immer wehren. Ich war nie bloßes Schlachtvieh, zu dem Sie mich jetzt degradieren.«

»Ihr Pech, Cliff. Man kann sich seinen Tod nicht aussuchen.« Cascal riß ihm plötzlich die Arme nach hinten, Handschellen klickten um seine Gelenke. Das ist das Ende, dachte Haller. Unwiderruflich. Mit auf den Rücken gefesselten Armen kann ich nichts mehr tun.

»Erklären Sie genauer, Sie Saukerl«, sagte er tonlos.

»Diese Villa gehört einem Senhor Miguel de Sequillar. Er verdient seine Millionen mit Marihuana und Meskalin. Aber das weiß keiner. Offiziell handelt er mit Südfrüchten und edlen Hölzern. Und weil er so reich ist, lebt er die Hälfte des Jahres an der französischen Riviera und steckt sein Geld den Huren zwischen die Schenkel. So auch jetzt, die Villa ist leer. Aber Senhor Sequillar ist auch ein großer Tierfreund und ein Mensch, der nicht gerne Spuren hinterläßt. Wer mit Rauschgift handelt, hat viele Schwätzer. Wenn sie zu schwatzhaft werden, läßt Senhor Sequillar sie auf einfache Weise verschwinden. Er läßt sie auf einer Brücke über einen künstlichen Teich laufen... Ist der Auserwählte mitten auf dem Steg, öffnet sich eine Falltür, die man von der Terrasse des Hauses aus bedienen kann. Sekunden später ist er tot. Man munkelt, in dem Teich leben viertausend Piranhas. Ich sagte es schon... Senhor Sequillar ist ein großer Tierfreund. Gehen wir.«

»Auf die Brücke«, sagte Cliff heiser.

»Zum Teich. Über die Brücke gehen Sie allein. Ich muß den Auslöseschalter bedienen.«

»Sie sind das Dreckigste, was ich je kennengelernt habe«, keuchte Cliff Haller.

»Beschimpfen Sie nicht mich.« Cascal hob wie entschuldigend die Schultern und zeigte auf Rita Sabaneta. »Der Vorschlag kam von ihr, von Ihrem blumenbestreuten Schätzchen.«

Rita wandte sich ab und lief wie von Furien gehetzt fort in die undurchdringliche Nacht. An der Terrasse der Villa blieb sie stehen, preßte die Stirn gegen den kalten Stein und hämmerte mit den Fäusten gegen die Wand. Cascal gab Haller einen Stoß.

»Das war ihre Antwort. Und nun los. Gehen Sie, Cliff. Ich kann Sie auch zusammenschlagen, zur Brücke schleifen und auf die Falltür legen. Wenn Ihnen das lieber ist...«

Es waren genau sechsunddreißig Schritte bis zum Rand des Teiches. Ein künstlicher See von etwa fünfzig Meter Durchmesser. Am Ufer blühende Blumen und Seerosen, Zierschilf und exotische Büsche. In einem eleganten Bogen überspannte eine weiße Holzbrücke das Wasser, zierlich wie in den japanischen Gärten. In Schönheit morden, dachte Haller. Dieser Sequillar muß eine sadistische Bestie sein. Man sollte sich den Namen merken, wenn ein Wunder vom Himmel fällt und ich jetzt noch überlebe.

»Marschieren Sie los!« sagte Cascal knapp. Cliff blieb stehen. Schweiß tropfte über seine Stirn und lief über das Gesicht in den Mund.

»Sie haben Humor«, keuchte er. »Ich soll freiwillig...!«

»Das ist der Reiz der Sache. Sie gehen spazieren und kommen nicht wieder.«

»Cascal, auch Sie sind irrsinnig!«

»Wollen Sie nun gehen oder nicht?«

»Nein.«

»Sie Narr!«

Cascal hieb Haller mit dem Knauf der Pistole gegen die Schläfe, bevor dieser ausweichen konnte. Der Schlag kam so schnell, daß er ihn gar nicht sah. Stöhnend fiel er in die Knie und sank dann um, nicht völlig betäubt, aber gelähmt und mit vibrierenden Nerven. Er merkte, wie Cascal ihm auch die Füße fesselte, diesmal mit einem Strick, nicht mit einer Handschelle. Als die Lähmung nachließ, bäumte er sich auf, stieß mit den Beinen nach Cascal, krümmte sich und schnellte vor, traf Cascal am rechten Schienbein und sah, wie dieser wankte. Er wußte, daß es eine sinnlose Gegenwehr war, aber es widerstrebte ihm einfach, kampflos zu sterben, wirklich nur ein Schlachttier zu sein.

Cascal warf sich auf ihn, hieb ihm ins Gesicht und schleifte ihn dann über die Brücke. Genau auf die Falltür legte er ihn nieder und trat ihm in das Rückgrat. Ein irrsinniger Schmerz durchzuckte Cliff, ließ den Himmel über ihm explodieren und die Welt in glühende Funken zerspringen. Zum ersten Mal in seinem Leben schrie er auf vor Schmerz. Ein brüllender Schrei, als spucke er sein Herz aus.

Rite Sabaneta sank an der Terrassenwand zusammen. Sie hielt sich die Ohren zu und wimmerte wie ein Kind. Mach Schluß, schrie sie gegen die Steine. Mach Schluß. Bitte, bitte ... stirb endlich, Cliff!!

Cascal kam vom Teich zurückgerannt. Sein Gesicht sah schrecklich aus, grauenerregender als eine indianische Opfermaske. Er stürzte zum Schalter der Falltür. Unter dem Hebel glomm ein schwaches rotes Lämpchen auf.

Die Falltür ist belastet. Hebel runter.

»Jetzt!« schrie Cascal zu Rita hinunter. »Jetzt! Jetzt fällt er! Bist du nun zufrieden?«

Er drückte den Hebel bis zum Anschlag, die rote Kontrolllampe erlosch.

Cliff Haller spürte, wie nach dem unbeschreiblichen Schmerz sein Unterkörper, vom Gürtel an, gefühllos geworden war. Er hat mir die Wirbel zertreten, dachte er absolut klar. Ich bin querschnittgelähmt. Und gleich, gleich wird die Klappe fallen. Viertausend Piranhas. Ein Schmerz von Sekunden nur ..., aber dieser Ekel, dieser letzte Ekel, der als letzte Erinnerung mit ins Jenseits geht: Die aufgerissenen Mäuler der Fische, die messerscharfen Zahnreihen ...

Er lag unbeweglich auf der Falltür. Sein Gehirn hatte ausgesetzt. Alles, was man von den letzten Sekunden eines Menschen geschrieben hat, war Quatsch. Keine Erinnerung an die

Mutter, an die Kindheit, an die schönen Stunden im Leben, kein rasend schneller Film, der ›Das Leben des Cliff Haller‹ hieß, nicht einmal ein Gedanke an Ellen... Nein, gar nichts, Leere, ein Vakuum, Funkstille der Seele.

Unter ihm schnarrte etwas: Der Mechanismus, der auslösende Stromkontakt.

Viertausend Piranhas warten auf dich!

Er spreizte die Ellbogen und hieb die Zähne in die Unterlippe. Nicht schreien, Cliff! Nicht schreien! Nicht...

Da fiel die Klappe, und er sank weg.

Langsam fuhren Cascal und Rita zurück nach Rio de Janeiro. Schweigend saßen sie nebeneinander. Cascal lenkte den Wagen, Rita starrte auf die hell erleuchteten Straßen.

In ihr war absolute Leere. Sie lauschte nach innen und hörte nicht einmal mehr ihr eigenes Herz klopfen. Als Cascal sie ansprach, sah sie ihn an mit Augen, die keinen Funken Seele mehr in sich trugen.

»Er war sofort tot«, sagte Cascal heiser. »Ich habe die Falltür deutlich herunterklappen gehört. Nicht einmal geschrien hat er. Bei Gott, ich kann keine Piranhas mehr sehen!« Er fuhr etwas langsamer, schlich durch die breiten Avenidas, auf denen sich der Glanz der Millionenstadt spiegelte, um Rita genauer ansehen zu können. »War das nötig, favorita? Zugegeben – er hat mich besiegt, er hat mich meine Karriere gekostet... aber er war im Grunde genommen ein einmaliger Mensch! Er war einer, den man in die Fresse schlagen und trotzdem ehren kann. Einer der letzten Abenteurer unserer Zeit.«

»Es mußte sein!« sagte Rita kurz. »Und jetzt nenne seinen Namen nicht mehr, sonst bringe ich *dich* um!«

Bis zur Wohnung Cascals war es eine gute Stunde Fahrt. Erst in dem großen Zimmer mit der breiten Couch ergriff Rita wieder das Wort. Sie warf die Kleider von sich, legte sich auf die Kissen und breitete ihre betörende nackte Schönheit vor Cascal aus.

»Ich bezahle«, sagte sie. »Mach eine Flasche Champagner auf, zwei, drei, zehn Flaschen. Ich will in Champagner baden! Ich will das wildeste Fest meines Lebens feiern! Ich werde verrückt sein, verrückt, verrückt...« Sie schrie, strampelte mit den Beinen und kreischte hysterisch, als Cascal die erste Flasche Champagner entkorkte und den schäumenden Saft über ihren zuckenden Körper schüttete. »Mehr!« schrie sie. »Mehr! Preß eine Wolke voll Champagner aus! Er soll auf mich herunterregnen! Ich will vergessen... vergessen...«

In dieser Nacht tobte Cascal wie ein Irrer auf dem zuckenden, heißen, dampfenden, vom Sekt süßsäuerlichen Körper Ritas. Was er alles tat, er wußte es nicht... von Sinnen wie Rita, wurde er zum Tier, sah im Nebel seiner Leidenschaft Blut und leckte es auf, hörte Schreien und Stöhnen, spürte, wie Nägel seinen Rücken aufrissen und Zähne sich in seine Brust verbissen, und er tobte weiter, in roten und dann explodierenden Nebeln schwimmend, bis er von dem rasenden Körper rollte und die Besinnung verlor, noch bevor er den Boden berührte.

Am nächsten Morgen fand Cascal nach längerem Suchen Rita Sabaneta auf dem Balkon. Sie hatte sich vergiftet. Ihre linke Brust war blutverkrustet, Cascal hatte sie im Rausch zerbissen... und mit ihrem eigenen Blut hatte sie, bevor das Gift sie erlöste, mit dem Zeigefinger auf die weißen Steine des Balkons geschrieben:

Cliff... I love you...

Sie lag auf der Seite, den leeren Blick hinüber zu den Hügeln von Pico de Tijuca.

José Cascal schwankte zurück ins Zimmer und betrank sich sinnlos.

Die Lähmung wich einem grenzenlosen Staunen. Die Beine und der Unterkörper waren zwar noch gefühllos und hingen an ihm wie zwei sinnlose Würste, aber sein Gehirn begann wieder zu arbeiten. Ich lebe, dachte Cliff. Wie ist das möglich?

Die Falltür klappte auf, unter mir warteten viertausend hungrige Piranhas auf mich, ich bin in den Teich gefallen, aber ich lebe... Das ist verrückt, total verrückt. Ich schwimme nicht einmal, kein Tropfen Wasser ist an meinem Körper, bis auf den Angstschweiß, in dem ich die letzten Minuten gebadet habe. Er öffnete und schloß ein paarmal die Augen, schüttelte den Kopf wie ein nasser Hund und schleuderte damit die letzte Lähmung aus seinem Gehirn.

Das erste, was er jetzt ganz deutlich hörte, war ein Platschen und Rumoren unter sich. Er zog die Knie etwas an und wunderte sich, daß es gelang, obwohl er kein Gefühl in den Beinen hatte. Cliffs Lage war trostlos: Als die Falltür aufklappte, hatte er instinktiv die Ellbogen gespreizt. An ihnen hing er nun frei in der rechteckigen Öffnung, die Sohlen seiner Schuhe berührten fast die Wasseroberfläche, und dieses Wasser kochte von wirbelnden Fischleibern. Sie schnellten hoch, schnappten nach den Beinen... ein Meer von blitzenden Zähnen und glotzenden großen, gnadenlosen Augen.

Cliff Haller preßte die Zähne zusammen. Er zog die Rükken- und Armmuskeln zusammen, konzentrierte alle Kraft in seine Schultern, zog die Beine wieder an und drückte sich dann hoch. Zweimal versuchte er das: Muskeln spannen, Beine anziehen, dann die Beine wegstoßen und den Schwung dazu ausnutzen, sich mit der Schulter seitlich auf den Brükkenboden zu werfen...

Beim dritten Mal gelang es. Cliff wälzte sich auf die Seite und starrte durch die Falltür auf den brodelnden Teich unter sich. Ich werde mein ganzes Leben lang keinen Fisch mehr essen können, dachte er, und der Ekel würgte ihn.

Er rollte sich weiter, erreichte die Schräge der gebogenen Brücke und kugelte hinunter bis zum Ufer. Dort blieb er wieder liegen und zwang sich, nicht dem Drang nachzugeben, einzuschlafen. Mit den in den Fesseln beweglichen Händen schnürte er die Fußstricke auf und versuchte ein paar Schritte. Taumelnd ging er am Ufer hin und her, schwankte dann zu dem dunklen, palastartigen Haus und setzte sich auf eine der Steinbänke.

Es gibt wirklich noch Wunder, dachte er und blickte hinauf in den sternenübersäten Himmel. Verdammt, ich habe nie an dich geglaubt, du Gott aus dem Gebetbuch ... trotzdem: Ich danke dir!

Eine Viertelstunde später lief Cliff Haller die Bergstraße hinab und suchte ein Taxi. Viermal gelang es, eins anzuhalten, aber als die Fahrer seine auf den Rücken gefesselten Hände sahen, gaben sie sofort Gas und rasten weiter. Erst das fünfte Auto hielt an. Ein Mestize grinste ihn breit an.

»Wohin?« fragte er.

»Zur amerikanischen Botschaft.« Cliff warf sich auf den Beifahrersitz. Der Mestize tippte auf die Handschellen.

»Woher?«

»Frag nicht so viel ... hau ab!« Cliff legte den Kopf nach hinten auf die Nackenrolle des Sitzes.

»Das kostet fünfzig Dollar, Mister.«

»Du bekommst hundert, wenn du die Schnauze hältst und endlich abfährst!«

Der Mestize grunzte, ließ den Motor aufheulen und raste hinunter nach Rio de Janeiro.

Das Fest in der amerikanischen Botschaft trat in einen der ersten Höhepunkte ein: Der brasilianische Tenor Raffael Trulljo von der Oper in Rio sang Arien von Puccini und Verdi. Der Kulturattaché der Botschaft begleitete ihn am Flügel. In einem weiten Kreis hatten sich die Gäste auf der Terrasse um den Sänger gruppiert, schlürften Sekt und Cocktails und ertrugen geduldig diese kulturelle Einlage. Auch für die Bildung muß man etwas tun, das ist man den Millionen auf dem Bankkonto schuldig.

Während Trulljo das eiskalte Händchen der Mimi anbetete, waren – unbemerkt von den Gästen – Cook, Finley und Hauptmann Leeds in höchster Alarmbereitschaft. Ein Pendelposten hatte das Loch in der Mauer entdeckt. Sofort berief der Sicherheitsoffizier eine Besprechung im Zimmer des Militärattachés ein. Drei Beamte der Botschaft bezogen Wache an dem Mauerdurchbruch. Der kleine Cook hatte sofort den richtigen Gedanken: »Wo ist Cliff Haller?« fragte er.

Diskret begann die Suche nach Cliff unter den Gästen und im Park. Ellen Donhoven saß ahnungslos in der ersten Reihe der Arien-Zuhörer. Sie war vom 1. Botschaftssekretär flankiert, der den Befehl erhalten hatte: Lenken Sie Dr. Donhoven ab. Kümmern Sie sich intensiv um sie. Sie darf in der nächsten Stunde nicht nach Cliff fragen.

»Haller ist verschwunden«, meldeten die Suchkommandos. »Kein Winkel in Haus und Park ist ausgelassen worden.«

»Der Fall ist klar«, stellte Cook fest. »Sie haben Cliff gekidnappt.« Er ging zum Telefon, wählte eine Nummer und lächelte sauer, als sich der Teilnehmer meldete. »Mein lieber Freund Dariques«, sagte er. »Warum haben Sie Haller geklaut?! Wollen Sie eine offene Feldschlacht?! Die können Sie haben! Morgen liquidieren wir den uns bekannten Teil Ihrer Mitarbeiter. Das ist kein guter Stil, mein Lieber.«

Cook hörte zu, was Dariques ihm entgegnete. Im Telefon schnarrte die Stimme ohne Unterbrechung, als habe ein Relais einen Kontaktfehler. Cook unterbrach ihn nicht. Als die Stimme endlich abbrach, nickte er nur schweigend und legte auf. Finley und Leeds konnten ihre Aufregung nicht mehr verbergen.

»Was sagte er?« riefen sie gleichzeitig. Cook winkte müde ab.

»Er hat Cliff nicht. Er hat überhaupt mit der ganzen Sache nichts zu tun. Er ist völlig ahnungslos.«

»Und das glauben Sie ihm?« schrie Finley.

»Ja. Das glaube ich ihm. Die ganze Sache ist eine Privatfehde zwischen Cascal und Haller.« Der kleine Cook blickte auf seine Armbanduhr. Zehn Minuten nach Mitternacht. »Dariques hat mir sogar Cascals Adresse verraten...«

»Dann nichts wie hin!« rief Leeds. »Und wenn er Cliff auch nur ein Haar gekrümmt hat . . . !«

»Er wird ihm mehr gekrümmt haben. Für Cliff können wir nichts mehr tun. Streuen wir uns keinen Sand in die Augen, Jungs. Die Sache ist erledigt. Wer übernimmt das Problem, Ellen davon zu unterrichten?«

»Ich«, sagte Finley heiser. »Sofort?«

»Erst, wenn sie nach Cliff fragt.« Cook legte die flache Hand auf seine linke Brust. Dort beulte sich der Smoking etwas, kaum wahrnehmbar für einen Laien. Ohne seinen Schulterhalfter ging Cook keinen Schritt vor die Tür. »In einer Stunde fahren wir zu Cascal. Ich glaube kaum, daß er jetzt schon in seiner Wohnung ist.«

»Und wir können nichts, gar nichts für Cliff tun?« stöhnte Leeds. Als Nachfolger Hallers betrachtete er die Ohnmacht des Geheimdienstes als keinen sehr guten Anfang.

»Absolut nichts!« Der kleine Cook blickte an die Decke. »Jeder Beruf hat sein Risiko. Gehen wir zurück zu den anderen und hören wir uns die Arien des Trulljo an . . .«

Zehn Minuten später lösten sich Leeds, Finley und Cook wieder aus dem Gewühl der Gäste. Cook hatte ein aufgeregtes Zeichen gegeben und rannte dann ins Haus.

»Cliff ist da!« schrie er, als wäre er an der aufgestauten Luft fast erstickt. »Er wartet in der Garage. Mit einer normalen Taxe ist der Kerl gekommen!«

Cliff Haller saß auf einem Stapel alter Reifen, als Cook, Finley und Leeds in die Garage stürmten. Neben ihm stand der Mestize und hielt sofort die Hand auf.

»Hundert Dollar hat er mir versprochen!« rief er. »Wer bezahlt mir die hundert Dollar?«

»Hallo, Cliff«, sagte Cook und ging um ihn herum.

»Hallo, Boys!« Haller rasselte mit den Handschellen. »Kann einer mal einen Hammer und einen Meißel suchen und mir die Armbänder abnehmen?«

»Hundert Dollar!« schrie der Mestize. »Und ich habe nichts gehört und gesehen.«

»Das ist brav, mein Junge.« Finley drückte ihm zwei Fünfzig-Dollar-Noten in die Hand, der Mestize grinste breit, wirbelte dann herum und rannte aus der Garage hinaus in den Hof der Botschaft. Kurz darauf heulte der Wagen auf und entfernte sich.

»Das ist nicht schön, uns so in Trab zu halten«, sagte Cook und hielt den Meißel fest, während Finley mit einem Hammer zuschlug. »Wolltest du Entfesselungskünstler werden?«

»Ich hatte einen neuen Job als Fischfutter.«

Hauptmann Leeds spürte einen Schauder auf seinem Rükken.

»Verstehe.« Der kleine Cook tätschelte Haller die Wangen. »Aber du warst ungenießbar. Sie spuckten dich wieder aus! Warum fragt uns niemand vorher? Wir hätten es ihnen sagen können!« Die Kette war gesprengt. Finley begann, das Schloß der Handschellen aufzuschlagen.

»Cascal?« fragte er dabei.

»Ja.«

»Wir werden zurückschlagen. Verlaß dich drauf.«

»Aber laß mich erst in den Staaten sein.« Haller rieb sich die befreiten Handgelenke. Cook schickte Leeds weg, ein großes Glas puren Whisky zu holen. Er wußte, was Cliff jetzt guttat. »Und kein Wort zu Ellen. Ihre Nerven sind genug strapaziert. Morgen ist alles vergessen ... für immer!«

»Du bleibst also dabei, die dämliche Farm bei Tentown zu kaufen?« Cook setzte sich neben Cliff auf die alten Autoreifen.

»Ja.«

»Und du meinst, das hältst du lange durch?«

»Bis zu meinem Lebensende.«

»Ich wette tausend Dollar dagegen.«

»Gib sie schon her ... du hast sie verloren, Cook!« Haller lachte. Er war wieder der große, starke, durch nichts zu erschütternde Mann, ein Felsklotz von einem Kerl. »Hat Ellen nach mir gefragt?«

»Noch nicht.«

»Dann wird's Zeit, daß ich mich um sie kümmere.« Er gab dem kleinen Cook einen Stoß und verließ lachend die Garage.

Raffael Trulljo war bei Rigoletto gelandet, als Cliff Haller hinter Ellen trat und die Hände auf ihre Schulter legte. Sie hob schnell den Kopf und legte den Finger auf den Mund. Cliff nickte, beugte sich hinunter und küßte ihr Haar.

»Holdes Mädchen, sieh mein Leiden ...«, sang Trulljo.

»Wo warst du?« flüsterte Ellen und hielt Cliffs rechte Hand fest.

»Ein bißchen spazieren, durch den Park ...«

»Singt er nicht gut?«

»Sehr gut, Baby.«

»Psst!« Sie legte wieder den Finger auf die Lippen.

Cliff streichelte ihre Schulter und lauschte gehorsam dem Gesang. Er sah Cook, Finley und Leeds gegenüber stehen, sie grinsten ihn an und blinzelten ihm zu.

Morgen ist endlich alles vorbei, dachte er. Ich werde ihnen den ganzen Scheißdreck vor die Füße werfen. Aber sie glauben es noch nicht. Im Grunde genommen kennen sie mich überhaupt nicht. Ich werde ein wunderbarer Farmer in Tentown sein ...

Zwei Tage später veröffentlichten die brasilianischen Zeitungen notgedrungen – weil die Weltpresse voll davon war – Berichte über die Ermordung ganzer Indianerstämme im Inneren des Amazonas-Urwaldes. Ein Augenzeuge – es war Cliff Haller – berichtete vom Untergang Gaio Mocos und seines Volkes. Entsetzen verbreitete sich über das Land. Die Regierung, sonst darin geübt, beide Augen zuzudrücken, war gezwungen, ihren Abscheu auszusprechen und die Bestrafung der Schuldigen anzuordnen. In der UNO wurde das Abschlachten der brasilianischen Indianer auf die Tagesordnung gesetzt, der Papst schaltete sich ein, die ersten Bilder erzeugten ein Grauen, das rund um den Erdball lief. Brasilien verlor sein von Religiosität und Liberalität geprägtes Gesicht. Plötzlich erkannte jeder, daß es nur eine Maske gewesen war. Die Proteste aus aller Welt häuften sich in Rio und der Hauptstadt Brasilia zu Bergen.

Geschickt hatte der CIA den Namen José Cascal in die Berichte über die Indianerschlächterei einfließen lassen. Cascal... das war plötzlich der Name, an den sich alles hielt. Das war der große Schuldige, die Bestie, der Ausrotter.

Als er verhaftet wurde, spielte er noch mit der Hoffnung, nach einem Schauprozeß in der Versenkung zu verschwinden und irgendwo in der Weite des Landes geruhsam seinen Lebensabend verbringen zu können. Er hatte nur auf Befehl gehandelt, er hatte nichts getan, was seine vorgesetzten Stellen nicht wußten und guthießen. Er kam sich völlig schuldfrei vor.

Aber die große Politik brauchte ein Opfer. Und dieses Opfer hieß José Cascal.

Ein Gericht in Rio verurteilte ihn unter den Augen der Weltöffentlichkeit zum Tode. Cascal nahm das Urteil standhaft hin. Sie werden mich nicht umbringen, dachte er. Das alles ist nur ein geschicktes Theaterspiel.

Er war auch dann noch davon überzeugt, als man ihn eines Morgens aus der Zelle holte und über den Gefängnishof führte. Jetzt schieben sie mich ab, dachte er. Ich bin gespannt, welchen Teil des Landes sie mir zuweisen. Vielleicht Manaus? Da kümmert sich keiner mehr um mich. Was weiß die Welt schon von Manaus am Amazonas?

Erst, als er an der kahlen Mauer stand und das Erschießungspeloton aufmarschierte, begriff er, daß man ihn wirklich töten wollte.

»Das könnt Ihr doch nicht tun!« schrie er, als zwei Soldaten ihn festbanden und die Binde über seine Augen zogen. »Ich habe doch nichts getan! Ich habe nur Befehle ausgeführt! Die

Schuldigen sitzen in den Militärkommandos, in den Landwirtschaftskommissionen, auf den Haziendas der Großgrundbesitzer! Brüder, ihr könnt mich doch nicht töten ... das könnt ihr doch nicht ... ich bin doch nur ein ganz kleines Rad im Getriebe ... Ich habe nur die Befehle ausgeführt ... Ich ... Mutter Gottes ... ich ...«

Cascal starb in der ersten Salve. Mindestens sieben Schüsse waren tödlich. Der Fangschuß in die Schläfe war reine Munitionsvergeudung.

Am nächsten Tag brachten die brasilianischen Zeitungen die kurze Meldung von der Hinrichtung Cascals. Kaum einer las sie noch – der Flug von Apollo 12 zum Mond war ungleich wichtiger. Nur Dariques reagierte. Er rief den kleinen Cook an.

»Gratuliere«, sagte er. »Das war Maßarbeit. Ich werde Mühe haben, mich zu revanchieren.«

»Auf ein Neues.« Cook lachte fröhlich ins Telefon. »Darf ich Sie zu einem Drink bei mir einladen, Dariques?«

»Recht gern. Wann?«

»Morgen um 20 Uhr. Es gibt Rum mit Wodka.«

»Ich komme!«

Vier Tage später wurde die Raketenbasis im Urwald bei Tefé gesprengt. Nur das Kraftwerk blieb stehen ... elektrischen Strom kann man schließlich auch zur friedlichen Eroberung der Grünen Hölle benutzen ...

Die Farm bei Tentown war ein gesegnetes Fleckchen Erde. Ein grünes Tal mit einem Flüßchen, saftigen Hügelweiden, einem Wald mit uralten Bäumen, einem Farmhaus im Kolonialstil mit weißen Säulen und einem flachen Dach, dessen Rand hochgezogen war und Schießscharten enthielt, langgestreckte Stallungen und große Korrals, in denen das Vieh sich drängte.

Cliff Haller hatte alle Hände voll zu tun, um diesen Besitz zusammen mit vier Cowboys in Ordnung zu halten. Vor vier Monaten hatten Cliff und Ellen vor dem Friedensrichter von

Tentown geheiratet, ohne allen Pomp, in aller Stille. Nur Vater Donhoven erhielt ein Telegramm und telegrafierte zurück, er würde herüberkommen, sobald es der Terminplan zulassen würde. »Hoffentlich ist Cliff ein Mann, der dich festhält!« schrieb er. »Es wird endlich Zeit, daß du dich darauf besinnst, eine Frau zu sein.«

»Und was für eine Frau du bist«, lachte Cliff und trug Ellen durch das Haus. »Das Fraulichste, was mir je unter die Hände gekommen ist.«

Im September erhielt Cliff Besuch aus Washington. Ein Mr. Dreher sprach zwei Stunden unter vier Augen mit ihm und fuhr dann wieder ab. Cliff trank drei doppelte Whisky und kam dann wie ein Junge, der eine Fensterscheibe zerbrochen hat, ins große Wohnzimmer. Er setzte sich still in eine Ecke des Sofas und klemmte die Hände zwischen die Knie. Ellen betrachtete ihn aufmerksam.

»Was wollte dieser Mr. Dreher?« fragte sie.

»Er kam aus Washington.«

»Das weiß ich bereits. Ein unhöflicher Mensch. Tippte an seinen Hut und ging einfach an mir vorbei.«

»Sein Benehmen ist unmöglich.« Cliff sprang auf und suchte etwas. Als er es nicht fand, sah er Ellen wie ein bettelnder Hund an. »Ich könnte noch einen Whisky vertragen, Ellen.«

»Ärger?«

»Wie man's nimmt.« Er wandte sich ab und starrte durchs Fenster auf die Korrals mit den Rindern. »Er hat einen Auftrag gebracht.«

»Er will Vieh kaufen?«

»Nein. Ich soll nach Moskau...«

»Cliff!« Es war ein Aufschrei, der ihn herumwirbeln ließ. Ellen hatte die Hände vor den Mund gepreßt und starrte ihn an. In ihren Augen lag ungläubiges Staunen. »Cliff... du hast mir versprochen...«, stammelte sie.

»Natürlich, das habe ich. Aber hör mich einmal ganz ruhig an, Baby...«

»Nein! Nein! Ich will nichts hören. Keine Erklärungen, keine Argumente, nichts von dieser verfluchten Logik, daß alles so sein muß, wie es kommt...« Sie drückte die Hände gegen die Ohren und schüttelte wild den Kopf. »Hör auf damit! Hör auf! Du hast nichts mehr mit Washington zu tun! Du bist der Farmer Cliff Haller!«

Cliff hatte den Whisky gefunden und trank einen großen Schluck direkt aus der Flasche. Er lehnte sich gegen die Wand und vermied es, Ellen anzusehen.

»Moskau«, sagte er langsam. »Ellen, die Russen haben eine neue automatische Raketensteuerung entwickelt, die besser ist als unsere. Sie legen uns aufs Kreuz, wenn es uns nicht gelingt, eine einzige dieser Steuerungen in die Hand zu bekommen. Ich... ich... verdammt, Ellen, ich bin Amerikaner und liebe mein Land.«

»Haben sie keinen anderen als dich!« schrie Ellen verzweifelt. »Besteht der ganze CIA nur aus Cliff Haller?«

»Nein. Aber man traut mir zu, daß ich einen dieser Apparate erwische. Ich weiß, ich habe dir versprochen, nie mehr in diesem dreckigen Geschäft mitzumischen, und ich will es auch nicht, aber... Ellen, begreif es doch... Wenn die Russen diese neuen Raketen bauen... Ich..., mach es mir doch nicht so schwer, Baby..., ich weiß nicht, was ich tun soll!«

Ende September flog Cliff Haller nach Moskau. Er hieß jetzt Jeff Chandler und hatte einen Paß als Zuckerrübenfachmann. Auf der Gangway blieb er kurz vor der Tür des Düsenklippers stehen und blickte noch einmal zurück. Er war der letzte auf der Treppe und behinderte niemanden mehr. Er sah hinüber zu der Holzbarriere, die das Rollfeld vom Flughafengebäude abtrennte, hob beide Arme und winkte.

Eine schmale, einsame Frau mit kurz geschnittenen blonden Haaren winkte zurück. Sie stand im Wind, der über das Flugfeld pfiff und hielt sich am Zaun fest, als könne sie weggeweht werden.

»Mach's gut, Ellen«, sagte Cliff leise. Dann drehte er sich

ruckartig um und betrat schnell die Maschine. Hinter ihm klappte die Tür zu, die Riegel rasteten ein. Die Gangway rollte zur Seite.

Die einsame Frau umklammerte das Geländer und starrte auf den riesigen silberglänzenden Vogel, der sich langsam wegdrehte und zur Startpiste rollte.

»Komm wieder, Cliff...«, stammelte sie. »Mein Gott, laß ihn wiederkommen und gib mir die Kraft, die kommenden Monate durchzustehen.« Dann war der Riesenvogel in der Luft, donnerte über sie hinweg.

Sie kämmte sich mit gespreizten Fingern die durcheinandergewirbelten Haare und ging langsam zum Ausgang. Dort stand ein kleiner, verlegen grinsender Mann, den sie vorher nicht bemerkt hatte. Er wartete auf sie.

»Mr. Cook«, sagte Ellen steif und voller Abwehr. »Was wollen Sie noch von mir? Cliff ist fort – und Ihre Worte brauche ich nicht.«

Der kleine Mann kratzte sich die Nase und ging neben Ellen her zum Parkplatz, wo ihre Wagen standen.

»Ich will Ihnen etwas schenken, Ellen«, sagte er. »Tausend Dollar. Cliff hat sie bei einer Wette verloren. Er braucht sie nicht zu zahlen. Er wollte es nicht glauben, daß irgend etwas stärker sein könnte als seine Liebe.« Cook hob beide Arme. Er sah jetzt aus wie eine Fledermaus. »Irrtum, meine Beste... Agenten lieben gefährlich. Es ist zum Kotzen – aber es ist nun einmal so!«

Über ihnen verschwand als kleiner, silberner Punkt das Flugzeug in den Wolken.